LA TENTATION DE L'ALPHA

UNE ROMANCE DE LOUP MÉTAMORPHE
MILLIARDAIRE

LEE SAVINO

RENEE ROSE

Traduction par
MARINA HAVEN

LA TENTATION DE L'ALPHA

UNE ROMANCE DE LOUP MÉTAMORPHE MILLIARDAIRE

C'EST À MOI DE LA PROTÉGER. À MOI DE LA PUNIR. ELLE EST *À MOI*.

Je suis un loup solitaire, et ça me convient très bien. Banni de la meute dans laquelle je suis né après un règlement de comptes sanglant, je n'ai jamais eu envie de trouver une compagne.

Et puis je rencontre Kylie. *Ma tentation*. Lorsque nous nous retrouvons enfermés dans un ascenseur ensemble, la panique manque de la faire s'évanouir entre mes bras. Elle est forte, mais traumatisée. Et elle cache quelque chose.

Mon loup veut la marquer et en faire sa compagne, mais elle est humaine et délicate : elle ne survivrait pas à une morsure de métamorphe.

Je suis trop dangereux pour elle. Je ferais mieux de garder mes distances. Mais lorsque je découvre qu'elle est la hackeuse qui a failli détruire mon entreprise, j'exige qu'elle se soumette à ma punition. Et elle le fera.

Kylie m'appartient.

Note de l'éditeur : *La Tentation de l'Alpha* est une histoire individuelle de la série *Alpha Bad Boys*. Une histoire d'amour avec une fin heureuse garantie. Ce roman suit l'histoire d'un loup alpha séduisant et autoritaire qui aime dominer et protéger sa femelle. Si ce genre de thèmes vous choque, n'achetez pas ce livre.

CHAPITRE UN

CG : Catgirl est passée par ici.

    KingI : Je te vois.

    CG : Joli code.

    KingI : Tu le paieras. Pas de pitié pour le chaton.

    CG : Oh oui, menace-moi, chéri.

— Conversation entre une hackeuse et Jackson King, PDG et fondateur de SeCure, 2009

Kylie

Sacrée ironie, Batman.

Quand j'étais encore adolescente, j'ai piraté le site d'une entreprise et agité un drapeau de la victoire virtuel sous le nez de son fondateur et PDG. Neuf ans plus tard, je passe un entretien pour une place dans cette boîte. Et pas n'importe quelle place : dans l'infosec, c'est-à-dire la sécurité de l'information. Si je décroche le poste, je défendrai l'entreprise contre les hackeurs. Des hackeurs comme Catgirl, mon ancien alias de pirate informatique.

Et me voici, assise dans le luxueux hall d'entrée du siège international de SeCure, en train de me demander s'ils pourraient savoir qui je suis et si je vais sortir d'ici menottes aux poignets.

Un groupe d'employés en train de rire et de discuter passe à ma hauteur. Ils semblent détendus et heureux, comme s'ils se rendaient dans un club de vacances et non à leur bureau dans l'open space.

Bon sang, je veux ce travail.

Je me suis changée environ quatre-vingt-dix-sept fois ce matin, alors que je me fiche pas mal de ce que je porte d'habitude. Mais c'est l'entretien de ma vie, et j'ai tenu à ce que tout soit parfait dans le moindre détail, jusqu'à l'obsession. Finalement, j'ai opté pour un costume élégant composé d'une veste cintrée et d'une jupe courte et moulante. J'ai décidé de ne pas mettre de collants et de rester les jambes nues, mais j'ai une paire de talons sexy aux pieds. Sous la veste de costume, je porte ma chemise Batgirl préférée. Elle moule bien ma poitrine, et la petite chauve-souris rose à paillettes se love parfaitement entre les pans de ma veste.

La tenue crie « petit génie de l'informatique jeune et branchée », et la veste de costume est un clin d'œil au monde conservateur de l'entreprise. J'ai hésité entre des chaussures à talons et mes Converse, mais finalement, les talons ont gagné. Et c'est bien dommage, parce que lorsque Stu, mon contact, viendra me chercher, je devrai réussir à me lever et à marcher avec.

Si la hackeuse que j'étais plus jeune me voyait, elle me rirait au nez et me traiterait de vendue. Mais même elle partageait mon obsession pour Jackson King, le fondateur et PDG milliardaire de SeCure. Une obsession qui s'est muée en admiration, à laquelle s'ajoute une bonne dose d'attirance sexuelle.

Bon, d'accord, j'ai le béguin. Mais Jackson a tout pour plaire. Milliardaire philanthrope, la liste de ses accomplissements est longue et impressionnante. Sans oublier qu'il est super canon. Surtout pour un geek.

Et le seul moment que nous avons partagé, lorsque j'ai réussi à déjouer toutes ses mesures de sécurité et que nous nous sommes retrouvés face-à-face – enfin, curseur-à-curseur – est gravé dans ma mémoire comme la rencontre la plus torride de ma jeunesse. Je ne lui ai rien volé. Je voulais simplement savoir si je pouvais le faire, si j'arriverais à cracker le code du génie. Je suis partie dès qu'il m'a trouvée, et n'ai jamais pris le risque d'y retourner.

Maintenant, je pourrais bien avoir une nouvelle occasion de me mesurer informatiquement à King, et cette idée m'emballe carrément.

D'autant plus que cette fois, mes actions ne seraient pas illégales.

« Mlle McDaniel ? »

Je me lève brusquement, la main déjà tendue pour serrer celle de mon interlocuteur. Je ne chancelle que très légèrement sur mes talons. « Bonjour. » Merde, on dirait que je suis essoufflée. Je me force à décrisper mes épaules et lui serre la main en souriant.

« Bonjour, je suis Stu Daniels, le directeur de l'infosec à SeCure. » Il a tout d'un intello : paire de lunettes, chemise boutonnée jusqu'au col et pantalon de costume. Il doit avoir la trentaine. Ses yeux se posent sur la chauve-souris rose placée entre mes seins, puis il détourne le regard. Ce choix de chemise était peut-être une erreur.

Je continue de secouer sa main, certainement un peu trop longtemps. J'ai lu cinq livres sur les entretiens d'embauche pour me préparer pour aujourd'hui, mais pas moyen de me souvenir de ce que *Les Entretiens professionnels pour les nuls* préconise en termes de durée de poignée de main. « Heureuse de faire votre connaissance. »

Heureusement, Stu n'est pas plus à l'aise que moi. Il baisse régulièrement les yeux. Pas comme s'il voulait se rincer l'œil, plutôt parce qu'il est trop timide pour me regarder trop longtemps dans les yeux. « Si vous voulez bien me suivre, l'entretien se déroulera au sixième étage. »

En plus d'une cybersécurité impénétrable, la forteresse matérielle de SeCure est également bien protégée. Lorsque je me suis présentée à la réception, dans le hall au sol en marbre étincelant, on m'a dit d'attendre la personne qui « m'escorterait » jusqu'à mon entretien.

J'emboîte donc le pas à mon escorte. « Vous avez un beau bâtiment. »

D'accord, c'était nul. Je ne suis pas douée pour meubler les conversations. Genre, vraiment pas douée. Je n'aurais peut-être pas dû passer les huit dernières années à fuir toute interaction sociale. On ne devrait pas demander aux geeks qui travaillent dans l'informatique de passer des entretiens comme les gens normaux. Ils devraient juste avoir un test à passer en ligne, ou un site à hacker. Mais SeCure est vraisemblablement déjà au courant de mon talent pour cracker des codes. Du moins, c'est ce que la recruteuse m'a fait comprendre. J'ai failli m'étouffer avec mon café lorsqu'elle m'a appelée à l'improviste. J'ai même cru qu'un de mes anciens compatriotes en ligne me faisait une farce. Mais non, c'était bien réel.

Et puis, la probabilité pour qu'une personne de mon ancienne vie me retrouve est quasiment nulle. Du moins, je l'espère.

Stu me guide jusqu'aux ascenseurs et presse le bouton d'appel. Les portes d'un des ascenseurs s'ouvrent et révèlent un homme vêtu d'un costume élégant, la tête baissée sur son téléphone. Grand, avec de larges épaules, il occupe une bonne partie de la cabine. Il se décale sur le côté pour nous faire de la place sans lever les yeux.

Stu me laisse passer en premier, et je refoule mon sentiment de panique. C'est un ascenseur étroit, mais pas trop non plus. Je peux y arriver. Si j'obtiens le poste, je veillerai à trouver les escaliers.

Je me concentre sur les boutons lumineux en priant pour que la montée ne dure pas trop longtemps.

Avant que mon escorte ne monte à bord, quelqu'un l'interpelle.

« Un instant », me dit Stu. Une jeune femme s'approche, suivie de près par deux autres personnes. « Stu, le réseau Galileo a planté ce matin... »

Super. Exactement ce qu'il me fallait – passer plus de temps dans un ascenseur. Je déglutis et essaie d'ignorer les fourmillements sur ma peau. Une crise d'angoisse ne ferait pas bonne impression.

Stu retire son pied posé dans l'ascenseur tandis que la jeune femme ouvre son ordinateur portable pour lui montrer quelque chose.

Les portes se referment en cliquetant, et l'ascenseur commence à monter. Et voilà, j'ai perdu mon escorte. Sécurité renforcée, tu parles.

J'appuie sur le bouton du sixième étage. Je sais où je vais. Plus vite je serai sortie de cette boîte infernale, mieux ce sera.

Nous sommes à la moitié du chemin lorsque les lumières vacillent. Une, deux fois, puis s'éteignent.

« Qu'est-ce que... » Je ne termine pas ma phrase pour me concentrer sur ma respiration. J'ai une fenêtre d'environ dix secondes avant de péter complètement les plombs.

Le type en costume à côté de moi grommelle quelque

chose. La lumière de son téléphone projette une lueur bleue inquiétante sur les murs.

L'ascenseur s'arrête brutalement.

Oh non. Ça y est. Mon cœur tambourine contre mes côtes ; mes poumons tentent d'inspirer de l'air, en vain.

Arrête, dis-je à ma panique. *Ce n'est rien. L'ascenseur va redémarrer dans une seconde. Tu n'es pas coincée ici.*

Mon corps ne me croit pas. Mon estomac se noue, mes mains deviennent moites. Tout s'assombrit. Soit ma vue a baissé, soit le type vient de mettre son téléphone contre son oreille. Je flageole sur mes jambes.

Le mec baraqué pousse un juron. « Ça ne capte pas ici. »

Je ne tiens plus sur mes pieds et dois m'accrocher à la barre. Mon souffle sort en petits halètements rapides.

« Hé. » L'homme a une voix bien assortie à sa stature, grave et puissante. En d'autres circonstances, je la trouverais sexy. « Vous êtes en train de paniquer ? » demande-t-il avec un léger dédain.

C'est pas ma faute, mon gars. « Ouais. » Le mot sort à peine, dans un souffle. Je m'agrippe à la rampe de plus belle.

Reste debout. Ne t'évanouis pas. Pas maintenant. Pas ici.

« Je n'aime pas les endroits exigus. » *Un bel euphémisme.*

L'ascenseur a-t-il bougé, ou est-ce mon corps qui est en train de perdre le contrôle ? Une vieille panique familière s'empare de moi. *Je vais mourir ici. Je ne sortirai jamais de là.*

Deux grandes mains me poussent contre le mur de l'ascenseur et appuient contre mon sternum. « Qu-qu'est-ce que vous faites ? je m'écrie.

— C'est un point qui apaise. » Sa voix est calme, comme s'il poussait régulièrement des filles en train d'hyperventiler contre les murs. « Ça fonctionne ?

— Ouais. Quand un type bizarre me tripote, ça me calme toujours. »

Je m'étais promis de ne pas laisser ma nature sarcastique se montrer avant d'avoir décroché cet emploi, mais la voilà qui revient au galop. Être à deux doigts de s'évanouir fait cet effet à une fille.

« Je ne vous tripote pas.

— C'est ce qu'ils disent tous », je marmonne.

Son petit gloussement cesse avant même de commencer, presque comme s'il n'avait pas voulu le laisser échapper.

Qui est ce type ?

Mon rythme cardiaque se calme, mais j'ai toujours la tête qui tourne. Aucun homme ne s'est encore jamais tenu aussi près de moi. Et encore moins touchée de la sorte. À quelques centimètres près, il serait en train de toucher mes seins.

En voilà, une idée. Des sensations que je n'avais jamais ressenties hors de l'intimité de ma chambre me traversent.

« Non pas que ça me dérange que vous me tripotiez, je bredouille, mais vous pourriez commencer par m'inviter à dîner… »

Ses mains se détachent de mon sternum si vite que je bascule en avant. Avant que je ne tombe par terre, il me rattrape par les épaules et me retourne, puis il m'entoure de ses bras par derrière et recommence à appuyer sur mon plexus solaire.

« Et comme ça ? demande-t-il d'une voix amusée. C'est mieux ? Je ne voudrais pas que ma bonne action me vaille un procès pour harcèlement sexuel. »

Mon Dieu, sa voix. Ses lèvres sont tout contre mon oreille. Il n'est pas en train d'essayer de me séduire, mais, oh là là, rien que les mots « harcèlement sexuel » enflamment mon corps.

« Désolé, je murmure d'une voix étranglée. Je ne voulais pas vous accuser. En fait… je vous remercie. »

Il ne bouge pas pendant un moment, et je respire, entourée de ses mains fermes qui me maintiennent, me protègent. Et tout ce que j'arrive à penser, c'est... *Ouah.* Je pensais que faire une crise de panique serait terrible. Et maintenant, je suis coincée dans un ascenseur, dans les bras d'un parfait inconnu. Complètement excitée. C'est comme si ma chatte était déconnectée de mon corps. Les autres parties sont toujours paniquées, je me tords les mains d'angoisse, mais ma foune pense que se faire manipuler par un inconnu dans un ascenseur sombre est une bonne raison pour devenir toute chose.

« Vous devriez vous asseoir. »

Apparemment, je n'ai pas le choix, parce qu'il me pousse vers le sol avec une pression stable et inexorable. Une fois par terre, il m'appuie contre le mur, ses mains fermes mais pourtant douces me déplaçant comme si j'étais une poupée. J'ai une réplique cinglante sur le bout de la langue – *Je suis une grande fille, pas une Barbie* –, mais être assise me fait du bien. Malgré son comportement digne d'un homme des cavernes, il prend soin de moi. Ses mains contre mon sternum me manquent presque.

« Où est-ce que vous avez appris à faire ça ? » je demande, surtout pour me distraire du fait que je suis coincée dans un espace minuscule avec un type qui n'a pas hésité à poser ses mains sur moi. Et ça ne me dérange pas du tout, même si j'aimerais arriver à me souvenir à quoi il ressemble. Tout ce dont je me rappelle, c'est de ses joues mal rasées et de son air impatient. J'étais trop occupée à m'encourager à prendre l'ascenseur pour faire attention.

« En passant des années à terrifier des femmes dans des coins sombres. »

Ah. Un autre amateur de l'humour pince-sans-rire. Il me plaît encore plus. « Merci », je dis après un moment.

Il s'assied près de moi, sa veste de costume frôle la mienne. « Tu flippes toujours.

— Oui, mais ça va mieux. Je pense que ça m'aiderait de parler. On peut parler ?

— D'accord. Debuis guand affez-ffous ce broblème ? » demande-t-il en prenant un accent allemand pour imiter Freud.

Jackson

La jolie humaine rit si fort qu'elle manque de s'étouffer. Elle continue de glousser pendant un moment, de manière un peu hystérique. Chaque fois qu'elle essaie de parler, un nouvel éclat de rire l'en empêche. Finalement, elle parvient à articuler : « Je voulais dire, parler pour me changer les idées. Parler d'autre chose. »

Je ne blague jamais, et encore moins au travail, mais cette brune aux longues jambes vêtue d'une minijupe moulante met mon corps en émoi de manière délicieuse. Ça va mieux depuis que je ne la touche plus. Quand mes mains étaient posées sur son corps, l'électricité qui circulait entre nous enflammait ma peau. Les sensations de démangeaison et de brûlure, synonymes de la mutation, me sont tombées dessus aussi rapidement et violemment que si j'étais un jeune loup adolescent en train d'apprendre à muter. J'étais à deux doigts de lui écarter les cuisses, de remonter sa jupe minuscule jusqu'à sa taille et de la posséder sur place.

À vrai dire, mes sens de loup sont devenus dingues dès qu'elle est montée dans l'ascenseur. Il m'a fallu beaucoup de maîtrise pour ne rien laisser paraître et me contenter de l'observer. Son parfum m'enivre, me rappelle une fleur exotique qui attend d'être cueillie. Pourtant, elle est résolument humaine. Tout ça n'a aucun sens. Il n'y a aucune raison pour qu'elle m'attire, à part le fait qu'elle est sublime. Je n'avais encore jamais été attiré par une humaine – bon Dieu, je n'ai même presque jamais ressenti de désir pour une louve, même pendant la pleine lune.

Pour ne rien arranger, ça l'a excitée que je la touche. L'odeur de son désir emplit l'espace confiné. Pour la première fois de ma vie, mes crocs se sont allongés. Ils sont enduits de sérum, prêts à plonger dans sa chair pour la marquer comme mienne pour toujours.

Mais c'est absurde. Je ne peux pas marquer une humaine : elle n'y survivrait pas. Cette humaine, bien que magnifique, ne peut pas devenir ma compagne.

Je la regarde à la dérobée, profitant de l'avantage indéniable de voir dans le noir, contrairement à elle. Elle est divine, de toutes les manières imaginables. De longues jambes fines, un cul qui remplit sa petite jupe, et les seins de Batgirl. Enfin, sa chemise est ornée d'une petite chauve-souris rose sexy sur le devant, juste en dessous de ses seins fermes. Sans trop savoir pourquoi, cette chauve-souris me rend fou. Une petite superhéroïne canon, qui ne demande qu'à rencontrer celui qui saura la dominer.

J'imagine que ça fait de moi le méchant de l'histoire.

« Comment tu t'appelles ? demande-t-elle.

— J. T., je réponds après une hésitation.

— Moi, c'est Kylie. Je suis ici pour passer un entretien d'embauche. J'étais déjà nerveuse en arrivant. »

Ce n'est pas mon genre de me montrer sympa. Je décourage mes employés de discuter avec moi sauf pour me transmettre des informations professionnelles, et en allant à l'essentiel. Mais pour une raison qui m'échappe, sa faible tentative de conversation ne me dérange pas. Ce qui ne signifie pas pour autant que je prendrai la peine de lui répondre.

Je suis trop occupé à persuader mon loup de ne pas lui sauter dessus.

Elle refait une tentative. « Tu bosses dans quel service ? »

Je ne compte pas lui dire que je suis le PDG. « Marketing. » Ma voix trahit tout le dégoût que m'inspire le marketing. Pourtant, c'est vrai que la majeure partie de mon temps est désormais dédiée au marketing ou à la gestion. Je préférerais de loin programmer et ne jamais avoir à communiquer avec quiconque.

Elle éclate de rire, un joli petit son rauque. Bien qu'elle ne puisse pas me voir, elle jette de petits coups d'œil dans ma direction avec un air fasciné. Ses cheveux châtains épais et soyeux tombent en cascades ondulées sur ses épaules. Il fait trop sombre pour que je distingue la couleur de ses yeux, mais ses lèvres rondes sont recouvertes de gloss, et la manière dont elle les a entrouvertes me donne envie de posséder cette bouche sensuelle.

« Un de ces types, hein ? C'est triste. »

Je souris – fait rarissime. Elle m'a déjà fait rire, ce qui ne m'était pas arrivé depuis une vingtaine d'années.

« Tu passes un entretien dans quel service ?

— L'infosec. »

Une intello sexy. Intéressant. Elle doit posséder des compétences hors pair pour avoir décroché un entretien. Mon entreprise est la meilleure au monde dans la sécurité de l'information.

« Tu as beaucoup d'expérience dans le domaine ?

— Un peu. » Sa réponse évasive me laisse penser qu'elle doit être plutôt calée.

L'électricité a sauté depuis un bon moment, au moins dix minutes. Je sors mon téléphone de ma poche et essaie une nouvelle fois d'appeler ma secrétaire, mais je n'ai toujours pas de réseau.

« Tu crois qu'on va rester coincés ici longtemps ? » demande-t-elle, et sa voix tremble sur le mot *coincés*.

Par le ciel, je n'avais encore jamais eu envie de prendre la main d'une femme. Le col de ma chemise me serre. Bon sang, je maudis mon costume-cravate. Bien sûr, je le maudis tous les jours, mais j'ai rarement le choix de porter autre chose, même si c'est *ma* foutue entreprise. Depuis qu'elle a atteint une certaine réussite, je dois me conformer au code vestimentaire du monde des affaires lorsque j'ai des réunions à l'extérieur – même à Tucson, ville célèbre pour sa décontraction.

Ma petite programmeuse, en revanche, a tapé juste avec sa tenue. Le mélange parfait entre le style hipster, avec la chauve-souris sur la poitrine et ses jambes nues, et le côté business grâce au costume et aux chaussures à talons. Je ne sais pas à quel moment j'ai commencé à penser à elle comme *ma* petite quoi que ce soit, mais c'est le cas. Dès qu'elle a mis un pied dans l'ascenseur et que j'ai senti son odeur, mon loup s'est mis à crier *à moi*.

« Tu crois que ça peut prendre des heures ? Ça peut pas durer des heures, si ? » Elle recommence à perdre son souffle. Je dois me retenir à grand-peine de l'asseoir sur mes genoux et de la serrer contre moi jusqu'à ce qu'elle cesse de trembler.

« Arrête, sinon je vais devoir recommencer à te tripoter. » Bon, je n'aurais vraiment pas dû dire ça, même si c'est elle qui a employé le terme en premier. Mais ma remarque a eu l'effet escompté.

Elle laisse échapper un rire, ce qui modifie sa respiration hachée et l'aide à se détendre.

« Alors, tu es nerveuse pour l'entretien ? » je demande.

Le papotage n'est pas mon fort, mais apparemment, je suis prêt à tout pour la rassurer. Ou peut-être que je veux juste entendre à nouveau sa voix. « Tu n'as pas l'air stressée.

— Tu veux dire, à part la crise de nerfs dont tu me distrais avec brio ? »

Mon loup roule des mécaniques en entendant son compliment.

« Je vais te révéler un secret », dit-elle, et les muscles de mon bas-ventre se contractent presque à me faire mal au son de sa voix. Elle est en train de me séduire, et elle n'en a absolument pas conscience.

Bavarder était peut-être une mauvaise idée.

« D'accord, je réponds après quelques secondes.

— Je n'ai encore jamais eu de vrai travail. Enfin, je travaille en ce moment, mais depuis chez moi. Je n'ai encore jamais travaillé dans un bureau comme celui-ci.

— Tu penses que tu y arriverais ?

— Il y a cinq ans, l'idée m'aurait fait vomir. Mais pour être sincère, SeCure est la seule entreprise pour laquelle j'accepterais de porter un costume et des talons. »

Et tous les hommes présents dans le bâtiment en remercient le ciel. « Pourquoi ça ?

— SeCure représente le nec plus ultra de la sécurité informatique. Jackson King est un génie. Je suis son travail depuis mes dix ans. »

J'essaie d'empêcher mon loup de se pavaner. « Tu es sûre de vouloir troquer ton pyjama pour venir travailler dans un bureau tous les jours ?

— Ouais. Ça me donnera une bonne raison de sortir de chez moi. La programmation peut être un peu solitaire. Je ne travaille jamais aussi bien que lorsque je suis seule, mais ce sera peut-être sympa d'être entourée de personnes qui me ressemblent. De trouver ma tribu. De me sentir normale, tu sais ? »

Non, je ne sais pas. Je n'ai plus de tribu depuis que j'ai quitté la meute dans laquelle je suis né, ma fourrure imbibée du sang de mon beau-père.

Une entreprise composée d'humains est un piètre substitut.

« Si tu passes un entretien pour le département d'info-sec, tu dois être douée, dis-je pour ne plus penser à ces mauvais souvenirs.

— Je code depuis que je suis gamine, répond-elle d'un ton détaché qui me donne une fois de plus l'impression qu'elle minimise son talent. Être geek depuis l'adolescence m'a définitivement disqualifiée pour être normale.

— La normalité est surfaite. Tu as juste besoin de trouver ta meute.

— Meute ?

— Je voulais dire tribu.

— Non, meute, ça me plaît. Ça fait de moi un loup soli-taire. » J'entends un sourire dans sa voix, et ravale un commentaire acerbe. Être un loup solitaire n'est pas aussi cool que c'en a l'air. Même si c'est tout ce que je mérite.

« Alors…, reprend-elle avec la voix de quelqu'un qui attendait de poser cette question, tu as déjà rencontré Jackson King ? »

Je me retiens de sourire, même si elle ne peut pas le voir.

« Mmm. Oui, quelques fois.

— Il est comment ?

— Difficile à dire, je réponds en haussant les épaules dans l'obscurité.

— Difficile à dire parce qu'il ne révèle pas grand-chose ? »

Je ne réponds pas.

« C'est ce que j'ai entendu dire. Alors, c'est plutôt un geek du genre mal à l'aise, ou du genre flippant ? »

J'ignorais qu'il existait plusieurs sortes de geeks. Je ne me considère pas comme un geek, mais, en tant que métamorphe, j'estime que je n'appartiens à aucune catégorie humaine.

« Je miserais plutôt pour le genre flippant, continue-t-elle. Parce qu'aucun homme aussi séduisant ne devrait être à ce point antisocial. Je veux dire, il doit avoir de sacrés défauts. D'après les rumeurs, il n'a jamais eu de copine. Il paraît qu'il n'a aucune vie sociale, qu'il ne sort jamais. Un véritable ermite. Il doit avoir des problèmes. Ou alors, il est homo. Je parie qu'il est du genre à garder son petit ami attaché dans un placard, et qu'il l'en sort le soir pour le fouetter. »

Une fois de plus, je souris presque. *Je te montrerai ce que fouetter veut dire, petite Batgirl.*

« On dirait que tu en sais beaucoup sur lui.

— Oh... Je, euh... J'imagine qu'il m'intéresse. C'est une sorte de célébrité pour les geeks. Son code d'origine était du génie à l'état pur, surtout pour l'époque. »

Cette fois, je m'autorise un sourire. Son opinion sur moi, mis à part la partie où elle me prend pour un homo qui fouette son copain, fait battre mon cœur plus fort. Une autre anomalie. Je n'aime pas l'attention, et elle a raison : je ne divulgue aucune information personnelle. J'ai un secret trop important à cacher. Pourtant, l'intérêt qu'elle me porte fait faire des pirouettes à mon loup.

À moi.

« Alors, tu es quel genre de geek ? je demande.

— Apparemment, le genre qui jacasse comme une pie devant des types bizarres quand elle est coincée dans un ascenseur. Mais je suis sûre que tu avais déjà remarqué.

Désolée... D'habitude, je sais tenir ma langue, même mieux que la plupart des gens. Heureusement qu'on ne peut pas se voir, parce que je me suis vraiment ridiculisée ce matin. »

Il m'est de plus en plus difficile de ne pas l'embrasser. Je n'ai jamais été aussi heureux d'être assis auprès d'une humaine et de l'écouter bavarder. Ça ne dérange même pas mon loup d'être enfermé depuis plus de dix minutes. En temps normal, il gronderait pour se libérer et affronter le danger. Ce qui pourrait s'avérer mortel.

Mon loup semble plus intéressé par l'idée de protéger cette adorable humaine au tempérament fougueux. Il m'a fallu un moment pour le reconnaître, mais maintenant que c'est fait, mon pouls s'accélère et je dois me retenir de poser mon bras autour de ses épaules et de la serrer contre moi. Surtout lorsqu'elle s'appuie contre moi.

« Tu pourrais peut-être accepter de ne pas me regarder quand la lumière revient, comme ça on pourra se rencontrer vraiment plus tard, dans un autre contexte. »

Je ne réponds pas.

« Avec un peu de chance, je ne raconterai pas d'âneries pendant mon entretien et je ne ferai pas tout foirer.

— Tu veux vraiment ce poste ?

— Oui, vraiment. C'est bizarre, parce qu'il y a huit ans, si tu m'avais dit que je voudrais travailler pour SeCure un jour, je t'aurais ri au nez. Il faut croire que j'ai changé. Pour moi, Jackson King et la société qu'il a créée représentent ce qu'il y a de mieux en code d'infosec, et je veux en faire partie. »

Les lumières se rallument en vacillant, et l'ascenseur reprend son ascension. *Merde.*

« Oh, Dieu merci », soupire-t-elle en se remettant debout.

Je l'imite.

Lorsqu'elle se tourne pour me regarder, son sourire se fige.

Surprise.

Elle pâlit et trébuche en arrière.

La lumière illumine sa beauté. Une peau parfaite. Des lèvres pulpeuses. De grands yeux. Des pommettes hautes. Et, oui... ses seins et ses jambes ont aussi belle allure que dans le noir. C'est une bombe. Et elle a compris qui je suis, ce qui me donne l'avantage.

« Tiens, tu ne parles plus.

— J. T. », marmonne-t-elle avec amertume. Elle me foudroie du regard, comme si j'étais celui qui avais parlé sur son dos, et non l'inverse. « Que signifie le T ?

— Thomas. » Ma mère m'a donné un prénom résolument humain.

L'ascenseur s'immobilise au sixième étage, et la porte s'ouvre. Elle ne bouge pas.

Je maintiens les portes ouvertes et lui fais signe de sortir. « Je crois que c'est ton étage. »

Elle ouvre la bouche, puis la referme. Elle redresse les épaules et me dépasse, deux points rouge vif sur les joues. *Adorable.*

Même si je suis en retard pour au moins une vingtaine de réunions, je la suis. Pas parce que mon corps refuse d'être séparé d'elle. Certainement pas parce que j'ai besoin d'en savoir plus à son sujet. Juste pour la tourmenter encore un peu par ma présence, maintenant qu'elle sait qui je suis.

« Mlle McDaniel, vous voilà », dit Stu. Il attend devant les ascenseurs après être probablement monté par les escaliers. Luis, le chef de la sécurité de SeCure, l'accompagne. Il fait signe à un de ses hommes, qui prend place devant l'ascenseur pour empêcher quiconque de monter.

« Des réparateurs sont en route, M. King, déclare Luis.

Ce sera réparé très vite. Et je vois que vous avez escorté Mlle McDaniel.

— Je ne voulais pas la laisser seule, intervient Stu avec un regard coupable. J'ai pris les escaliers pour m'assurer d'être là lorsqu'elle sortirait. » À l'entendre, on croirait qu'il mérite une médaille pour son action héroïque.

Je ne réponds pas.

« Je me charge de la suite, ajoute-t-il. Je suis navré de vous avoir dérangé.

— Je vais assister à l'entretien », dis-je, me surprenant moi-même.

Stu et Kylie tournent brusquement la tête vers moi et me dévisagent. Kylie rougit jusqu'aux oreilles et cligne ses grands yeux bruns. À la lumière, ils ont une teinte chaude, brun-chocolat, avec des paillettes dorées au centre. *Un regard incroyable.*

Sa gêne ne dérange pas l'alpha en moi. J'ai l'habitude que les gens ne sachent plus où se mettre en ma présence. Mais mon loup n'apprécie pas le soupçon de colère dans son odeur. J'ai des excuses sur le bout de la langue – une autre première. Jackson King ne s'excuse pas. Et en plus, je ne lui dois pas d'excuses. Si ça ne tenait qu'à moi, je la traînerais dans la salle de conférence la plus proche, lui donnerais une fessée pour son commentaire sur le fouettage de petit copain, puis je passerais les trois heures suivantes à lui apprendre le plaisir avec ma langue. Je la lècherais jusqu'à ce que ses cris de jouissance avertissent toutes les personnes dans le bâtiment qu'elle est à moi. Ça lui ferait oublier son agacement et sa nervosité. Ou bien est-ce du désir ?

« Oh, ce n'est qu'un entretien ordinaire, pas besoin de perdre votre temps », déclare Stu.

Mais je refuse de laisser Stu – ou n'importe quel autre mâle – rester seul avec elle.

Luis se racle la gorge pour avertir son collègue qu'il est sur le point de me contrarier.

« C'est moi qui décide comment j'occupe mon temps, je rétorque avec un regard sévère. On va dans la salle de conférence, ou est-ce que l'entretien se déroule dans le couloir ? »

Stu se renfrogne comme si je venais d'interrompre sa petite fête privée.

∼

Kylie

Sacrée gêne, Batman. Et moi qui comptais réussir cet entretien haut la main. Je ne pensais pas que ça pourrait être pire, mais être prise en étau dans une guéguerre entre Stu et Jackson est un autre moment inoubliable dans cette journée pourrave. Je n'arrive pas à croire que je viens de péter un câble en présence de *Jackson King.* Et que je me suis épanchée comme une collégienne, à me demander quel genre de geek il est, s'il est homo, et *oh mon Dieu est-ce que j'ai vraiment insinué qu'il fouettait ses partenaires ?* Putain, mais qu'est-ce qui ne va pas chez moi ? Même *Les Entretiens professionnels pour les nuls* ne peut plus rien pour moi.

Bien sûr, il m'a laissée croire qu'il n'était pas le PDG. Une action digne d'un connard, vraiment. Je devrais lui en vouloir, mais non, je suis toujours troublée qu'il m'ait touchée. Dommage que se faire peloter par Jackson King ne fasse pas partie des attributions de ce poste.

Merde, je veux vraiment, vraiment ce job. Pelotage mis à part, SeCure est le top de la cybersécurité. Adolescente, cette entreprise représentait le hack ultime. Et, après presque dix ans passés à me planquer, j'ai l'impression de rentrer chez moi. Comme si j'avais passé ma vie à me préparer pour ce moment. Maintenant que je suis sortie de l'ombre, je peux enfin prendre la place qui me revient.

Le fait de travailler pour Jackson King n'a rien à voir. Enfin, peut-être un tout petit peu. Mon corps ne rechignerait certes pas à se retrouver sous ses ordres. Seigneur, je dois arrêter d'imaginer ses mains posées sur moi...

Le combat de regard entre Stu et Jackson a assez duré.

« Où est la salle de conférence ? » je demande d'une voix aiguë. J'inspire plusieurs fois et suis Stu dans une grande salle. Je peux y arriver. J'ai réussi des choses bien plus difficiles : participer à des cambriolages de grande envergure à douze ans, perdre ma mère et mon père, rester coincée dans un conduit de ventilation pendant dix heures... à côté, ceci n'est rien. Juste un entretien.

Je m'assieds, et les trois hommes s'installent en face de moi. Les fauteuils sont larges et confortables, mais presque trop petits pour la silhouette musclée de Jackson. Il fait pivoter son siège vers moi sans me quitter des yeux. Même assis, cet homme reste intimidant.

Je m'autorise à froncer légèrement les sourcils dans sa direction. Il m'a menti. Et maintenant, il me force à passer mon entretien en sa présence. Comme si cette journée n'était pas déjà assez éprouvante.

Il hausse les sourcils en remarquant mon regard noir.

Mais pourquoi ai-je déblatéré toutes ces idioties dans l'ascenseur ? C'est comme si j'avais avalé un sérum de vérité.

Il s'agit peut-être d'un des superpouvoirs de Jackson : faire dire aux gens tout ce qui leur passe par la tête. Je n'ai jamais été aussi sincère avec personne. J'ai raconté des millions de mensonges, mais il a suffi qu'il me réconforte pendant une crise de panique pour que j'oublie tout mon entraînement. S'il était encore en vie, mon père me passerait un savon.

Stu parcourt des documents et tend une feuille à M. King. « Voilà son CV, dit-il. Vous pouvez constater que ses qualifications sont plutôt impressionnantes. »

Stu surestime clairement mon CV. Certes, j'ai obtenu mon diplôme en informatique avec mention à l'université de Georgetown (après avoir convaincu la fac de me laisser suivre tous mes cours en ligne), mais mon expérience professionnelle se résume à coder pour la société de jeux dans laquelle je travaille actuellement. Du moins, c'est la seule expérience légale à mon actif. J'en ai de nombreuses autres dont je ne peux pas parler. Résultat : je ne paie pas de mine sur le papier.

« Tous ses professeurs lui ont écrit des lettres de recommandation élogieuses », poursuit Stu, l'air un peu mal à l'aise.

Mais il est loin d'être aussi gêné que moi. Et le fait que Jackson King me fixe comme s'il connaissait tous mes secrets n'aide en rien. Quelle idée terrifiante.

« Vous voulez commencer ? » demande Luis à King.

King s'assied dans le fond de son siège et croise ses longues jambes élégantes. Merde. J'ai toujours bavé sur les photos de lui trouvées sur Internet, mais il est encore plus séduisant en personne. Les photos ne lui rendent pas justice, pas même l'article en double page dans *Time Magazine* qui l'a sacré « Homme de l'année » pour avoir résolu les problèmes mondiaux de fraude à la carte bancaire. En fait, il n'a pas du tout l'air d'un geek. Avec ses épais cheveux noirs, qu'il porte assez longs et un peu décoiffés, sa mâchoire carrée et ses yeux verts dont la couleur rappelle le jade, sa beauté est sauvage et virile. Il dégage aussi quelque chose de dangereux, sa puissance à peine contenue dans son costume hors de prix.

Il me regarde droit dans les yeux, ses traits impassibles. « Que savez-vous de l'infosec, Kylie ? »

Je croise les doigts sur la table. Pas la peine d'avoir l'air nerveuse. J'ai foiré toutes mes chances d'obtenir ce poste lorsque je l'ai traité de sociopathe pervers dans l'ascenseur. Il veut probablement se venger, et me faire subir l'entretien le plus gênant de tous les temps est sa forme de torture favorite.

Et puis merde. Je n'aurai pas le poste. Pourquoi rester et souffrir ?

Je repousse ma chaise et me lève. « Vous savez quoi ? Je pense que ce n'est pas une bonne idée. »

Stu se dresse immédiatement, l'air énervé.

« Pourquoi pas ? Attendez une minute.

— Je suis désolée de vous avoir fait perdre votre temps. »

Stu s'interpose entre la porte et moi, comme s'il comptait m'empêcher de sortir. Il risque probablement de perdre son emploi s'il ne pourvoit pas le poste. *C'est pas mon problème, mon pote.* Que compte-t-il faire, me plaquer au sol si j'essaie de passer ?

« À vrai dire, je pense que j'ai loupé cet entretien dans l'ascenseur, donc je préfère m'en aller. Merci...

— Asseyez-vous, Mlle McDaniel », ordonne King, sa voix grave et sonore aussi froide et dure que de l'acier.

Je me fige. Merde, il est encore plus sexy quand il se montre autoritaire. Comme dans l'ascenseur, mon corps réagit. Mes tétons se dressent, et ma chatte s'humidifie.

Ses narines se dilatent comme s'il pouvait le sentir. Mais c'est absurde. Il est toujours assis, mais qui détient le pouvoir dans la pièce ne fait aucun doute.

Je pose la main sur le dossier de ma chaise, un peu chancelante. Et pas seulement à cause de mes talons. « Oui, monsieur, je murmure en me rasseyant.

— Merci. Je vous ai posé une question, et j'attends une réponse. »

Quel enfoiré. Il est déterminé à me faire souffrir. Je frotte l'ongle de mon pouce contre le gras de mon index, puis pose les mains sur mes genoux pour arrêter de gesticuler.

« Monsieur King, je vous présente mes excuses pour ce que j'ai dit dans l'ascenseur. C'était déplacé et... irrespectueux. »

L'expression de King ne change pas. Il continue de me dévisager froidement. « Répondez à la question. »

D'accooord. Apparemment, il va juste ignorer mes excuses. Je lui lancerais bien une réplique acerbe, mais je me suis promis de tenir ma langue. « Mes connaissances en infosec sont principalement pratiques. Vous ne les verrez pas sur mon CV, mais je connais tous les domaines de la sécurité ; comment identifier des faiblesses, masquer un code... Aucun code n'est impénétrable, à part peut-être le vôtre.

— Combien de temps vous faudrait-il pour pirater un compte Gmail ordinaire ?

— Ce serait illégal, monsieur King, je réponds en m'autorisant un petit sourire.

— Vous savez le faire, oui ou non ? »

Il sait. La pensée fait irruption dans mon esprit, et je me dandine sur ma chaise. Il a compris que je suis Catgirl. *Non, c'est idiot.* Tous les professionnels de l'infosec savent probablement hacker. C'est même possiblement une des conditions pour être embauché. Comme ces entreprises de sécurité du domicile qui engagent des cambrioleurs repentis pour améliorer leurs systèmes.

Ce n'est pas comme si le moindre système de sécurité, matériel ou virtuel, m'avait jamais résisté. Même si mes compétences sont peut-être un peu rouillées. Mes années de cambriolage ont pris fin avec la mort de mon père.

« Si je savais hacker, monsieur King, je ne l'admettrais pas ouvertement, et c'est pour ça que vous ne le verrez pas sur mon CV. Mais en théorie, si je souhaitais pirater un compte Gmail ordinaire, ça me prendrait entre dix et vingt minutes.

— Nous ferons passer une série de tests à Mlle McDaniel après l'entretien, intervient Stu avec un sourire crispé avant de se tourner vers moi. Et si vous nous parliez un peu de votre expérience en programmation ? »

King a l'air de s'ennuyer autant que moi tandis que je récite mes accomplissements en programmation. Luis me cuisine avec toutes les questions d'entretien habituelles : est-ce que je travaille bien sous la pression ? En équipe ? Suis-je prête à travailler de nuit et à faire des heures supplémentaires au besoin ? À déménager de Phoenix pour m'installer à Tucson ?

Je réponds machinalement tout en observant discrètement Jackson King. Il n'a pas posé d'autre question. À quoi pense-t-il ? Est-il toujours en rogne à cause de ce que j'ai dit dans l'ascenseur ?

« Avez-vous des questions pour nous ? me demande Luis.

— Combien de candidats postulent pour ce poste ? »

Stu farfouille dans ses papiers pendant que les deux autres hommes se tournent vers lui, attendant sa réponse. « Trois.

— Quand puis-je m'attendre à recevoir une réponse ? » C'est sûrement un peu présomptueux, mais mon assurance est tout ce qui me reste.

« Dans quelques jours. Nous faisons passer les entretiens à tout le monde aujourd'hui.

— Dans ce cas, vous feriez bien de réparer cet ascenseur, dis-je en forme de boutade d'une voix plus décontractée que je ne le suis.

— Si vous voulez bien me suivre, je vais vous accompagner jusqu'au bureau où vous passerez les tests », dit Stu en se levant.

Dieu merci. Les tests ne me font pas peur. Je n'ose pas regarder King en passant, mes joues sont toujours brûlantes. Je suis Stu en rentrant la tête dans les épaules. Lorsque j'arrive à la porte, je me risque à jeter un coup d'œil dans sa direction.

King est en train de me regarder, un petit sourire au coin des lèvres.

Quel sadique. Il a aimé me mettre mal à l'aise.

Jackson

Je regarde les long mollets musclés de Kylie tandis qu'elle sort de la pièce. Son cul a une forme de cœur parfait dans sa minijupe moulante. Mon loup continue de perdre la boule, griffe et renâcle pour sortir. Je ne l'ai jamais laissé s'exciter autant, encore moins au bureau. Mais il n'y avait jamais eu une tentation comme Kylie.

Je force mes pensées à se concentrer sur le travail. Du moins, les parties du travail qui la concernent.

« Je veux qu'on m'envoie les résultats du test. »

Luis opine du chef. « Bien sûr. Vous souhaitez assister à tous les entretiens aujourd'hui ?

— Non. » Luis aimerait probablement que j'en dise plus ou que je justifie ma décision, mais il n'insistera pas. Tout le monde sait que je suis partisan du minimalisme en matière de conversation.

« Puis-je vous demander... ce qu'elle a dit dans l'ascenseur ?

— Elle m'a insulté, je réponds en haussant les épaules. Ce n'est rien. Je suis sûr que la plupart de mes employés disent des choses similaires, voire pires, dans mon dos. »

Luis tripote son gobelet de café sur la table, trop diplomate pour acquiescer. « Qu'avez-vous pensé d'elle ?

— Elle est intelligente, c'est évident. Son CV n'est pas si impressionnant. Comment Stu l'a-t-il trouvée ?

— Avec une chasseuse de têtes.

— Je me demande pourquoi la chasseuse de têtes a pensé qu'elle conviendrait. Son CV ne comporte aucune expérience en infosec.

— Parce que c'est une hackeuse.

— Évidemment. Mais comment le sait-elle ? »

Luis tapote son gobelet contre la table. « Bonne question. Vous voulez que j'obtienne la réponse ?

— Oui. Et envoyez-moi les résultats de son test.

— Alors, elle vous plaît ? »

Aucun homme aussi séduisant ne devrait être à ce point antisocial.

Elle me trouve séduisant. Ouais, on me l'a déjà dit, mais ce que les humains pensent de mon apparence ne m'a jamais intéressé jusque-là. Tous les métamorphes (ou plutôt, toutes les créatures surnaturelles) sont plus beaux que les humains. Du moins, c'était ce que je pensais avant de rencontrer Kylie.

« Je l'ai trouvée... » *Baisable ? Enivrante ? Adorable, avec ses airs de petite dure à cuire qui ne se laisse pas marcher sur les pieds ?* C'est vrai... Ne pas se laisser marcher sur les pieds est un trait d'alpha. Si Kylie était une métamorphe, elle serait à la tête des femelles de sa meute. Elle possède toutes les qualités d'une meneuse.

Luis attend que je termine ma phrase. Putain, que vais-je lui dire ? *Son parfum me rend accro. Mon loup la veut pour lui.*

« ... intéressante. Je l'ai trouvée intéressante. »

Je me lève, avec dans l'idée d'aller rôder autour de Kylie, de découvrir dans quel bureau Stu l'a installée et de la regarder travailler. Mon loup ne veut pas la laisser seule avec un autre mâle. Et j'aime la chasse, surtout si Kylie est ma proie.

~

Ginrummy

Il ne s'attendait pas à ce que Kylie soit si sexy. Ni si sûre d'elle. Brillante, oui. Mais il l'imaginait timide. Effacée. Aussi mal à l'aise en public que lui, peut-être avec des lunettes, ses cheveux rassemblés en un chignon négligé. Peut-être un piercing au nez. Pas un petit diamant mignon sur la narine ; plutôt un anneau dans le septum, le genre que portent les filles un peu rebelles et coriaces.

Il se doute bien que tous les geeks ne sont pas des inadaptés, mais tout de même ; selon lui, n'importe qui ayant passé toute son enfance en ligne et à l'écart du monde réel ne devrait pas être une véritable bombasse avec des chaussures à talons et une telle paire de seins. Et ne devrait pas être capable de regarder ce trouduc impressionnant de Jackson King droit dans les yeux et de mener l'entretien comme si c'était elle qui embauchait.

Elle a l'air blasé maintenant, alors que ses doigts filent sur les touches du clavier pour résoudre les problèmes de sécurité qu'il lui a préparés.

En un sens, ça lui facilite les choses. Elle ressemble plus à Jackson King qu'à lui. Bon sang, Kylie–Catgirl–McDaniel est beaucoup trop bien pour lui. Lui faire porter le chapeau pour la chute de SeCure sera moins douloureux qu'il ne le craignait. Parce que dans son esprit, elle a toujours été sa petite amie virtuelle, en quelque sorte. Ouais, c'est débile, mais c'est une fille, lui un garçon, et ils ont été complices dans le milieu du piratage depuis la puberté, à l'époque où ses hormones déchaînées n'avaient pas besoin de plus que du pseudonyme « Catgirl » pour prendre son pied.

Ils ont fait leurs armes ensemble en tant que jeunes hackeurs, ont échangé des informations et parlé de leurs réussites, se sont passé des tuyaux et ont conseillé d'autres hackeurs. Il ne doit qu'à la chance de l'avoir retrouvée après qu'elle a disparu de la circulation pendant ces huit dernières années. Mais elle a refait surface sur DefCon, le vieux forum secret de hackeurs sur lequel ont eu lieu tous leurs échanges. Elle demandait de l'aide pour pirater le site du FBI. Naturellement, il lui a donné un coup de main.

Il était à sa recherche depuis longtemps. Pas seulement par nostalgie, même s'il s'est souvent demandé ce qu'elle devenait. Elle est parfaite pour ce dont il a besoin. Très peu de hackeurs sont capables de cracker le code de SeCure, et il se trouve que Catgirl est l'un d'entre eux. Elle l'a déjà fait – et quand elle était adolescente, rien que ça.

Alors lorsqu'elle a réapparu, il l'a aidée à hacker le site du FBI et il l'a suivie sur le site pour découvrir ce qu'elle voulait y faire. Elle a effacé les dossiers de trois personnes : un couple marié, tous les deux décédés, et leur fille, des cambrioleurs au grand cœur connus pour ne dérober qu'aux pourris. Elle a aussi ajouté des renseignements sur un autre malfaiteur, y compris des pistes sur là où il se cachait. En creusant un peu, il a rassemblé assez d'informations pour en déduire qu'elle est la fille des cambrioleurs. Ça colle avec les questions qu'elle posait des années plut tôt sur les systèmes de sécurité et les coffres-forts. D'après les informations limitées que possède le FBI, le criminel qu'elle a voulu faire tomber a probablement assassiné son père au cours d'un cambriolage.

La suite n'a pas été facile, mais il a fini par trouver son adresse IP ; ensuite, il a suffi de charger un recruteur de la contacter pour lui proposer un entretien d'embauche chez SeCure. Imaginez sa surprise quand il a découvert qu'elle habitait à seulement deux heures de Phoenix.

Il la regarde à présent, une mèche soyeuse coincée derrière son oreille, en train de résoudre à toute vitesse les tests débiles qu'ils lui ont préparés. Oh, ce sont de vrais tests ; ils auraient représenté un défi pour n'importe qui d'autre, mais il savait qu'elle les réussirait sans problème.

Si elle ne s'était pas retrouvée coincée dans l'ascenseur avec Jackson King à cause de cette foutue coupure de courant, son embauche aurait été assurée. Mais elle a apparremment dit ou fait quelque chose qui a agacé le PDG. Bon sang, il espère que King ne fera pas de difficultés pour l'engager.

Kylie

Je pousse la porte de la maison que je partage avec ma grand-mère. Mes jambes sont raides après les deux heures de route pour rentrer de Phoenix, et je suis prête à balancer ces talons aux ordures. « Mémé, tu es là ? »

Ma grand-mère sort la tête de la cuisine. Un large sourire illumine son visage ridé. « Minette ! »

C'est le petit surnom affectueux qu'elle me donne. Ce sont mes parents qui ont commencé à m'appeler comme ça. Ma mère était française – papa l'a rencontrée à Arles, au cours d'un cambriolage d'œuvres d'art en équipe. Il avait coutume de dire que ç'avait été un coup de foudre immédiat.

« Alors, comment ça s'est passé ? » Mémé me parle toujours en français, et je lui réponds toujours en anglais. Je parle cinq langues couramment, dont le français, mais je suis flemmarde à la maison. Ou peut-être que ça fait partie de mes efforts pour essayer d'être normale.

Je me laisse tomber sur une chaise près de la table de la cuisine et me débarrasse de mes foutus hauts talons. Les porter n'était vraiment pas une bonne idée.

Mémé s'assied à côté de moi. « J'attends. »

Je soupire bruyamment. « Pas bien. En fait, j'ai tout fait foirer. Bien comme il faut, Mémé. Il y a eu une coupure de courant pendant que j'étais dans l'ascenseur.

— Non ! » Mémé pousse un cri de stupeur exagéré et se couvre la bouche, comme seules les personnes de sa génération le font encore. Elle sait que je suis claustrophobe. Elle doit se douter de l'origine de ma phobie, même si nous ne parlons jamais de la profession de mes parents ou de mes activités illégales passées.

« Et je me suis retrouvée coincée avec Jackson King. *Le* Jackson King. »

Mémé me regarde sans comprendre.

« C'est le fondateur de SeCure. Mais je ne savais pas que c'était lui, il faisait trop sombre. Et j'ai dit des choses pas vraiment flatteuses à son sujet. »

Mémé semble compatir. « Ah, c'est dommage, ma petite-fille, dit-elle en me tapotant l'épaule avant de se lever. Je suis désolée. Je vais te servir de la soupe. »

Bien sûr. La nourriture apaise tous les maux, pas vrai ? La cuisine de Mémé est la meilleure des thérapies. Elle est venue vivre avec moi après la mort de mon père, et, pendant quelques mois, ses crêpes étaient la seule chose qui me motivait à sortir de mon lit.

Mémé s'approche de la cuisinière et sert quelques louches de bouillon brûlant dans un bol. Elle a fait de la soupe à l'oignon, mon plat préféré. Mémé pose le bol devant moi, avec une baguette de pain et du gruyère.

« Attention, c'est chaud. »

Je lui souris. Après la mort de maman, j'ai passé toute mon enfance à prendre soin de mon père. J'essayais de lui éviter la prison pendant qu'il jouait les Robins des Bois, à dérober aux riches pour réparer les torts dans le monde. Après toutes ces années, c'est agréable de me faire chouchouter par Mémé. Même si elle sait être stricte quand il le faut. Je n'aurais jamais terminé la fac si elle ne m'avait pas encouragée. Je suivais des cours en ligne pour le plaisir, mais c'est elle qui a insisté pour que je m'inscrive officiellement à un cursus et que j'obtienne un diplôme. Pour que je me fasse une place dans le monde réel, même si c'est sous une fausse identité. Alors c'est ce que j'ai fait.

Mais je n'ai toujours presque aucune vie sociale. Je suis trop habituée à la solitude, à garder mes secrets pour moi. Après ce qui s'est passé, après que mon père a été... *Mon Dieu*. Je n'arrive toujours pas à y penser sans que ma poitrine ne se serre douloureusement. *Assassiné*. Une trahison, et un meurtre de sang-froid. Ouais. Après ça, j'ai cessé toute activité illégale. J'ai effacé nos identités, même si ni papa ni moi n'avions jamais été recherchés. J'ai choisi de mener une vie normale. L'assassin qui a trahi mon père était probablement à ma recherche, alors je me suis planquée à la vue de tous en me faisant passer pour une citoyenne américaine ordinaire.

De toute façon, les cambriolages étaient le dada de mes parents. Ils étaient de véritables Bonnie et Clyde. Mais maman est morte dans un accident de voiture quand j'avais huit ans, et je suis devenue la nouvelle partenaire de crime de papa. J'ai refusé de le quitter, même s'il aurait préféré me mettre en sécurité dans un pensionnat, ou à Paris avec Mémé. Mais être un voleur justicier était sa vocation, pas la mienne. J'aimais juste hacker.

C'est comme ça que Mémé m'a convaincue de commencer mon emploi actuel pour une entreprise de jeux vidéo. Mais j'ai à peine un pied dans le monde réel. Je quitte rarement la maison. Je n'ai jamais eu de petit copain, ni d'amis proches. En un sens, je suis toujours Catgirl, tapie dans l'ombre.

C'est peut-être pour ça que l'épisode dans l'ascenseur m'a autant perturbée. Je n'avais encore jamais été touchée par un homme, et encore moins par un beau gosse comme Jackson King. Il a fait tomber mes barrières avec une facilité effrayante.

Mon téléphone portable se met à vibrer, et je fouille dans mon sac pour l'en sortir. Un numéro de SeCure. « Allô ?

— Bonjour Kylie, c'est Stu, de SeCure.

— Bonjour Stu. » *Brillant, K-K, vraiment brillant.*

« Je vous appelle pour vous dire que vos compétences nous ont impressionnés. Nous aimerions vous proposer le poste.

— Vraiment ? » J'ai envie de sauter au plafond et de pousser des cris de triomphe. J'ai eu le job, alors que je pouvais difficilement faire plus mauvaise impression. *Prends ça, Les Entretiens professionnels pour les nuls.*

Mais en même temps, je suis sceptique.

« Il n'y a pas de second entretien, rien du tout ?

— Non. Vous avez fait un sans-faute au test, et vous avez plu à la direction.

— La direction ? » Impossible qu'il parle de King.

« Oui, Luis vous a trouvée super. Le service des RH vous contactera pour vous proposer l'offre officiellement, mais j'ai d'ores et déjà l'autorisation de discuter du salaire avec vous. Nous vous proposons cent trente-cinq mille dollars en plus des frais de déménagement. Ainsi qu'une assurance santé et dentaire intégrales, un intéressement sur les bénéfices et des actions pour une valeur d'un tiers de votre salaire.

Euh... ouah. Je souris à Mémé et hoche la tête. Ça représente cinquante mille dollars de plus que ce que je gagne actuellement, et je ne m'attendais pas à ce qu'ils proposent de payer les frais de déménagement. *C'est probablement trop beau pour être vrai.* Mais je ne peux pas refuser. « Merci, ça a l'air génial.

— Alors, vous acceptez notre offre ? » Il a l'air enthousiaste.

Je devrais sûrement négocier un peu, mais tant pis. « Oui, absolument. Je suis ravie.

— Super. Les RH vous enverront une offre par écrit demain. Quand pouvez-vous commencer ?

— Je ne sais pas... dans un mois ?

— J'espérais plutôt dans deux semaines.

— Vraiment ? C'est plutôt rapide.

— Nous payons votre déménagement, donc ça devrait vous faciliter les choses.

— Deux semaines, c'est une exigence ?

— Oui.

— Alors, je serai là.

— Parfait. On finalisera les documents demain. Bien-venue dans l'équipe. »

Je raccroche et laisse éclater ma joie. « Mémé, j'ai eu le job ! »

Elle me prend dans ses bras et dépose un baiser sur ma tempe. « C'est fantastique ! Félicitations. »

Je la laisse m'étreindre tout en me demandant ce que King pense de mon embauche. Au moins, il ne s'y est pas opposé. Ce qui ne devrait pas m'exciter autant.

CHAPITRE DEUX

Jackson

Je sens dès que Kylie entre dans le bâtiment. J'aurais capté sa présence même sans savoir que c'est son premier jour à SeCure. Mes sens de loup s'affolent. Un grondement monte dans ma gorge. Je le ravale, me lève et commence à faire les cent pas devant les baies vitrées intégrales de mon bureau, qui donnent vue sur les montagnes de Santa Catalina. Tout à coup, mon col de chemise me serre. J'ai envie de me débarrasser de mes vêtements et de prendre ma forme de loup. Je veux courir. Hurler à la lune. Chasser.

Lorsque la municipalité de Tucson a fait du charme à SeCure pour que la société installe ses quartiers généraux dans la ville, j'ai joué le difficile. J'ai âprement négocié, demandé des exonérations de taxes et la création de nouvelles routes jusqu'au lieu proposé. Mais en vérité, ma décision était déjà prise. Tucson est la ville parfaite pour un métamorphe : nichée entre trois chaînes de montagnes, peuplée par seulement un million de personnes, elle me permet un accès direct à la nature tout en conservant tous les avantages pour mon entreprise. Attirer des employés de valeur n'est pas difficile ; la plupart des professionnels sont ravis de déménager dans le désert, malgré les étés caniculaires.

J'ai fait construire mon QG au pied des montagnes. Ma villa est également nichée au creux des montagnes de Santa Catalina pour que je puisse aller chasser à tout moment.

Je tourne en rond devant les fenêtres, ma peau me démange. Je suis réellement en train d'envisager de muter en plein jour. Mon loup demande à sortir. Il veut chasser, tuer. Ou baiser.

À moi.

Ouais, mon loup veut baiser cette petite humaine sexy qui se trouve au sixième étage. Si j'étais malin, je l'éviterais comme la peste. Mais je n'utilisais déjà pas mon cerveau quand j'ai conseillé de l'embaucher.

Je n'arrive pas à me sortir Kylie de la tête. Ces deux dernières semaines, son parfum m'est revenu pendant la nuit. Je la vois dans mes rêves. Le souvenir de ses longues jambes et de ses seins de Batgirl me fait bander à chaque fois.

Comment une humaine peut-elle être si attirante ?

On frappe à ma porte. « M. King ? Votre rendez-vous de neuf heures est là. »

Je m'assieds à mon bureau en poussant un soupir. « Faites-le entrer. » Je dois encore m'occuper de conneries pour le boulot. Kylie devra attendre.

Jackson

Je me force à attendre jusqu'à onze heures. À ce stade, tout mon corps tremble à force de lutter contre mon instinct. Je me lève d'un bond et sors brusquement de mon bureau en passant devant ma secrétaire.

Elle lève la tête, surprise. « Votre rendez-vous de onze heures est là, monsieur. » Elle me l'a déjà dit, et je lui ai demandé de m'accorder quelques minutes.

« Oui, je sais. Je reviens dans cinq minutes. » Ou dix. Ou le temps qu'il me faudra pour plaquer ma petite Batgirl contre un mur et la baiser sauvagement.

Je repousse mon loup en moi. C'est une mauvaise idée. Elle est humaine. Sublime. Fragile. Cassable. Au mieux, elle aurait des hématomes. Au pire... je la briserais.

Mais je dois la voir.

Je prends l'ascenseur jusqu'au sixième étage. Le souvenir de ses mains contre ma peau me fait bander encore plus fort. Je remercie le ciel qu'on se soit retrouvés coincés ensemble, et encore plus de ne pas avoir réalisé à quel point son odeur m'appelait avant qu'on soit sortis de cet espace confiné. Je ne dois qu'à des années de contrôle que mon loup n'ait pas pris le dessus pour la marquer à cet instant. À mon contrôle, et à mon extrême confusion.

Je n'ai jamais ressenti ça. Je ne devrais pas être dans cet état. Encore moins pour une humaine.

Je traverse le couloir sans prêter attention au fait que toutes les conversations de mes employés s'interrompent dès ils m'aperçoivent. D'habitude, j'apprécie leur nervosité ; elle satisfait le prédateur en moi. Mais aujourd'hui, j'ai une autre proie en tête.

Je n'ai pas besoin de demander où est installée ma petite hackeuse. Son parfum a laissé une piste. De la vanille et des épices, ainsi qu'une odeur que je ne reconnais pas.

Ma traque se termine devant un petit bureau sans

fenêtre. Kylie est assise devant son ordinateur, une tasse de café à la main.

Bien que je ne fasse aucun bruit (les métamorphes peuvent se déplacer bien plus silencieusement que les humains), elle redresse brusquement la tête dans ma direction lorsque je m'approche du pas de la porte, et cligne des yeux comme si elle n'était pas sûre que je sois réel.

« M. King. » Elle fait pivoter sa chaise, mais ne se lève pas. Mon loup apprécie qu'elle n'ait plus peur de moi. Elle croise ses longues jambes nues, et je remercie le ciel qu'elle ait décidé de porter une autre jupe courte. « Ou devrais-je plutôt dire J. T. ? »

Ah, elle est toujours en rogne à cause de ma petite duperie. Sa voix porte un accent de reproche que ne se permettrait aucun autre employé. Je devrais être agacé, mais elle fait frémir mon sexe.

La voir me ravit, pourtant je ne m'autorise qu'un petit sourire. « Tu peux. »

Elle regarde le couloir derrière moi et, grâce à ma nature de loup, je reconnais derrière son assurance l'attitude d'un animal coincé. Comme si voir la seule issue bloquée la rendait légèrement anxieuse. Ça doit être lié à sa claustrophobie. J'entre dans le bureau et m'écarte de la porte pour libérer l'accès vers la sortie. Elle se détend visiblement.

Je m'adosse au mur et croise les bras sur ma poitrine. Mon loup a envie que je bande mes muscles, que je parte chasser et que je lui ramène un lapin pour déjeuner. *On se calme, mon petit.*

Son odeur m'atteint de plein fouet, et je sens ma peau fourmiller comme quand je m'apprête à muter. Je me force à reprendre le contrôle en espérant que mes yeux n'ont pas changé de couleur.

« C'est comme ça qu'on vous appelle ? demande-t-elle en haussant un sourcil.

— Non. »

Elle pose sa tasse de café et se lève. La jupe moule son corps élancé et ses talons hauts font ressortir les muscles de ses mollets de manière alléchante. Elle porte un T-shirt délavé de Spiderman qui s'étire au niveau de sa poitrine. Cette fille est fétichiste des superhéros.

Dommage que je sois le méchant de l'histoire. J'ai envie de soulever son T-shirt et de faire courir ma langue sur son ventre plat et ses seins fermes.

« Écoutez, j'aimerais m'excuser encore une fois pour ce que j'ai dit. Je n'en pensais pas un mot. J'étais juste... jalouse. » Elle semble sincère.

Je ne m'attendais pas à ce qu'elle me présente à nouveau ses excuses. La position de ses épaules me dit qu'elle est sur la défensive, mais la douceur dans ses yeux et dans sa voix me prouve qu'elle essaie réellement d'arranger les choses. Ce qui est... rafraîchissant. Mes employés, mes collègues, bon sang, toutes les personnes dans ma vie me lèchent les bottes, ou alors elles parlent dans mon dos. Ou les deux. Seuls les autres métamorphes sont sincères avec moi, mais la meute d'Arizona ne me porte pas dans son cœur. Ce qui est entièrement ma faute.

« Jalouse de quoi ?

— De votre intelligence, j'imagine », répond-elle en haussant les épaules.

Une autre surprise. La plupart des gens sont jaloux de ma réussite, de mon argent ou de mon pouvoir. Ils semblent penser que je ne les ai pas mérités. Que j'ai eu de la chance. « Si tu étais dans ma tête, tu ne trouverais pas grand-chose d'intéressant », dis-je. Juste la culpabilité amassée au cours d'une vie. N'importe quel psychologue taxerait mon ambition professionnelle de compensatoire. Et si ce thérapeute savait ce que j'ai fait pour hériter de ce mépris de moi-même, il me ferait enfermer. Mais mon erreur est irréparable. Ma mère ne peut pas revenir d'entre les morts, et la mort de mon beau-père sera toujours survenue trop tard.

Kylie m'observe.

Que voit-elle ? Un geek mal dans sa peau ? Un type flippant ? Ou discerne-t-elle le loup dans mes yeux, le prédateur qui veut la mettre à quatre pattes et la baiser pendant des heures ?

« Mon code te plaît. » Ma voix est rauque, gutturale, si proche de la mutation.

« C'est vrai. » Un petit sourire sensuel se dessine sur ses lèvres, comme si parler de code était une forme de préliminaire. Ses dents blanches sont parfaites, ses lèvres charnues et brillantes de gloss. « Vous avez les yeux plus clairs que dans mon souvenir. »

Merde.

Je cligne plusieurs fois rapidement des paupières pour forcer la mutation à s'inverser. « Ils changent. » *Ce n'est pas un mensonge.* « Je suis en train de plancher sur un nouveau langage. » Bon sang, difficile de faire plus geek. Bientôt, je vais lui raconter une histoire commençant par : « Un jour, au club de fanfare... »

Son regard s'illumine et elle s'approche, envahit mon espace. Elle est fine et a des jambes interminables, mais sa poitrine et ses fesses pulpeuses doivent bien tenir en main.

« J'aimerais que tu le testes pour moi. »

Oh, par le ciel, mais qu'est-ce que je raconte, putain ? Je n'ai jamais laissé personne voir mon travail, et encore moins une toute nouvelle employée dont je ne sais rien.

« Ce serait un plaisir », dit-elle en se penchant un peu plus vers moi.

Est-ce que ses tétons pointent ?

« Ça devra se faire en dehors de tes horaires de travail. Je sais que Stu a déjà des choses à te faire faire.

— D'accord, aucun problème. » Apparemment, les heures sup ne lui font pas peur. Une véritable geekette, donc.

« Dans mon bureau, à dix-huit heures. » *On dirait un rencard.* Elle a dû penser la même chose, parce que l'odeur de son désir pénètre mes narines.

Je serre les poings et enfonce mes ongles dans mes paumes pour me retenir de la serrer dans mes bras. Je l'imagine nue, allongée sur mon bureau, les jambes écartées.

Non. Non, non, non. Ça ne peut pas arriver. Certains loups sont capables de coucher avec des humaines sans problème, mais ils n'ont pas pour autant envie d'en faire leur *compagne*. Normalement, une humaine ne devrait pas me donner l'envie irrésistible de la marquer de mon odeur. Mais apparemment, c'est le cas avec celle-ci. Donc, la baiser est impossible. Parce que je ne pourrais pas la marquer sans la blesser grièvement ou la tuer.

Ses lèvres bien dessinées s'entrouvrent, comme dans l'attente d'un baiser.

Je fais un pas en avant.

« Je suis pardonnée ? demande-t-elle d'une petite voix qui fait immédiatement réagir mon sexe.

Je lui jette un regard glacé. « On verra. »

L'odeur de son doux nectar s'intensifie. Mon autorité lui plaît.

Je sors de la pièce avant de retrousser sa jupe, de déchirer sa culotte et de plonger ma langue entre ses jambes.

Ça n'arrivera pas. Ça ne peut pas arriver.

Je m'éloigne, le corps tendu à tout rompre. Mon loup veut être libéré.

Peut-être que j'ai besoin de prendre l'air. J'appelle ma secrétaire depuis mon téléphone portable. « Vanessa, annulez mon rendez-vous. Je m'absente. »

～

Kylie

Sacrée tension sexuelle, Batman. Jackson King en pince pour moi. Sinon, pourquoi serait-il venu me voir, étrange et intense, pour m'inviter dans son bureau ?

Il veut me montrer son *code*. C'est donc comme ça que disent les jeunes, de nos jours ?

Peut-être qu'il se montre simplement sympathique pour rattraper la première impression qu'il m'a donnée de lui. Il veut peut-être me mettre à l'aise pour mon premier jour parce que je suis une nouvelle employée. Me donner un os. Celui dans son pantalon. *Hin hin.*

Mais non. Je ne suis pas ce genre de fille. Je n'ai même jamais couché avec un homme. Je n'ai pas lu les *Conseils en entreprise pour les nuls*, mais je suis assez certaine que coucher avec mon patron n'est pas une bonne idée.

Même si c'est Jackson King...

Après quelques minutes de rêverie, je me secoue.

Non, K-K, je réprimande ma libido. *Ne fais pas tout foirer.* Je viens de commencer mon emploi idéal. Fini la vie de crime et de cavale. Fini de me planquer, la seule excitation dans mon quotidien se résumant à découvrir ce que Mémé a cuisiné.

Et Jackson King est probablement un séducteur. C'est peut-être pour ça qu'on n'entend jamais parler de ses petites amies. Il couche sans doute avec ses employées et achète leur silence. Le salaud.

Si seulement il n'avait pas de si beaux yeux. Je croyais qu'ils étaient verts, mais aujourd'hui, ils étaient bleu clair.

Je tape sur mon clavier pour avoir l'air occupé au cas où Stu entrerait dans le bureau. Même si on peut communiquer par email ou chatter sur l'intranet, il passe souvent me voir. Je n'ai toujours pas compris pourquoi il était aussi enthousiaste à l'idée de m'engager. Les recommandations élogieuses de mes profs de fac ne me paraissent pas des raisons suffisantes.

J'ouvre Google pour faire une recherche sur Stu, voir si je peux en apprendre plus, mais je tape le nom de Jackson King à la place. Et le voilà, posant sans sourire, comme toujours, pour le magazine *Wired*. Il fixe l'appareil photo, sa chevelure épaisse et ébouriffée, ses mâchoires serrées. Avec son expression habituelle, qui semble dire : *laissez-moi tranquille, ou sinon...*

Mais elle me donne juste envie de m'approcher encore plus.

Encore quelques heures avant que je puisse aller voir son *code*. Et j'ai réellement envie de programmer avec lui, même si ces heures supplémentaires ne seront pas payées. Travailler sur un projet ensemble dissipera peut-être la gêne entre nous. Dans la vraie vie, je suis froide et sarcastique ; mais en ligne, je suis Catgirl. Celle qui atteint le sommet de hauts immeubles d'un seul bond. Qui résout les problèmes du monde, un piratage à la fois. Quand mon père était encore en vie, nous passions notre temps à déménager entre ses cambriolages ; on ne pouvait jamais rester au même endroit. L'ordinateur était ma maison. Je ne rencontrais pas mes amis au centre commercial, je les rencontrais en ligne.

Et le code... Tout ça me venait naturellement. C'était à la fois un défi et un réconfort.

C'était comme se cacher à la vue de tous.

Sans trop savoir pourquoi, je pense que Jackson King comprendrait.

À dix-huit heures, je saute de ma chaise. Mon cœur tambourine dans ma poitrine tandis que je monte les escaliers jusqu'au huitième étage, le niveau de la direction.

Lorsque j'ouvre la porte de la cage d'escalier (ce qui me fait remonter de mauvais souvenirs, mais pas autant que dans un ascenseur), mes jambes tremblent un peu. *Comporte-toi comme si tu étais à ta place, et le monde pensera que c'est le cas.* Mon père donnait de meilleurs conseils pour s'intégrer que n'importe quel bouquin de développement personnel. En tant que cambrioleur, il connaissait son sujet.

Je suis à ma place, je me répète en me dirigeant vers le bureau au coin. *Pour la première fois de ma vie, je suis à ma place.*

L'assistante de King est sur le point de partir. Elle enfile une veste légère et met son sac en bandoulière sur son épaule. Elle est mignonne. Et sa chemise est boutonnée beaucoup trop bas.

Sacré décolleté, Robin.

J'essaie de passer devant elle sans m'annoncer.

« Excusez-moi ? Je peux vous aider ?

— Bien sûr, dis-je en me retournant avec un beau sourire. Je suis ici pour voir M. King. »

L'assistante secoue la tête, ce qui fait rebondir ses boucles blondes parfaites. « Non, il n'a aucun rendez-vous.

— En fait, si. Il m'a demandé de venir examiner un code. » Je lui tends la main et fais de mon mieux pour paraître amicale, malgré son accueil glacial. « Je suis Kylie McDaniel, la nouvelle spécialiste en infosec. »

La jeune femme secoue de nouveau la tête et ignore ma main tendue. « Non, ce n'est pas sur son agenda. Et M. King n'aime *vraiment pas* être importuné. Je peux essayer de vous obtenir un rendez-vous ? » propose-t-elle, mais sa voix transpire le doute.

La porte derrière elle s'ouvre. « Mlle McDaniel. »

Je n'aurais pas dû faire ça. J'aurais pu attendre que la femme s'éloigne pour entrer. Mais quelque chose en moi semble avoir envie d'en découdre, et je sors les griffes.

Je réponds en fixant l'assistante droit dans les yeux : « J. T. »

Les yeux de la secrétaire s'arrondissent un instant comme des soucoupes, puis elle pince les lèvres.

Heureusement, mon excès de familiarité ne semble pas agacer Jackson. Il ne donne aucune explication à sa secrétaire, mais en même temps, il n'a pas besoin de le faire : c'est son entreprise. Il s'écarte de la porte et me fait signe d'entrer dans son bureau avec un geste impatient.

Il n'y a qu'avec lui que l'autorité est irrésistible.

« C'était un plaisir de faire votre connaissance », dis-je à l'assistante en avançant d'une démarche assurée vers le bureau.

Elle m'ignore. « Monsieur, avez-vous besoin que je reste ? »

Non merci, les plans à trois, c'est pas mon truc.

« Non. »

Alors, il n'y a pas qu'à moi qu'il sert des réponses monosyllabiques. C'est bon à savoir.

« Très bien, alors bonne soirée ? » ajoute la secrétaire avec une pointe d'affolement.

Il referme la porte sans un mot. Ça ne devrait pas me satisfaire, mais c'est le cas. Et me voilà seule avec Jackson King.

« Tu es en retard », grommelle-t-il.

Il a enlevé sa veste de costume et sa cravate. Le col de sa chemise est déboutonné. Ses larges épaules remplissent le vêtement.

« Je vais avoir des ennuis ? »

Il ne répond pas et se contente de retrousser ses manches.

Sacrée chaleur, Batman.

« Si je vous manque, je suis juste deux étages plus bas. »

King grogne pour toute réponse et va s'installer dans son gros fauteuil en cuir, derrière un large bureau en chêne. Deux fauteuils plus modestes sont placés devant le bureau. Je pose mon sac sur l'un d'entre eux, mais ne m'assieds pas. Je ne suis pas une mauvaise élève convoquée dans le bureau du proviseur.

Tiens, en voilà un fantasme.

Le bureau de King est impressionnant. Deux baies vitrées intégrales donnent une vue époustouflante sur les montagnes de Santa Catalina, qui se sont parées de tons de rose et de violet sous la lumière déclinante du jour.

« Votre secrétaire est très protectrice à votre égard. Vous couchez ensemble ? » Oups, c'était peut-être un peu trop direct. Mais s'il collectionne les aventures au bureau, je veux le savoir.

« Pardon ? » Son ton sévère me prévient que je ferais mieux de me calmer. Dommage qu'il ne fasse que m'exciter encore plus.

« Elle a l'air jalouse, dis-je en haussant les épaules.

— Donc, tu en conclus que je l'ai mise dans mon lit ? »

Je sens mes joues chauffer. Encore une fois, les premiers mots sortis de ma bouche sont totalement inappropriés. Pourquoi dis-je tout ce qui me passe par la tête dès que je suis avec lui ? En sa présence, je ne peux pas me cacher.

Il incline la tête de côté. « Je crois que ce n'est pas elle qui est jalouse. Qu'est-ce que tu croyais qu'on allait faire ici, Kylie ? »

Je frissonne quand il prononce mon prénom.

« Tu pensais qu'on allait coucher ensemble ?

— Non. » Mon mensonge n'est pas convaincant. Je sais de quoi je parle, j'ai été entraînée à mentir. « Pas du tout. »

Son regard descend vers ma poitrine et il hausse les sourcils, comme si je confirmais ses dires. Ses yeux sont de nouveau bleu clair, presque argentés. Ceux de Mémé changent aussi de cette manière. Par moments, ils sont brun chocolat comme les miens, et à d'autres ils sont dorés.

Je baisse les yeux. Mes fichus tétons sont au garde-à-vous, et pointent à travers mon soutien-gorge et mon T-shirt.

Putain.

Je croise les bras pour les cacher. « Écoutez, nous sommes deux adultes. Vous m'avez invitée ici. Montrez-moi ce que vous voulez me montrer, et je vous dirai ce que j'en pense.

— Tu penses que tu es prête ? »

Je m'avance tranquillement jusqu'à son bureau, pose les mains dessus et me penche en avant. « King, je suis prête pour vous depuis toujours. »

Pendant un moment, King se contente de me regarder sans rien dire, puis il fait pivoter son fauteuil comme s'il se préparait au combat. Il me paraît plus grand, plus musclé. Son regard plonge dans le mien, bleu de glace cerclé d'un anneau noir.

Un parfum musqué, épicé et masculin me submerge. Mon pouls s'accélère lorsque j'entends un grondement sourd. Il vient de King.

Je me redresse. « Est-ce que ça va ? Vous avez l'air...

— Ça ne va pas marcher.

— Quoi ? » J'ai le souffle coupé, comme s'il venait de me donner un coup de poing dans le ventre.

Il ferme les yeux puis les rouvre, reprenant le contrôle au prix d'un effort visible. Le contrôle sur sa mauvaise humeur ou sur son désir, je ne peux pas en être sûre. Je me sens hébétée alors qu'il commence à me raccompagner vers la porte, a priori pour me mettre dehors.

« Écoutez, je suis désolée », dis-je en posant la main sur son bras. Un courant électrique traverse mes doigts. King inspire brusquement. « Je serai sage. J'ai vraiment envie de voir votre code.

— Non. C'était une erreur, dit-il en s'écartant de mon contact.

— Donnez-moi une seconde chance, j'insiste. Je peux me comporter de manière professionnelle, je vous le jure. »

Il se retourne et me fixe avec toute l'intensité dont il est capable. Son regard dérive vers ma bouche, mes seins, descend le long de mes jambes nues. Des picotements se déclenchent dans tout mon corps. « Peut-être. Mais pas moi. »

Je frissonne de plus belle. Tous mes sens sont en alerte, le danger se mêlant à l'excitation. Un prédateur se trouve dans la pièce, et ses yeux sont braqués sur moi.

« Kylie, tu dois t'en aller. »

Aïe. Même sa voix sexy ne peut pas adoucir ce rejet. Je recule vers la porte et déglutis. L'atmosphère est électrique dans le bureau, et les poils de ma nuque se dressent.

Il vient de se passer quelque chose entre nous. Une chose que je ne comprends pas tout à fait.

« Je suis désolée. » Je cherche autre chose à dire. « Je ne voulais pas...

— Tu ne devrais pas rester seule avec quelqu'un comme moi.

— Quoi ? Je ne comprends pas.

— Ce n'est pas une bonne idée. » La tête penchée, sa silhouette massive auréolée de rouge à cause du soleil couchant, Jackson King ressemble à un héros de bande dessinée, à un être venu d'un autre monde.

« King », dis-je en faisant un pas en avant.

Il lève immédiatement la tête et me fusille de ses yeux d'un bleu glacé. « Dehors. »

Mon dos rencontre la porte, et je tourne la poignée sans quitter des yeux le Grand Méchant King. Avec ses muscles bandés et son regard méfiant, il a l'air aussi dangereux qu'attirant. Mais je ne suis pas effrayée. Je veux le séduire.

Je suis dingue. Je ne connais rien à la séduction. Ces émotions sont dingues. J'essaie encore, une dernière fois : « J'aimerais quand même tester votre code. Vous pourriez me l'envoyer par email. Ou un truc comme ça.

— Non, répond-il. Je ne peux pas. » Ses lèvres se tordent en un misérable rictus. « Va-t'en, maintenant. » Sa voix s'adoucit. « Pendant que tu le peux encore. »

Que veut-il dire par là ? Je ne reste pas pour le découvrir. Je ferme la porte un peu trop fort, et elle se claque.

« Et ne reviens pas », je marmonne, les joues en feu.

Au moins, sa secrétaire n'est pas là pour assister à mon humiliation.

Alors que je m'éloigne, un son tourmenté éclate dans le bureau de King. Un son inhumain. Presque comme un hurlement.

Jackson

Je retire mes vêtements sur le parking et les jette dans mon coffre. C'est imprudent. Il reste plusieurs voitures garées et la nuit n'est même pas encore tombée, mais j'ai besoin de courir. La lune est montante, ce qui rend mon loup plus agité que d'ordinaire. C'est ça, le problème. Pas cette petite humaine impertinente et enivrante qui n'hésite pas à dire tout ce qu'elle pense.

Un grondement agite ma poitrine lorsque je pense au danger que court Kylie. Mon loup souhaite la protéger de toutes les menaces. Mais, bien sûr, la seule menace, c'est moi.

Garrett m'a prévenu que ça pouvait arriver. Le mâle alpha dirige sa meute d'une main de fer. Ses loups sont tous en pleine santé, bien dans leur peau. Lui et moi entretenons une relation précaire – je suis un loup solitaire non loin de son territoire. Garrett prend régulièrement de mes nouvelles. Pas seulement pour affirmer sa position de chef, bien qu'il ne serait pas un véritable alpha s'il ne le faisait pas, mais surtout pour éviter de me voir succomber au mal de lune. Les loups, surtout les gros mâles dominants, peuvent devenir fous s'ils attendent trop longtemps avant de prendre une compagne. Si j'en présente les symptômes un jour, Garrett m'a clairement dit qu'il m'abattrait. Je lui ai demandé de prendre ses meilleurs guerriers pour être certain d'y parvenir.

Je ne peux pas m'embarrasser d'une compagne. Bordel, je n'ai même pas envie d'appartenir à une meute, pas après avoir été banni de celle dans laquelle je suis né. Je suis un loup solitaire ; ou plutôt, c'est ce que je serais si je n'avais pas recueilli Sam. Mais c'est différent. Sam a besoin de moi, et mon loup apprécie ce gamin.

Mon loup apprécie encore plus Kylie. Il veut que je la revendique, mais marquer une humaine est dangereux. Je connais les conséquences à laisser ma nature bestiale agir librement. Des gens souffrent.

Je ne veux pas que ça arrive à Kylie.

Je ferme les yeux et laisse la chaleur me consumer. Mes cellules se déchirent, se réorganisent. Ce n'est pas douloureux, mais ça demande de la concentration et de l'énergie. Je tombe sur mes quatre pattes, cours entre les voitures et m'éloigne du parking couvert de panneaux solaires en direction du désert rocailleux. Je monte tout droit sur un versant de la montagne et fonce pour atteindre la crête qui me masquera.

Truffe baissée pour suivre la piste d'un lapin, je laisse mon loup prendre le contrôle. Plus de PDG. Plus d'entreprise, ni de code. Plus de Kylie, avec son parfum irrésistible et interdit. L'expression de surprise sur son visage et son air blessé quand je lui ai dit de s'en aller...

Je cours à travers la montagne pendant un long moment, disparaissant et réapparaissant entre les arbres et les fourrés, étirant mes muscles. Le soleil se couche derrière l'horizon et la lune se lève, scintillante et gonflée, illuminant la pente de la montagne.

Je repère une odeur familière de loup quelques instants avant de d'apercevoir un flash de fourrure noire et une paire d'yeux ambrés. Je tends mes jambes arrière, saute et plaque l'autre loup au sol. Le jeune mâle tombe sur le flanc et je lui mordille l'oreille.

Pour un métamorphe, Sam est plutôt maigrichon, bien qu'il soit quand même plus gros qu'un loup normal. Mon jeune frère de meute jappe et me donne de petits coups de dents jusqu'à ce que je grogne et montre mes crocs. Il rentre sa queue entre ses jambes et pousse un gémissement en me présentant son ventre et sa gorge.

Je lèche son oreille et laisse le petit se remettre debout.

Nos jeux de domination et de soumission ne sont rien de plus, de simples jeux. C'est la seule activité ressemblant à un divertissement que je m'autorise. Sans le gamin et notre meute composée de deux individus, je ne communiquerais avec personne à un niveau personnel, ni humain ni métamorphe. Mais Sam refuse de me quitter. Il se rappelle ce que c'est d'être seul.

Je lève le museau et m'éloigne en trottant. Je sais que Sam me suivra. Ce soir, nous allons courir et chasser comme nous l'avons fait dans les montagnes californiennes, où je l'ai trouvé affamé et à moitié fou, ayant presque perdu sa nature humaine. Il a l'air de savoir instinctivement ce que je ne peux expliquer. Ce soir, c'est moi qui a besoin d'aide.

CHAPITRE TROIS

Kylie

Trois jours ont passé, et je n'ai pas revu Jackson King une seule fois. Pas depuis qu'il m'a mise à la porte de son bureau. Trois jours à repassser notre conversation en boucle. Je me sermonne et me dis de laisser tomber, mais King m'obsède depuis des années, et ce béguin s'est intensifié depuis notre rencontre dans l'ascenseur.

Je continue mon travail, mais je m'ennuie. Stu me garde occupée en me faisant installer de nouveaux pare-feux et d'autres trucs rasoir.

J'ai mis une jupe et des chaussures à talons tous les jours juste au cas où je reverrais King. Pas pour le séduire. Je veux juste montrer à cet abruti ce qu'il rate. J'ai toujours envie qu'il me remarque. Qu'il vienne dans mon bureau, me gronde dessus, me penche sur la table, soulève ma jupe et... *mmm*.

Sacrée libido, Batman.

« Kylie ? Tu vas bien ? »

Stu et le reste de l'équipe autour de la table de confé-rence ont tous les yeux braqués sur moi.

« Bien sûr. » Je me redresse sur ma chaise et essaie de me souvenir des dernières minutes de la réunion, mais seuls mes fantasmes sur Jackson King me viennent en tête. *Et merde.* « Pardon, je crois que je m'étais mise en veille. Je dois avoir besoin de plus de café. »

Quelqu'un éclate de rire à mon commentaire sur la mise en veille, mais c'est un rire moqueur. Je me crispe. Je suis la plus jeune de l'équipe, mais je travaille aussi dur que les autres. Peut-être même plus dur.

Et moi qui pensais avoir trouvé ma tribu. Tu parles.

« Tu soupirais beaucoup, insiste Stu qui ne veut manifes-tement pas laisser tomber le sujet.

— Mes talons me tuent. » Ce n'est pas un mensonge. Je les retire sous la table et frotte mes pieds contre ceux de la chaise. Je dois revenir à ma tenue habituelle de geek, jean et paire de Converse, dès demain. Tant pis pour King. Je ne m'habille bien pour aucun homme.

Je continue à taper sur mon clavier lorsque la réunion se termine et ne referme mon ordinateur que quand Stu appuie sa hanche contre la table en face de moi.

« Tu prends tes marques ?

— Ça va », je réponds avec un sourire poli. J'apprécie Stu, mais sa manière de me tourner constamment autour me tape un peu sur les nerfs. Il multiplie les initiatives amicales, mais j'ai l'impression qu'il me veut dans l'équipe seulement parce qu'il me trouve bonne.

J'imagine que ça explique pourquoi il voulait m'em-baucher.

« Le grand patron t'a déprimée ? » Je relève brusquement la tête comme s'il m'avait jeté un seau d'eau glacée.

« Hein ?

— Je sais qu'il est passé dans ton bureau il y a quelques jours, et tu n'es plus d'aussi bonne humeur depuis. »

Sacré harcèlement, Batman. Je suis mal placée pour juger, mais tout de même.

« Tu es mon grand frère, Stu ? Toujours à garder un œil sur moi ?

— Euh, non », marmonne-t-il en rougissant. Le pauvre. Je lui plais, c'est évident, mais il essaie de rester professionnel. Ce dont je n'ai même pas été capable avec Jackson. « Je voulais juste te montrer les ficelles. Je me sens responsable de toi, vu que je t'ai engagée. »

Tu as engagé mes seins, se moque mon esprit sarcastique. *Mon cerveau fait juste partie du lot.*

« Je sais que Jackson King est très célèbre, mais ce n'est pas un type sympa. En fait, c'est même plutôt un abruti. Ici, il a la réputation d'être un véritable connard. Toutes les filles en pincent pour lui. » Voilà que Stu a l'air pleurnichard et jaloux. « Mais il les traite comme tous les autres employés. Il dit rarement un mot agréable.

— Tout va bien, Stu. Il ne m'a rien dit de désagréable. Et jusque-là, j'aime travailler ici.

— Bon, tant mieux. Tu as des projets pour le weekend ? »

Je grogne intérieurement.

« Passer du temps avec mon copain », je mens d'un ton léger.

Stu se redresse de la table, s'éloigne de moi. Bien sûr. J'essaie de lui faire comprendre que je ne suis pas intéressée depuis des jours, mais maintenant qu'il pense qu'un homme m'a déjà mis la main dessus, il capte enfin le message.

Crétin.

« D'accord. Bon, j'ai une réunion avec le service financier. On est en train de mettre un programme en place pour tester leur structure avant les prochains rapports de trimestre. Qui sont la semaine prochaine. J'aurai peut-être besoin de toi.

— Super. » Je feins l'enthousiasme à la promesse d'heures de travail supplémentaires et modifie mon opinion sur Stu, le faisant passer de *crétin* à *tête de nœud*.

« Parfait, dit-il en passant la lanière de son sac d'ordinateur sur son épaule. Je monte. Tu veux que je retienne l'ascenseur pour t'attendre ?

— Non, merci, je réponds en ravalant une réponse caustique. Je vais prendre les escaliers. J'ai besoin de faire de l'exercice. » Je pousse un soupir lorsque le bruit de ses pas s'éloigne.

« Stu t'embête ? » Une voix grave me fait sursauter, et je manque de renverser mon café partout sur moi. King entre d'un pas décidé, l'air prêt à se faire photographier pour la couverture de GQ. « Je vais avoir une discussion avec lui s'il se comporte de manière inappropriée.

— Non, il n'y a pas de problème. » Grand Dieu, j'avais oublié à quel point ses épaules sont larges. « Aucun problème, je bredouille, il est juste un peu maladroit. Comme tous les geeks.

— On est maladroits, nous ?

— Vous, en particulier », je réponds en haussant un sourcil. *Mince. Le sérum de vérité a encore frappé.* « La dernière fois que je vous ai vu, vous m'avez demandé de partir. Sans explication, sans rien. Vous m'avez mise dehors sans me dire pourquoi.

— Tu sais pourquoi. » Sa voix calme et profonde me fait monter le rouge aux joues, et mon bas-ventre vrombit.

Je lève les yeux au ciel pour masquer ma réaction. « Stu vient de me poser la même question à votre sujet. Il voulait savoir si vous ne m'embêtiez pas et si vous n'étiez pas désagréable. Apparemment, vous avez une sacrée réputation, M. Le Grand Méchant.

— Que lui as-tu répondu ? demande-t-il, ses mâchoires encore plus crispées que d'habitude.

— Je lui ai dit que vous avez gonflé vos joues et soufflé de toutes vos forces, mais que ma maison ne s'est pas envolée. Du calme. » Je souris malicieusement, et il se détend un peu. « Je ne lui ai pas dit que selon vous, c'est dangereux d'être dans votre bureau. » Je laisse mon regard se promener dans salle de réunion vide. « D'ailleurs, puisqu'on en parle, je croyais qu'on ne devait pas rester seuls tous les deux. »

Un groupe d'employés passe devant la porte ouverte en discutant bruyamment.

« Nous ne sommes pas seuls. Et c'est vrai, on ne devrait pas. » Il me regarde intensément, sa chevelure en bataille tombant sur sa joue creusée. Il devrait être interdit à un homme d'être aussi beau.

« Je pense que je peux vous gérer. » *Peut-être.*

Quelque chose passe dans ses yeux, et il détourne le regard. « Tu ne sais rien sur moi.

— Je sais que vous n'avez jamais été en couple », dis-je sans réfléchir, surtout pour le distraire des pensées qui ont l'air de le chagriner.

« Oui, tu me l'as déjà dit. Tu continues tes recherches sur moi, petite hackeuse ?

— Non. » *Oui.*

Il me lance un sourire espiègle, comme s'il savait que je mens.

Je lui retourne son sourire. « Merci. Je peux me débrouiller avec Stu, mais c'est agréable de savoir que quelqu'un s'inquiète pour moi.

— Si quelqu'un te harcèle ici, je veux le savoir. C'est compris ? »

Un frisson me traverse, mais je le masque.

« Wonder Woman, aujourd'hui ?

— Quoi ? je lâche, avant de comprendre qu'il parle de mon T-shirt. Ah, oui. Et vous, vous êtes Clark Kent, j'ajoute en montrant son costume-cravate.

— Aïe, grimace-t-il. Un intello rasoir.

— C'est Superman, je rectifie. Et vous *êtes* un intello.

— Un intello milliardaire. » Il hausse les épaules, un petit sourire au coin des lèvres. Il est déjà sublime ; sa beauté serait époustouflante s'il souriait. « Comme Iron Man. Ou Batman. C'est déjà plus mon style.

— Ou Lex Luthor. Peut-être que vous n'êtes pas un héros. »

Le sourire qui soulevait le coin de ses lèvres disparaît, à mon grand dam. « Ouais, marmonne-t-il. Je suis définitive-ment un sale type.

— Je plaisantais. Vous n'êtes pas une mauvaise personne. » Je m'approche et pose la main sur son bras sans réfléchir. « Vous essayez peut-être de donner cette impres-sion, mais je connais la vérité. Vous êtes plutôt du genre à venir aux secours des gens. Je me souviens de ce que vous avez fait pour moi dans l'ascenseur.

— Non, tu te trompes. » Ses yeux se posent sur ma main, remontent vers mon visage. Je retire ma main et recule, sentant mes joues s'empourprer.

Tout mon corps s'enflamme à sa simple proximité. Il n'arrête pas de me rabrouer, mais pourtant il est toujours là. Je *sais* que je lui plais. Il est juste trop intègre pour aller plus loin. « Alors, pourquoi êtes-vous ici ? Pour marquer votre territoire ?

— Moi ? C'est plutôt toi qui as remis ma secrétaire en place.

— Pas du tout, je bafouille avant de sourire. C'était juste une petite mise au point. Et elle l'avait mérité. »

Il lève les mains. « D'accord, chaton. Range tes griffes. » Il sort de la salle avec un petit sourire au lèvres, l'air presque... *heureux* ?

Qu'est-ce qui vient de se passer, exactement ?

Jackson

Mon loup geint un peu quand je m'éloigne de ma petite superhéroïne, mais il se tient tranquille. Il avait envie que je ferme la porte et que je la marque de mon odeur pour que les types comme Stu gardent leurs distances, mais il est déjà satisfait de l'avoir vue un peu.

Je ne devrais pas prendre le risque de m'approcher d'elle, mais je ne peux pas m'en empêcher. Au moins, je me suis prouvé que je pouvais me trouver dans la même pièce qu'elle sans lui sauter dessus. J'adore le fait qu'elle n'hésite pas à me taquiner.

Vous êtes Clark Kent.

Si elle savait...

Je décide de prendre les escaliers plutôt que l'ascenseur et grimpe les marches deux par deux.

Ma secrétaire me lance un regard perplexe quand je passe devant elle. Je réalise que la sensation étrange sur mon visage est un sourire.

« M. King ? » Je me retourne, et le parfum de mon assistante agresse mes narines. L'inconvénient d'avoir un odorat surdéveloppé.

« Oui, Vanessa ?

— Vous avez un appel en attente de Garrett. Il n'a pas

donné son nom de famille. Normalement, je ne vous dérangerais pas, mais vous m'avez dit de vous le passer...

— Je vais le prendre dans mon bureau. » Ma secrétaire est renfermée depuis son affrontement avec Kylie. Je bande chaque fois que je repense à la scène. Si Kylie était métamorphe, elle serait une femelle alpha. Parfaite pour mon loup. Assez forte pour me tenir tête, assez sexy pour me mener par le bout du nez. Assez douce pour me faire bander juste en m'imaginant la pénétrer. En imaginant de longues nuits passées à courir sous la pleine lune. Juste nous deux pour commencer, mais un jour, nous aurions des petits...

Je décroche le téléphone en secouant la tête. Je suis peut-être déjà atteint du mal de lune si je pense à avoir des enfants.

« King ? » L'alpha de Tucson semble forcer pour rendre sa voix plus grave. À vingt-neuf ans, il est l'un des plus jeunes chefs de meute du pays. Le fait que son père soit à la tête d'une meute importante à Phoenix et soutienne ses prétentions sur ce territoire joue en sa faveur. « Je venais aux nouvelles. »

La plupart des alphas ont un côté protecteur. Garrett n'y déroge pas. Mais je ne suis pas un membre de sa meute. Si un alpha essayait de me dominer, je serais obligé de lui montrer que je ne suis le loup de personne. Clairement, et violemment. Mon loup tolère les appels de Garrett parce qu'il considère le jeune alpha comme un petit frère, un peu comme Sam. Mais pour autant, Garrett et moi nous montrons prudents dans nos échanges. Si on se battait, j'aurais le dessus ; mais prendre la tête de sa meute ne m'intéresse pas. Et je serais désolé de le vaincre, parce que je l'apprécie.

« Garrett, je réponds en guise de salut. C'est la pleine lune cette semaine.

— C'est pour ça que je t'appelle. Mon père organise des rencontres avec des louves sur le territoire de sa meute, près de Phoenix. Je voulais t'inviter à te joindre à nous.

— Ta meute y participe ?

— Ouais. Les gars ont envie de renifler des femelles. Ils ne prendront pas de compagnes, mais ils aimeraient bien baiser. » La meute de Garrett compte moins de vingt membres, tous de jeunes mâles célibataires comme lui. Et ils habitent tous dans la même résidence, un peu à la manière d'une confrérie étudiante.

« J'apprécie la proposition, mais je ne pourrai pas venir. J'enverrais bien Sam, mais je lui ai promis qu'on ferait le tour de notre territoire.

— Papa dit que tu es toujours le bienvenu », dit Garrett d'un ton affable.

Mon argent est le bienvenu. Moi, je suis tout juste toléré. Je suis trop réservé, même pour un loup solitaire. Je suis assez dominant pour tenir à avoir mon propre territoire, mais ça ne signifie pas que je veux une meute. J'évite les rassemblements depuis que la meute dans laquelle je suis né m'a banni.

« Il n'y a pas beaucoup de femelles célibataires, mais tu en verras peut-être une qui te plaît, ajoute Garrett.

— Remercie ton père de ma part, mais non merci. Dans quelques années, peut-être, si Sam a envie de prendre une compagne. » Je ne veux pas vexer l'alpha de Phoenix, mais je pense qu'il vaut mieux être sincère. Politiquement, ce n'est peut-être pas la meilleure manière de procéder, mais je suis assez puissant pour que les gens prennent des pincettes avec moi.

« Écoute, King, personnellement, j'en ai rien à foutre que tu prennes une compagne ou pas. Surtout que je suis loin d'en avoir choisi une moi-même. Mais trois loups de la meute de mon père ont été victimes du mal de lune ces dernières années. C'est ma responsabilité de m'assurer que tu fréquentes au moins quelques femelles, puisqu'il n'y en a pas dans le coin. »

Ce qu'il veut dire par là, c'est : *tu es un loup solitaire de plus de trente ans, et un dominant, donc plus susceptible d'attraper le mal de lune si tu ne te lies pas à une compagne.*

Et puis, il y a au moins une louve à Tucson. La jolie petite sœur de Garrett étudie à l'université de l'Arizona, mais je ne lui reproche pas de l'exclure des possibilités. De toute manière, elle ne m'intéresse pas. La poitrine opulente estampillée Batgirl de Kylie apparaît dans mon esprit.

Pas une louve.

Garrett continue : « J'emmène ma meute pour leur donner au moins l'occasion de se détendre un peu.

— Je ne savais pas que jouer les cupidons faisait partie des attributions d'un chef de meute, dis-je d'une voix traînante.

— Je sais que ton loup est un alpha. Sans meute à gérer, il doit mourir d'envie de mettre une louve à genoux. »

Tous les muscles de mon corps se bandent lorsque je m'imagine en train de mettre ma petite hackeuse à genoux.

« Et puis, il y a si peu de naissances parmi les métamorphes, ce serait bon pour la meute si le plus dominant d'entre nous prenait une compagne et faisait des petits dès que possible. » J'ai l'impression d'entendre son père. « Pourquoi attendre ?

— Me dit l'éternel célibataire, je lance d'une voix moqueuse. Quoi, ta mère t'a appelé pour te demander quand elle deviendrait grand-mère, et tu as décidé de me passer le conseil ? »

Un autre alpha aurait pu mal prendre ma pique, mais pas Garrett.

« Tout juste », avoue-t-il. J'entends le sourire dans sa voix, et ça suffit pour apaiser mon loup, agacé par le simple fait d'avoir cette conversation. « Je me dis que si elle peut s'extasier sur ton mariage et cancaner avec les autres métamorphes, elle me laissera tranquille.

— Je t'ai démasqué. J'y penserai à la prochaine lune. Ça ne pourrait faire que du bien à Sam de se trouver une petite amie.

— D'accord, cède Garrett en riant. Je te recontacterai. À bientôt, King.

— Encore une chose, Garrett. » Je perds mon ton jovial. Depuis que mon loup est attiré par une humaine, je ne suis plus si sûr de ma stabilité mentale. « Si je suis atteint du mal la lune un jour, promets-moi de veiller sur Sam. Et de prendre toute ta meute avec toi pour m'exterminer. Quoi qu'il en coûte.

— Je ferai le nécessaire », me jure Garrett. Un silence lourd s'installe entre nous, et nous raccrochons sans rien ajouter.

Je tapote le bureau avec mes doigts, cet avertissement pesant sur ma poitrine. Garrett a eu raison d'évoquer le mal de lune avec autant de tact que possible. Ça me dérange d'avoir eu besoin de ce rappel pour me décider à laisser Kylie tranquille. L'animal en moi est dangereux, il n'attend qu'un moment de faiblesse de ma part pour se libérer.

Je ne mettrai plus mon contrôle à l'épreuve. Plus de petits jeux comme aujourd'hui. Je dois rester loin de Kylie. Pour son propre bien.

J'ouvre mon ordinateur, prêt à me plonger dans le travail, quand je reçois une notification de message sur le chat de l'entreprise.

Batgirlpourvous : *Coucou*

Pendant une seconde, je retiens mon souffle, croyant avoir enfin retrouvé mon vieil ennemi juré : Catgirl, la hackeuse qui a cracké mon code des années plus tôt.

Mais non. C'est Batgirl, avec un B. Et le chat est sur notre intranet, le réseau privé qu'utilisent mes employés. En revanche, je n'autorise les contacts qu'avec mon équipe de direction. Ce qui signifie que j'ai été hacké.

King1 : *Qui est-ce ?* je tape, même si j'ai ma petite idée.

Batgirlpourvous : *D'après vous ?*

Je secoue la tête. King1 : *Joli tour, chaton. Mais si tu as le temps de hacker notre intranet, je dois dire à Stu de te donner plus de travail.*

Batgirlpourvous : *C'était juste pour prouver mes compétences. Vous pourriez m'envoyer le code que vous vouliez me montrer*

Mon curseur clignote.

Ce n'est pas une bonne idée. J'ai envie de prendre soin d'elle, mais je ne peux pas. Aujourd'hui, j'ai eu un moment de faiblesse. Ce qui m'arrive trop souvent en sa présence. Que ça me plaise ou non, je suis dangereux. Létal. Elle pense que je ne suis pas un sale type.

Elle se trompe.

J'éteins mon ordinateur. Il est temps de repartir courir.

Kylie

Après avoir passé une heure à attendre la réponse de King, j'éteins mon ordinateur portable et rentre chez moi. Je n'aurais pas dû le provoquer. J'ai voulu frimer, mais si je ne fais pas attention, il pourrait finir par comprendre que je suis Catgirl.

Quel homme exaspérant. Un jour, je crois qu'il va me pencher sur son bureau et me baiser comme une bête, et le lendemain, il me vire de son bureau. Puis il recommence à flirter. Puis il m'ignore en ligne. Je n'arrive pas à le suivre.

« Sacrés signaux contradictoires, Batman », je marmonne en refermant la porte d'entrée de chez moi et en retirant mes talons. Une chose est sûre, je ne remettrai plus ces chaussures pour lui.

« Mémé ? Tu es là ? »

Je trouve un mot sur la table écrit en pattes de mouche par ma grand-mère, m'informant qu'elle est partie faire des courses. Je vais chercher le courrier et sors de la boîte à lettres une épaisse enveloppe en kraft sans adresse d'expéditeur. Je déchire le rabat avec mon pouce et l'ouvre.

J'en sors un épais paquet de feuilles, avec un message tapé à la machine à écrire au sommet.

Oh, merde.

Mon cœur cesse de battre.

Nous savons qui tu es, Catgirl, et nous avons assez de preuves pour te faire arrêter.

En échange de notre silence, tu as vingt-quatre heures pour installer le code présent sur ce disque dur externe dans le système de SeCure.

Si tu n'obéis pas, si tu corromps les fichiers de ce disque dur ou si tu en parles à qui que ce soit, nous enverrons ce dossier à ton nouvel employeur et au FBI.

Non.

J'ai du mal à respirer alors que je feuillette les pages du dossier. Il contient toutes les preuves de mon piratage de

SeCure des années plus tôt, ainsi que des pièces d'identité et des photos de mes parents et moi sous divers noms d'emprunt.

Aucune avec mon vrai nom.

Bon sang, même moi, j'avais oublié tout ça.

Le sang bat contre mes tempes, et la pièce tangue autour de moi. Quelqu'un m'a retrouvée. Peut-être pas *lui*, mais ça reste une énorme menace.

Commençons par le début. Est-ce que quelque chose dans ce dossier peut me faire aller en prison ?

Je parcours à nouveau les pages.

Non. Mais ça éveillera des soupçons. SeCure me virera, c'est certain. Je perdrai l'opportunité de travailler avec Jackson King. Ce n'est pas comme si on allait vraiment travailler ensemble, mais tout de même. Et je peux dire adieu à ma chance d'avoir une vie normale.

Mais je ne peux pas non plus leur obéir. Si j'accepte de faire ce que veulent ces types, je serai toujours à leur merci. Ensuite, ils me demanderont de hacker le système des cartes de crédit. Puis autre chose. Je ne peux pas faire ça. Je dois disparaître. Comme je l'ai déjà fait un million de fois.

Je me précipite dans ma chambre, sors une valise du placard et la balance sur le lit. Mes mains bougent sans que j'aie besoin de réfléchir, prennent le nécessaire. Des vêtements noirs, une paire de chaque chose. Un petit sac d'affaires de toilette.

Un nouveau départ précipité. J'ai beau essayer de laisser Catgirl et l'héritage de mes parents derrière moi, le passé me rattrape toujours.

Et Mémé ? Nous avons déjà déménagé tant de fois, je n'ai pas envie de la forcer à recommencer. Cette fois, nos vies ne sont pas en danger. Ce n'est pas juste de lui demander de faire ses bagages. Puis-je la laisser ici ?

Elle est ma seule famille. L'abandonner pour la protéger, ça ressemble à ce que mon père a voulu faire quand il a essayé de m'inscrire dans une pension à la mort de ma mère. J'ai refusé, et je suis prête à parier que Mémé ne voudra pas non plus.

D'accord, alors on déménagera toutes les deux. Mémé peut préparer de la soupe n'importe où.

On doit fuir et disparaître. Quel autre choix avons-nous ?

Tant pis pour mon occasion de vivre une vie normale.

En ouvrant un tiroir, je tombe sur ma chemise Batgirl.

« Je ne peux pas, dis-je. Je ne suis pas une superhéroïne. »

Je suis définitivement un sale type, m'a dit Jackson. Si seulement il savait. Je suis son ennemie jurée, de la pire espèce. Je pensais avoir laissé mon ancienne vie derrière moi. Je me trompais.

Par le passé, grâce à mes talents de hackeuse, je nous tirais de n'importe quel problème, ceux de papa ou les miens. On faisait équipe. Nous étions toujours en cavale, mais ensemble. Je me sentais en sécurité. Puissante, même. Mais le Louvre a tout changé. Voir mon père poignardé sous mes yeux, parti pour toujours. J'ai failli mourir dans ce conduit d'aération, étouffée par la panique. Je ne me suis plus jamais sentie bien dans un espace confiné depuis.

À part dans l'ascenseur, avec King.

Je me rappelle la pression de ses bras autour de moi, la sensation de calme qui s'est peu à peu installée. J'ai fait des recherches sur sa technique en rentrant à la maison. Tout ce que j'ai trouvé, ce sont quelques références à des postures de yoga qui impliquent de baisser le menton contre le sternum pour se calmer.

Les grandes mains de Jackson ont été bien mieux qu'une

posture de yoga. Elles dégageaient de la chaleur, une sensation de sécurité.

Si quelqu'un te harcèle, je veux le savoir.

Ce n'est pas possible. C'est trop dangereux. Je ne peux pas lui faire confiance.

Mais... et si je pouvais ?

Je range le dossier dans l'enveloppe, écris rapidement un mot à Mémé et cours dans ma chambre mettre d'autres vêtements avant de risquer de changer d'avis.

J'ai construit toute ma vie sur des mensonges.

Il est peut-être temps de donner une chance à la vérité.

Jackson

La lune argentée scintille, illuminant le versant de la montagne. D'habitude, je passe la plus grande partie de la nuit à courir et chasser quand la lune est presque pleine, mais mon instinct a exigé que je rentre tôt. Et ce n'était pas à cause de l'orage.

Sam me court après, mordille mes mollets, mais je me retourne et grogne après le jeune loup. Il se met à geindre, la queue entre les jambes. Je n'ai pas envie d'être avec Sam – je n'en ai jamais envie, mais le gosse me suit comme mon ombre en permanence. Lorsque nous atteignons l'arrière de ma propriété, nous stoppons tous les deux. La pluie ne nous permet pas de détecter la moindre odeur, mais un son aigu réglé à une fréquence audible seulement par les canidés nous prévient que mon système d'alarme s'est déclenché.

Sam grogne, sa babine supérieure se retrousse et il montre les crocs. Il se précipite en avant et disparaît au coin de la bâtisse.

Je fonce à mon tour et passe par la « chatière » construite à la taille de mon loup pour entrer à l'intérieur et fouiller la maison. Je ne sens rien d'inhabituel. Je mute et passe des vêtements tout en courant vers la salle de contrôle pour consulter le rapport de sécurité.

Un vélo est posé contre les grilles en fer qui entourent l'avant de ma propriété, et une silhouette sombre brave la pluie pour s'approcher de l'entrée. Un long grondement vibre au fond de ma gorge.

Putain, mais qui est-ce ?

Sam arrive à toute vitesse, crocs étincelants, saute et pose ses pattes avant sur les épaules de l'intrus, le ou la faisant tomber à la renverse.

Prends ça, fils de pute.

Une fureur noire court dans mes veines. Je quitte la salle de contrôle pour demander des comptes à l'indésirable. Je descends les marches glissantes au pas de course et traverse l'allée en gravier détrempée.

« Du calme, Cujo. » Le son de sa voix tremblante me fait l'effet d'une décharge électrique.

Kylie.

Un frisson de peur parcourt mon échine. « Arrête. *Recule* », dis-je brutalement.

Sam ne bouge pas. Sa nature de loup refuse de se plier à la raison humaine ; son instinct de protéger et défendre son territoire est trop fort. Heureusement, Sam n'a pas fait couler son sang.

Ma petite hackeuse est maline ; elle est devenue parfaitement immobile en dessous de Sam.

J'attrape mon frère de meute par la peau du cou et le force à reculer. « J'ai dit *recule*. »

Sam hoche la tête et rentre sa queue entre ses jambes en entendant la colère de son alpha. Il recule de quelques pas.

Je baisse les yeux sur notre intruse. Même trempée jusqu'aux os, vêtue d'un sweater et d'un jean, elle est magnifique. Elle est allongée dans la boue, et n'a pas l'air aussi effrayé qu'elle devrait l'être.

« Qu'est-ce que tu fous ici ? »

Elle commence à se relever en grognant, mais elle grimace et touche l'arrière de son crâne.

Et merde. Je repère un caillou de taille respectable non loin d'elle. Elle a dû se cogner dessus quand Sam l'a faite tomber.

« Il fallait que je vous parle », crie-t-elle.

J'aurais interrogé n'importe qui d'autre sur place, en le laissant allongé à mes pieds dans la boue. Mais pas Kylie. Cette nouvelle chaleur étrange prend le dessus et me crie de la protéger – de Sam, de la pluie, du caillou, de moi-même.

Je la soulève et la remets debout, oubliant de faire comme si elle était lourde.

Ses yeux roulent dans leurs orbites, ils sont dans le vague, comme si le mouvement lui faisait mal à la tête. « Aïe. Ouah. »

Je tâte l'arrière de son crâne et explore la zone du bout des doigts jusqu'à ce que je trouve la bosse en train de grossir.

Elle sursaute quand je la touche.

« Tu es blessée. » Je me tourne et foudroie Sam du regard. Il baisse la tête.

Elle regarde aussi mon compagnon. « Heureusement que vous étiez là, sinon je crois que Cujo m'aurait dévorée. C'est vraiment juste un chien ?

— Il est à moitié loup.

— Et l'autre moitié, c'est quoi ? Une gargouille ? »

Je me retiens de sourire. J'adore qu'elle fasse encore de l'humour malgré sa blessure. Mais en même temps, c'est son mécanisme de défense *par défaut*, comme je l'ai découvert dans l'ascenseur.

Je l'observe. Je devrais appeler les flics, ou trouver une autre manière de l'effrayer assez pour lui apprendre à respecter mes limites. « Tu comptes me dire ce qui te prend d'entrer chez moi par effraction ? »

Elle lève les yeux au ciel. « Je vous en prie. Si je voulais entrer par effraction chez vous, je ne traverserais pas les lasers pour annoncer ma présence. Pardon, mais je n'ai pas trouvé la sonnette. »

Elle connaît les systèmes de sécurité laser ? Elle ne se met pas à hurler quand un loup gigantesque lui saute dessus ?

« Je ne me rappelle pas t'avoir invitée. Bordel, mais comment as-tu fait pour me trouver ?

— Je suis une hackeuse, vous vous souvenez ?

— Ça ressemble plutôt à du harcèlement.

— C'est pareil. » Elle passe une main sous son pull, et j'entends un froissement de papier. « J'ai quelque chose à vous montrer. Ça ne pouvait pas attendre demain. »

Je la prends par le coude, l'entraîne jusqu'en haut des marches en tommettes glissantes puis à l'intérieur de la villa. Kylie se déplace avec raideur, comme si elle n'avait pas seulement mal à la tête après l'attaque de Sam. Ça ne l'empêche pas de regarder partout autour d'elle pendant que je l'escorte jusqu'à la salle de bains de la chambre d'amis au deuxième étage. Et d'ailleurs, je doute que quoi que ce soit lui ait échappé. Pourquoi est-elle réellement là ?

Je la fais entrer dans la salle de bains. Je pensais lui donner une serviette et la laisser se sécher, mais je me retrouve en train de soulever l'ourlet de son pull trempé.

« Qu'est-ce que vous faites ?

— Je t'enlève ces habits mouillés », je réponds en soulevant le pull.

Ses joues se colorent, mettant en valeur ses yeux brillants. Des mèches de cheveux bruns sont collées sur sa joue et dans son cou, un filet de pluie coule le long de sa gorge. J'ai envie de le lécher.

Elle me laisse lui retirer le sweater sans protester.

Mon sexe se met à pulser douloureusement contre la fermeture éclair de mon jean lorsque je vois sa peau. J'enlève son T-shirt en même temps que son pull, et elle se tient devant moi, uniquement vêtue d'un soutien-gorge en dentelle rouge et de son jean mouillé.

Sa poitrine se soulève rapidement et elle ne me quitte pas des yeux, comme si elle attendait de voir ce que je vais faire ensuite.

Que vais-je faire ensuite ?

Je sais ce que je veux faire. Je veux baisser ce jean trempé et la pencher sur le comptoir de la salle de bains. Je veux la prendre par derrière, autant que j'ai envie de pénétrer son esprit brillant pour découvrir ce qui plaît à cette femme unique. Et bon sang, oui, je veux plonger mes crocs enduits de sérum dans sa chair et la marquer comme mienne pour toujours.

Ce qui ne peut pas arriver.

J'entends à nouveau un froissement de papier en laissant tomber le pull par terre.

Kylie se penche vers le vêtement, mettant fin à notre combat de regard. Une enveloppe kraft est coincée entre le pull et le T-shirt. Elle la ramasse et la place devant sa poitrine, me masquant ses seins parfaits.

Elle humecte ses lèvres sèches. « M. King, avant que je vous montre, je tiens à vous dire que quand j'ai fait ça, je n'étais qu'une adolescente prétentieuse qui voulais prouver ma valeur à moi-même et aux autres hackeurs. Je n'ai jamais utilisé les coordonnées bancaires de personne, je n'ai jamais vendu la moindre information. C'était juste un... »

Je comprends tout à coup, et cela me fait l'effet d'un coup de massue. « *Catgirl.* »

Putain, bien sûr qu'elle est Catgirl. La seule personne qui a réussi à cracker mon code. Pas étonnant qu'elle était nerveuse en passant un entretien à SeCure. Bordel, à quel petit jeu joue-t-elle, à se balader dans mon entreprise, à venir chez moi, putain de merde ?

La seule brèche de sécurité qui m'a hanté ces huit dernières années vient de me péter au visage. Encore.

Je lui prends l'enveloppe kraft des mains et vide son contenu sur le comptoir de la salle de bains.

« Je suis désolée », murmure-t-elle.

Et merde.

Je déteste l'entendre se faire toute petite, même devant moi, un alpha par nature qui exige la soumission de tous. Même alors que je suis énervé contre elle.

« Qu'est-ce que c'est, ces conneries ? »

Je retourne la pile de feuilles et lis la première. *Putain, non.* Ma rage s'intensifie, prend des accents meurtriers.

Du chantage.

Quelqu'un veut saboter SeCure.

Ou bien est-ce une ruse raffinée de Catgirl ? Une personne aussi intelligente qu'elle pourrait avoir une stratégie cachée en venant ici.

Cette fille est synonyme d'ennuis, et mon jugement est flouté par le désir qu'elle m'inspire.

Elle se tient parfaitement immobile, ses petits poings serrés. « Je suis désolée », répète-t-elle.

Je laisse retomber le dossier sur le comptoir. « Qu'est-ce que c'est, ce bordel ? Qu'est-ce que tu veux ? Pourquoi es-tu vraiment ici ? »

Je déteste voir ses yeux s'emplir de larmes, mais je résiste à mon envie de la prendre dans mes bras ou de réduire ses ennemis en miettes. Je ne peux pas me fier à mon instinct avec elle.

Elle secoue la tête. « Rien. Je ne veux rien. » Sa voix tremble sur le premier mot, puis elle reprend le contrôle. « J'ai juste pensé que si je vous avouais tout moi-même, ces abrutis perdraient leur moyen de pression. Je ne négocie pas avec les terroristes, vous voyez ce que je veux dire ? Je viens de vous donner toutes les informations dont le FBI a besoin pour me faire condamner. Clairement, j'espère que vous accepterez de vous contenter de ma démission.

— Non », je gronde, me surprenant moi-même. J'ai parlé avant de savoir ce que j'allais dire.

Mais je ne vais pas la laisser s'en tirer si facilement. Dans mon monde, la communauté des métamorphes, les transgressions sont sévèrement punies. Elles ne sont pas résolues par l'intervention de la police ou des lettres de démission. La punition est rapide, généralement physique. Une récompense est parfois réclamée, ou offerte et acceptée.

Elle tressaille, ses épaules minces s'affaissent. « Qu'est-ce que vous allez faire ? » demande-t-elle d'une voix enrouée.

Mon sexe se raidit à l'idée de la punir. *Avec fermeté.* Je baisse la voix, jusqu'à ce qu'elle ne soit qu'un murmure menaçant. « Qu'est-ce que je devrais faire, à ton avis ? »

Elle humecte ses lèvres charnues, l'intelligence se rallumant dans son regard. « Eh bien, si j'étais vous, je voudrais mettre la main sur ces enfoirés. Alors je me garderais pour m'utiliser comme appât. »

Bon sang, je lui fais presque confiance. Une énorme erreur.

« Vous n'avez qu'à me surveiller de près pour vous

assurer que je ne fais pas un pas de travers et attendre de voir qui me contacte pour leur tomber dessus. »

Oh oui, je vais te surveiller de près.

Surveiller comme ce soutien-gorge en dentelle rouge rassemble ses seins fermes. Surveiller le parfum de son désir, les formes changeantes de cette bouche alléchante. De ces lèvres attirantes. « Je vois. Et comment devrais-je punir ton précédent *pas de travers* ? » Ma voix est rauque et profonde. Si elle ne sait pas à quoi je pense, c'est qu'elle est vraiment innocente.

Mais ses pupilles se dilatent, ses tétons pointent à travers le tissu de son soutien-gorge. *C'est ça, ma chérie.*

« Pas de pitié pour le chaton ? » Elle perd son souffle sur le mot *chaton*, ce qui le rend vingt fois plus sexy.

« Exactement. » Je la retourne et la penche sur le comptoir. Ma paume percute la poche mouillée de son jean avant même que mon cerveau soit au courant du plan. Elle produit une claque sonore, satisfaisante à tous niveaux. Mon sexe gonfle lorsqu'elle pousse un petit cri.

Kylie regarde par-dessus son épaule, ses lèvres retroussées sur ses dents. Ça lui plaît. À en juger par l'odeur de son excitation, ça lui plaît beaucoup.

Je frappe l'autre fesse, plus fort.

Putain, j'ai envie de baisser son jean mouillé et de découvrir la couleur de sa culotte avant de l'en débarrasser. Mais si je vois son cul nu, je ne pourrai plus retenir la bête sauvage en moi. Même ce simple contact par-dessus ses vêtements m'a rendu plus dur que la pierre et a fait pousser mes crocs.

Puisqu'elle ne flippe pas, je continue à la fesser, des claques vigoureuses qui résonnent contre le carrelage italien. « Tu m'as piraté, Catgirl ? je demande en distribuant les coups. Tu avais quoi, douze ans ?

— Quinze, répond-elle d'une voix haletante. Je n'ai jamais rien volé, je le jure – *han*. »

Son dernier cri ressemble trop à un son qu'elle pourrait faire pendant que je la baise, et ma vision se rétrécit, mon loup griffant à tout-va pour prendre le dessus.

Je cesse de la fesser et fais un effort pour calmer ma respiration. Je laisse ma main sur son cul, parce que, eh bien, l'idée de ne *pas* la toucher m'est insupportable. « Tu voulais juste voir si tu pouvais le faire, ma belle ? » Maintenant que je me suis fait à l'idée, qu'elle soit Catgirl m'excite encore plus. Cette fille m'a piraté *quand elle était adolescente*. C'est une foutue génie. Je me pâme devant son intelligence presque autant que devant son petit corps sexy.

Je croise son regard dans le miroir. Ses joues sont rouges, ses pupilles dilatées et ses yeux vitreux. Je tends la main et prends son sein droit dans ma paume, je serre et la redresse contre mon torse.

« Vilaine fille », je lui murmure à l'oreille. Elle laisse échapper le plus adorable des petits gémissements.

Je *dois* la baiser. J'ai l'impression que je vais crever si je ne la pénètre pas tout de suite. J'ai besoin de la posséder complètement. De la punir avec la baise la plus brutale de sa vie, jusqu'à ce qu'elle crie mon nom et qu'elle apprenne que je suis le seul qui crackera jamais *son* putain de code. Et puis je recommencerai, lentement. Je la lécherai pour faire passer sa douleur. Je la ferai jouir encore et encore jusqu'à ce qu'elle sanglote.

Mais je ne me fais pas confiance auprès d'elle, alors je me contente de la retourner, de la soulever par la taille et de l'asseoir sur le comptoir. « La fessée t'a plu, ma belle ?

— O-oui. »

J'adore sa sincérité. J'écarte ses genoux et pose mon pouce sur la couture de son jean, juste sur sa chatte.

Elle se cambre vers moi et agrippe mes épaules. Sa tête part en arrière. « Jackson... »

Je presse la couture contre sa fente pour frotter son clitoris.

Elle tressaute et pousse un cri de frustration. Ses doigts viennent recouvrir ma main, me pressant de continuer plus fort.

Mes facultés mentales m'abandonnent. J'ouvre le bouton de son jean, baisse sa braguette et écarte les pans de tissu.

Sa culotte est en dentelle rouge, assortie à son soutien-gorge. J'en étais sûr.

Ma satisfaction est de courte durée, car elle est suivie d'une vague de fureur. « Qui t'a vue là-dedans, chérie ?

— Qu-quoi ?

— Qui t'a déjà vue dans cette culotte ultra-mignonne ? je répète en approchant mon visage du sien et en montrant les dents. Pour qui est-ce que tu la portes ? »

Elle repousse mes épaules, mais, bien sûr, je ne bouge pas. La force d'une humaine contre celle d'un alpha méta-morphe ? C'était perdu d'avance. « Qu'est-ce qui te prend, Jackson ? » Je lis une peur réelle dans ses yeux, et ça me calme instantanément. La colère s'évapore, remplacée par le besoin de rassurer et protéger ma femelle.

Merde. Je la considère déjà comme ma femelle.

Je pose mon front contre le sien. « Désolé, je murmure. C'est mal, si j'ai envie de tuer le mec pour qui tu l'as achetée ? »

Elle laisse échapper un rire peu assuré. « Tu es dingue. »

Comme je suis un enfoiré têtu, j'attends. Je veux toujours qu'elle réponde à ma question.

« Personne ne l'a vue », marmonne-t-elle.

Bon sang, est-elle en train de rougir ? Elle est peut-être plus innocente que je ne le pensais.

« Personne ? » Je n'arrive pas à poser la question sans paraître incrédule.

Elle essaie à nouveau de me pousser, mais je suis reparti sur mon objectif. Un bras autour de sa taille, je la tire pour la lever du comptoir et plonge mes doigts dans son pantalon, sous sa culotte.

Putain, oui.

La chaleur moite de son sexe entoure mon doigt, éveillant en moi un désir si puissant que je dois brusquement reprendre mon souffle.

« Jackson.

— Ouais. » Elle peut m'appeler par mon prénom de cette petite voix rauque absolument quand elle veut.

Je frotte mon majeur contre sa fente trempée, ramenant de l'humidité sur le bouton gonflé de son clitoris.

Je continue de me demander pourquoi elle a rougi. Est-elle gênée de ne pas avoir eu de partenaire récemment ? Vu la manière dont elle s'accroche à mon cou en gémissant dès que je touche sa jolie petite chatte, je pense que c'est une possibilité.

Une ridicule fierté masculine m'étreint. Je vais être celui qui saura la satisfaire. Je me force à ralentir le rythme et décris des cercles autour de son clitoris ; ma main libre vient se poser contre ses fesses pour l'attirer vers moi.

Elle se frotte contre mon doigt.

« Petite gourmande », dis-je dans un murmure. Si j'avais déjà retiré sa culotte, je donnerais une claque sur sa chatte, mais je n'ai pas la place.

Elle se met à haleter lorsque je fais pénétrer un doigt dans son sexe étroit, tout en frottant ma paume contre son clitoris.

Elle se dresse sur la pointe des pieds et griffe ma nuque, ses ongles s'enfonçant dans ma peau, comme une métamorphe qui marque son compagnon. Mes dents s'aiguisent dans ma bouche, et je serre les lèvres pour me retenir de la marquer moi-même.

Son bas-ventre ondule en coups de reins demandeurs.

Je glisse un deuxième doigt en elle. « Tu es tellement étroite, putain. »

Elle se crispe légèrement, même si je le disais comme un compliment, mais je continue de la doigter et touche son point G.

Ses muscles se contractent. Elle mouille encore plus. « Putain... non... Je veux dire, oui. Oh, s'il te plaît ! » Elle s'accroche à mon cou, sa poitrine pressée contre moi alors qu'elle se déhanche de plus belle sur mes doigts.

J'ai l'impression d'être un loup en pleine puberté, prêt à jouir dans mon pantalon. Mais c'est pour son plaisir, pas le mien. Je fais des va-et-vient en elle, laissant ma main cogner avec force contre son pubis jusqu'à ce qu'elle pousse un cri et serre les cuisses. Ses muscles internes se contractent et elle jouit autour de mes doigts, dans la plus excitante démonstration d'orgasme féminin que j'ai jamais vue.

C'est grâce à moi. Mon loup a un sourire de satisfaction.

Lorsque son orgasme est passé, je sors lentement mes doigts et possède sa bouche, lui faisant ouvrir les lèvres avec ma langue. Je serre sa nuque pour la garder prisonnière et continue mes assauts, la forçant à se soumettre.

Et elle le fait. Elle s'ouvre à moi, presse son corps de rêve contre le mien et me rend mon baiser.

Putain.

Je m'écarte d'elle au prix d'un gros effort.

Elle lève les yeux vers moi, joliment décoiffée à cause de

la pluie et de ma bestialité. « Est-ce qu'on est quitte ? demande-t-elle dans un souffle, hors d'haleine.

— Loin de là, bébé. Tu as une dette envers moi, et je compte bien régler nos comptes.

— Comment ?

Ses yeux se posent sur mon érection. Sans attendre ma réponse, elle tombe à genoux.

Le parquet grince dans le couloir, me faisant jurer intérieurement. Je remets Kylie debout avant que Sam ne puisse profiter du spectacle. Bordel, pourquoi n'ai-je pas fermé la porte de la salle de bains ?

Je pensais le bruit trop discret pour qu'elle le remarque, mais Kylie sursaute et se tord le cou pour essayer de regarder par-dessus mon épaule. Mon instinct me hurle de refermer la porte et de la prier de continuer.

Mais non ; Kylie est humaine. Et mon employée. Parce que je compte bien la garder, là où je pourrai l'avoir à l'œil.

Sois proche de tes amis, et plus encore de tes ennemis.

Je suis déjà allé beaucoup trop loin avec elle. Un peu plus, et je la marquerais ; j'aurais alors une montagne d'ennuis d'un tout nouvel ordre sur les bras.

Je me force à me calmer, sors une serviette propre du placard et la lui lance. « Prends une douche pour te réchauffer. Je vais te trouver des habits secs. »

Je la fais tourner sur elle-même et la pousse vers la cabine de douche, non sans asséner une autre claque sur son cul en forme de cœur.

Elle laisse échapper un petit ronronnement de gorge et me lance un regard torride par-dessus son épaule.

Je ravale un grognement. Je dois user de toute ma volonté pour tourner les talons, sortir de la salle de bains et refermer la porte derrière moi.

CHAPITRE QUATRE

Ginrummy

Son téléphone portable sonne. Il est vingt heures et il est toujours à SeCure, mais ce n'est pas inhabituel. Ce n'est pas inhabituel pour la moitié des employés qui travaillent ici. Ils sont libres d'organiser leur emploi du temps, et beaucoup de programmeurs travaillent mieux de nuit.

C'est M. X qui appelle.

Ouais, sérieusement. Ce trouduc se fait appeler M. X.

Il ignore combien de personnes sont sous ses ordres ou au-dessus de lui. Il a déployé de gros efforts pour mener sa petite enquête, mais il a seulement pu en conclure que M. X n'existe pas. Il fait partie d'une organisation criminelle puissante et organisée.

Enfin, peu importe. Il fera son boulot et deviendra riche. Il préviendra peut-être même Kylie et lui conseillera de prendre la fuite avant que le FBI ne l'arrête. Ou pas. Il n'a pas encore pris de décision à son sujet. Il est à la fois plus attiré et plus repoussé par elle maintenant qu'il l'a rencontrée en personne.

Il fait glisser son doigt sur l'écran du téléphone.

« Comment ça va ?

— On dirait que ton message n'était pas assez convaincant. »

Ce n'est pas surprenant. Après tout, c'est Catgirl.

— Comment le savez-vous ?

— Ses valises sont prêtes. On a la vieille avec qui elle habite, cela dit. On va prendre le relais. »

Sa respiration se bloque, ses tripes se nouent. *Évidemment, idiot.* Bien sûr que ces types sont capables de kidnapper quelqu'un. Mon Dieu, ils sont aussi sans doute capables de tuer. Un frisson le traverse. Que vont-ils faire à la vieille dame ? Que vont-ils faire à Kylie ?

Merde.

Il ne veut pas être mêlé à tout ça. Mais il veut les cinquante millions de dollars et pouvoir quitter le pays sans encombre, comme on le lui a promis. Et puis, c'est pour ça qu'il s'est associé à des individus comme M. X. Ils sont prêts à faire le sale boulot. Il n'a eu qu'à écrire le code.

Et bon sang, il est trop tard pour faire machine arrière. Ouais, il est presque sûr qu'à ce stade, le seul moyen de se retirer, c'est avec une balle dans le crâne.

Kylie

J'ai les jambes tremblantes quand j'entre dans la douche. Je suis encore mouillée, mais bon Dieu, je n'ai plus froid. *Sacré jeu de doigts, Batman.* Et maintenant, je comprends l'intérêt à avoir un véritable partenaire sexuel. Quelqu'un capable de faire des choses que je ne savais pas possibles.

Pendant tout ce temps, j'étais satisfaite de me contenter

de regarder du porno et de me servir de mon petit copain à piles. Je m'extirpe de mon jean mouillé, enlève mon soutien-gorge et ma culotte.

Qui t'a déjà vue dans cette culotte ultra-mignonne ?

A-t-il vraiment piqué une crise de jalousie sur un mec imaginaire ? Je frissonne, et me place sous le jet d'eau. Est-ce que je devrais m'inquiéter ? Il est peut-être aussi pervers que je l'ai imaginé dans l'ascenseur. Serait-il capable de me garder enfermée dans un placard pour me fouetter ?

Mon Dieu. Rien que l'idée d'être enfermée dans un espace restreint me comprime la poitrine. Je me force à oublier cette pensée et me concentre plutôt sur le fouettage.

Il m'a *donné une fessée*.

Un sourire se dessine sur mes lèvres. Je pose la main sur mes fesses, qui brûlent un peu sous l'eau tiède.

Miam.

Sérieusement, c'était le moment le plus chaud de toute ma vie.

Bon, d'accord, c'était le *seul* moment chaud de toute ma vie.

Je suis toujours vierge. J'ai vécu une existence si étrange, sans jamais pouvoir me fier à qui que ce soit. J'ai commencé la fac à seize ans, eu quelques rencards décevants au cours desquels j'ai abandonné mon objectif de me dépuceler et plutôt choisi de tailler des pipes. Donc, ouais. Voilà à quoi se résume mon expérience sexuelle.

Une petite vierge, qui vient de se faire doigter par Jackson King dans sa salle de bains après lui avoir avoué l'avoir piraté quand elle était ado.

Il m'a fait jouir au lieu de prendre son propre plaisir, ce qui me donne à penser qu'il n'est pas un gros pervers. Mais qu'est-ce qui l'a arrêté quand je m'apprêtais à le sucer, ou qui ? Il a entendu quelque chose dans la maison.

A-t-il un colocataire ? Une petite amie secrète ? Un employé de maison ? Un jardinier ?

Même si je n'ai pas vraiment apprécié mes expériences passées avec les hommes, j'étais plus que prête à faire la pipe de sa vie à Jackson. Ma bouche salivait à l'idée de goûter sa queue, de lui donner du plaisir comme une vraie star du porno.

Avec un peu de chance, une autre occasion se présentera. Je passe à nouveau ma main sur mes fesses, rejouant la fessée dans ma tête. Je pose mon front contre le carrelage et glisse mes doigts entre mes jambes.

Ohhh. Mon sexe n'a jamais été si mouillé et gonflé. J'imagine que Jackson me rejoint sous la douche, sa carrure imposante me forçant à reculer contre le mur. Il m'ordonnerait de poser mes mains sur le carrelage et me fesserait jusqu'à ce que je le supplie d'arrêter, puis il agripperait mes hanches et me prendrait par-derrière. Je me frotte contre mes doigts, les faisant onduler entre mes cuisses.

Un nouvel orgasme m'emporte, et la chaleur de la douche me fait tourner la tête. Je respire profondément jusqu'à ce que les étoiles qui dansent devant mes yeux disparaissent, puis j'éteins l'eau.

Lorsque je sors, mes vêtements mouillés ont disparu, remplacés par une serviette et un sweat portant le nom d'une université proprement plié.

Je me sens rougir, soudain très gênée. Est-il entré pendant que je me masturbais ? Je me sèche avec la serviette et passe le sweat douillet. Il est beaucoup trop grand pour moi, descendant à mi-cuisse comme une robe ; ce qui est une bonne chose, puisqu'il ne m'a pas laissé de sous-vêtements. J'adore porter quelque chose qui lui appartient. J'approche le vêtement de mon nez et inspire son odeur imprégnée dans le tissu.

Je n'arrête pas de repenser à ses doigts en train de bouger en moi, et j'ai soudain terriblement envie de plus. Se faire dépuceler par Jackson King est le fantasme ultime de toute geekette. Mais non, ce n'est pas parce que c'est une célébrité, ni parce que je suis une geekette.

C'est à cause de l'incroyable attirance animale entre Jackson et moi. Je l'ai sentie dans l'ascenseur avant même de savoir qui il était. J'ai adoré sa manière autoritaire de s'occuper de moi alors, autant que j'ai adoré être penchée sur le comptoir de sa salle de bains pour recevoir une fessée.

Je cherche une brosse à cheveux, mais je me trouve apparemment dans une salle de bains pour invités. Elle ne contient aucun objet personnel, juste des produits d'entretien et des rouleaux de papier toilette. Je passe mes doigts dans ma chevelure pour la démêler et sors de la pièce.

La maison, ou plutôt la villa, est immense. Je descends l'escalier jusqu'au rez-de-chaussée et suis les bruits que j'entends jusqu'à une vaste cuisine ouverte.

Mais l'homme qui se tient derrière le grand îlot de cuisine en granite, en train de manger de la viande froide directement dans l'emballage avec les doigts, n'est pas Jackson.

« Oh, bonjour », dis-je bêtement, avec un petit salut de la main.

Il est jeune, mon âge, voire moins, avec des cheveux blonds emmêlés et humides comme les miens. Ses bras secs et musclés sont couverts de tatouages, et il porte des écarteurs à ses deux lobes d'oreille. Il me regarde approcher avec l'immobilité tranquille d'un prédateur.

Je tire sur le sweater de Jackson pour le faire descendre le plus bas possible. « Je, euh, je suis Kylie », dis-je à tout hasard, espérant qu'il me donne son prénom en échange.

« Sam. » Étrangement, j'ai l'impression qu'il ne m'apprécie pas.

Merde. Jackson est-il homo ? « Est-ce que Jackson et toi...

— C'est mon frère. » Un sourire fugace vient tempérer son expression froide.

Je reste bouche bée. Clairement pas un frère de sang. Ils ne se ressemblent pas du tout. « On dirait que toi aussi, hum, tu étais sous la pluie. »

Le jeune homme ne répond pas.

« Je vois que tu as rencontré Sam. » La voix grave de Jackson me fait frissonner de la tête aux pieds, comme des ondes de choc de mon orgasme. De mes orgasmes, au pluriel. Parce qu'il était responsable des deux, sans le moindre doute.

Mon regard va du corps baraqué et des cheveux noirs de Jackson au jeune homme blond à la musculature plus fine, et je ne suis pas convaincue qu'ils ne sont pas amants. Surtout que Sam regarde Jackson avec l'air de dire : « *Qu'est-ce que tu fous ?* »

Pourquoi cela me donne-t-il désespérément envie de revendiquer Jackson ? Mais je n'en ai pas le droit. J'ai de gros ennuis, avec mon employeur et avec les personnes qui veulent me faire chanter, et nous devons établir un plan d'action.

« Tu veux voir ce qui se trouve sur le disque dur ? » je demande. L'enveloppe contenant les menaces et le disque dur a disparu de la salle de bains pendant que je me douchais. Même si pour le moment, il ne s'est rien passé de terrible, je ne suis toujours pas sûre d'avoir fait le bon choix en venant ici. En accordant ma confiance à quelqu'un en dehors de ma famille. Je me rappelle à quel point ça s'est mal terminé pour mon père.

Jackson hoche froidement la tête. « Ouais. Je vais y jeter un œil », dit-il, comme si le sujet était clos.

Je déteste être mise hors du coup. Je veux dire, je suis une hackeuse hors pair. J'ai besoin d'étudier le code, de savoir ce qu'ils comptaient faire. Surtout parce que je suis concernée. « Je peux voir le code ? »

Jackson réfléchit un moment en me regardant. « Tu ne l'as pas regardé avant de l'amener ici ? » Malgré le fait que nous avons partagé le moment le plus torride et intime de toute ma vie à l'étage au-dessus, il a retrouvé son ton professionnel. Son visage pourrait être fait de marbre.

Je secoue la tête. « Tu veux regarder ça maintenant ? » Je n'ajoute pas *ensemble*, mais j'ai le mot au bord des lèvres.

« Je veux y jeter un œil d'abord. Seul. »

Des alarmes se déclenchent dans ma tête. Ai-je commis une erreur en l'amenant ici ? En ne gérant pas la situation seule ? Maintenant, mon destin est entre ses mains, et j'ignore toujours ce qu'il compte faire. « Je suis assez douée en hacking, moi aussi.

— Je m'en souviens, oui, lâche-t-il en plissant ses yeux avant de se tourner vers Sam. Il se trouve que ma nouvelle employée est la seule hackeuse qui ait jamais cracké mon code. »

Je n'arrive pas à déterminer s'il est toujours en colère ou si je détecte une pointe d'admiration dans sa voix.

« Et prétendument, elle aurait reçu une lettre de menaces lui demandant d'installer un virus dans notre système, faute de quoi son identité de hackeuse sera révélée aux autorités. »

Prétendument. J'ai l'impression de recevoir une grenade dans le plexus solaire. Il ne me croit pas ? Bien sûr que non. Pourquoi le ferait-il ? Ce n'est pas parce qu'on a tous les deux envie de se voir à poil qu'on devrait se faire confiance.

Sauf que j'ai envie de lui faire confiance. Et, probablement à cause de mon béguin stupide de jeunesse, jeux veux
absolument que Jackson me fasse confiance aussi.

Bon sang, il projette peut-être de me dénoncer aux flics
dès qu'il aura identifié les coupables.

∽

Jackson

Kylie blêmit lorsque je sous-entends que les menaces de
chantage ne sont pas réelles. Je serais peut-être resté sur mes
gardes si je n'avais pas lu la douleur dans ses yeux, mais elle
est si palpable que j'ai presque l'impression de pouvoir la
flairer.

Et puis cette nouvelle facette de moi, qui a envie de
prendre compagne, a besoin de s'approcher d'elle et de se
faire pardonner de l'avoir blessée. Elle est de l'autre côté de
l'îlot de cuisine, en face de Sam, qui a déjà englouti trois
paquets de viande froide depuis qu'on est là. Je me place à
côté de Kylie et lance un regard d'avertissement à Sam pour
la viande. Il ramasse immédiatement les emballages vides et
les jette dans la poubelle ; ce qui, bien sûr, ne fait qu'attirer
davantage l'attention sur son appétit gargantuesque.

« Tu avais faim », remarque Kylie.

Mon loup entend son ventre gargouiller. Je ne veux pas
la nourrir. Non, c'est un mensonge ; mais je dois la faire
partir de chez moi avant de faire quelque chose d'impardonnable à son joli petit corps. Elle ne porte que mon sweater,
ce qui est incroyablement excitant sur elle. Il a glissé et
dénude une de ses épaules. Savoir que sa chatte nue est à
portée de main me fait serrer les poings sur le comptoir.

« Tu as faim, Catgirl ? »

Elle hésite un moment, puis secoue la tête.

J'incline la mienne, agacé par son mensonge. Si Sam n'était pas là, je lui aurais donné une autre fessée. « Dis-le à voix haute.

— Quoi ?

— Tu mens. Je veux t'entendre le dire à voix haute, pour savoir à quoi ta voix ressemble quand tu mens. »

Elle rougit jusqu'aux oreilles et, cette fois, j'apprécie son malaise. J'ai vu des centaines d'employés et de loups se tortiller sous mon autorité, mais ça ne m'avait encore jamais excité de la sorte. J'ai envie de la déshabiller, de l'attacher et de l'interroger avec une cravache.

Et cette image ne m'aide pas à rester indifférent. Pas du tout.

Mais elle se reprend, lève le menton. « Je ne suis pas venue ici pour manger.

— Sam, prépare-lui quelque chose », dis-je d'un ton sec. Dès que je prononce ces mots, je réalise que ma demande paraîtra bizarre à Kylie. Sans connaître les notions qui sous-tendent la dynamique d'une meute, elle va le prendre pour l'esclave sexuel fouetté qu'elle a décrit dans l'ascenseur.

Pour ne rien arranger, Sam me lance un regard lourd de reproches avant de s'exécuter. Il sort un paquet de viande, du pain de mie et des condiments et lui prépare un sandwich sans lui demander ce qu'elle aime.

Ça me dérange plus que ça ne le devrait ; mais le ventre de Kylie gronde à nouveau et elle fixe la nourriture d'un air appréciateur, donc j'imagine que ça lui convient.

« Je vais te ramener chez toi. Demain, tu viendras travailler comme si rien ne s'était passé. Préviens-moi s'ils te recontactent. »

Elle pousse un soupir impatient, mais baisse la tête. « Oui, monsieur. »

Mon sexe devient dur comme la pierre. Entendre ces mots, qui d'habitude m'agacent au plus haut point dans la bouche de mes employés lèche-bottes, me semble une victoire totale. Cette fois, je l'imagine à genoux à mes pieds, en train de lever ses superbes yeux pailletés d'or vers moi en attendant mes ordres.

Sam fait glisser l'assiette sur le comptoir vers Kylie.

« Merci, Sam. » Elle prend le sandwich et mange avec assez d'appétit pour contenter la part de moi-même qui exige que je veille à son bien-être.

« Tu as besoin que je fasse autre chose ? demande Sam.

— Rentre son vélo et mets-le dans le coffre de la Range Rover. »

Il acquiesce et sort de la pièce. Je me tourne vers Kylie. « Si tu insinues que Sam est mon esclave sexuel et que je le fouette, je te redonne une fessée. »

Elle fait un grand sourire et ramasse une miette de sandwich au coin de sa bouche avec sa langue. Le flash de chair rose fait gonfler ma queue de plus belle. J'ai vraiment du mal à ne pas perdre mes moyens avec cette fille.

« C'est mon frère adoptif. Je l'ai recueilli quand il était encore ado, et à la rue.

— Hmm, dit-elle en prenant une autre bouchée de sandwich. C'est une information qui n'a jamais été rendue publique.

— Je n'ai pas de comptes à rendre sur ma vie privée.

— Je sais garder les secrets, d'habitude. » Elle rougit de nouveau.

Je hausse un sourcil en me demandant ce qui lui fait piquer un fard.

« Pour une raison que j'ignore, être en ta présence me donne l'impression d'avoir bu un sérum de vérité. » Elle n'arrive pas à me regarder dans les yeux, et je trouve ça tellement séduisant que je tends la main et l'attire contre mon torse, une main autour de sa taille et l'autre sur sa nuque.

« Tu as intérêt à ne jamais me mentir, petite fille, sinon je te le ferai regretter. »

Sa respiration s'accélère. Elle entrouvre les lèvres. L'odeur entêtante de son désir flotte dans l'air, et mon loup se met à hurler en moi. Une douce chaleur picote ma peau. « Tu aimes punir, je ne me trompais pas sur ce point, dit-elle d'une voix étranglée.

— C'est vrai. »

Avant ce soir, j'aurais nié, mais j'ai effectivement pris mon pied en fessant son cul parfait. Je mordille sa lèvre inférieure, puis m'écarte au prix d'un gros effort et lui fais lever le menton. « Dis-moi la vérité. D'après toi, qui t'a envoyé cette enveloppe ?

— Je ne sais pas, répond-elle en fronçant les sourcils. C'est pour ça que je veux voir le code. Je reconnaitrai peut-être le style.

— D'accord. Peut-être demain. Quand j'y aurai jeté un œil. » Je ne lui fais toujours pas entièrement confiance, et je veux étudier le virus sans être distrait par sa présence enivrante. « Allons-y. »

Je dois rhabiller cette fille et la faire sortir de chez moi avant de perdre totalement la tête.

Kylie

Je ne veux pas que Jackson me ramène chez moi, mais je suis trop épuisée pour refaire le trajet à vélo sous la pluie. En fait, je n'aime pas monter dans les voitures des autres. Je n'ai aucun problème dans la mienne : je connais les issues, je contrôle le véhicule. Je peux ouvrir les vitres si je commence à me sentir enfermée.

Je suis rassurée de voir que c'est une Range Roger et non une voiture de sport minuscule. Je lui donne mon adresse et monte du côté passager, en laissant ma main posée sur la poignée de la portière.

Jackson est redevenu silencieux. Ses attitudes changeantes me donnent le tournis. Je *sais* que je lui plais. J'ai beau être totalement inexpérimentée, j'en suis certaine. Mais on dirait qu'il préférerait que ce ne soit pas le cas. Et ce n'est pas une question de confiance, parce qu'il était déjà comme ça avant de savoir que je suis Catgirl.

La voiture sort de l'allée et entre sur la route. « Qu'est-ce qui t'est arrivé ? » demande-t-il doucement.

Je tourne la tête vers lui, et il fait un geste du menton pour désigner ma main serrée sur la poignée. « Les espaces clos. Il s'est passé quelque chose. » Bien qu'il pleuve, il entrouvre la vitre de mon côté sans que je le lui demande.

Ma gorge se serre. Je n'en ai jamais parlé, même à Mémé. Je ne suis même pas sûre d'en être capable. Mais Jackson est mon sérum de vérité.

« Ouais, il s'est passé quelque chose », je marmonne. Je ferme les yeux lorsque le souvenir de ma panique remonte. Les murs qui se resserrent autour de moi, mes épaules compressées. Impossible de lever la tête, entourée par les ténèbres.

Il ne dit rien, et le silence s'étire entre nous, prend la forme d'une invitation, un espace de vérité dans lequel je pourrais entrer, si je l'ose.

Est-ce possible ? Puis-je être sincère avec quelqu'un qui ne fait pas partie de ma famille ?

Non. La mort de mon père a prouvé qu'on ne peut se fier qu'à sa famille. Mais je me mets tout de même à parler. « Je me suis retrouvée coincée dans un espace réduit un jour. Il n'y avait personne pour m'aider, et ça m'a pris des heures pour en sortir. » J'agrippe la poignée si fort que j'ai peur de l'arracher.

Jackson tend le bras et me serre la main. « Je suis désolé que ça te soit arrivé. Tu es en sécurité, maintenant, ma belle. Tu peux descendre à tout moment. J'arrêterai la voiture immédiatement si tu as besoin de sortir. D'accord ? »

La zone autour de mon plexus solaire se contracte alors que le souvenir de ce traumatisme particulier m'envahit. Je respire profondément. Il est hors de question que je me mette à chialer dans la voiture de Jackson King. Je lui en veux de m'avoir poussée à me confier.

« Hé, tout va bien. » Il lâche ma main et plie le bras pour appuyer sur mon plexus solaire, comme il l'a fait dans l'ascenseur. Il fait mine d'arrêter la voiture, mais je secoue la tête.

« Non, continue à rouler. Ce n'est pas à cause de la voiture, j'articule malgré la boule dans ma gorge qui m'empêche de respirer.

— Raconte-moi la suite », réclame-t-il. Son ton est dur, comme s'il était tout à coup furieux. Contre quoi, je n'en ai pas la moindre idée.

« Laisse tomber, dis-je en secouant la tête.

— Oh non ! Raconte-moi, sinon je m'arrête et je t'aide, chérie. »

Je ne sais pas du tout ce qu'il entend par *m'aider*, mais je ne veux pas que ça fasse toute une histoire. « Il s'est passé quelque chose d'horrible, juste avant », dis-je dans un souffle.

Sa main se crispe sur le volant.

Je comprends qu'il imagine peut-être une agression

sexuelle ou un viol, parce que les traits de son visage ont pris une expression meurtrière.

« Ce n'est pas ce que tu penses, rien de sexuel, je parviens à dire. J'ai assisté à un meurtre. »

Meurtre. La gravité du mot alourdit l'atmosphère dans la voiture et l'imprègne de danger. Le danger dans lequel je me trouve depuis cette nuit-là. « J'ai dû rester cachée. Et ensuite, je n'ai pas réussi à sortir. À cause du choc, j'imagine. »

Jackson profère un juron à voix basse. « Tu avais quel âge ?

— Seize ans. » Un an après avoir hacké SeCure et pensé que j'étais la fille la plus intelligente de l'univers.

Il relâche la pression sur mon sternum et glisse sa main dans ma nuque. « Merci de me l'avoir dit. »

Je baisse entièrement la vitre et laisse la pluie tremper mon visage pour masquer la larme solitaire qui a glissé sur ma joue. En fait, aussi incroyable que ça puisse paraître, je me sens plus légère. Comme si avoir raconté cette histoire à voix haute avait libéré une partie des ténèbres enfermées dans mon cœur depuis huit ans. Elles se sont détachées de moi, même si elles se trouvent encore dans la voiture. La douleur et la tristesse sont toujours là, mais elles sont moins intenses. Je les imagine se faire aspirer par la fenêtre et retourner à l'éther. Même si je ne sais pas vraiment ce qu'est l'éther.

« Je ne l'avais jamais raconté à personne », dis-je finalement, ma voix rendue légèrement rauque à cause des larmes que je retiens.

« Maintenant, tu l'as fait. »

Je resens une sensation de réconfort m'envelopper comme une couverture douillette. Pour la première fois depuis des années, depuis la mort de ma mère, je n'ai pas l'impression de porter le poids du monde sur mes épaules.

Seule. Quelqu'un partage mon secret, et le monde n'a pas implosé.

Du moins, pas encore.

Je le paierai peut-être plus tard. Je pose ma tête contre l'appuie-tête, rafraîchie par la pluie, apaisée par le bruit de frottement des essuie-glaces de la voiture.

Jackson se gare devant chez moi. « On se voit demain. »

L'espace d'un instant, j'envisage à nouveau de prendre la tangente. Donner le disque dur à Jackson était la bonne décision ; mais si la situation dégénère, si les personnes qui me font chanter appellent le FBI, je ferais mieux de quitter la ville.

Mais l'idée de ne *pas* voir Jackson le lendemain m'est insupportable. J'ouvre la portière et sors de la voiture. « Ouais. À demain. »

$$\sim$$

Jackson

Je suis stupéfait par le besoin que je ressens de protéger Kylie. Je veux exterminer tous les dragons qui lui ont montré les crocs. Réparer les torts qu'elle a subis. Et je dois être dingue, parce que dès que je rentre à la maison, j'effectue des recherches sur elle. J'entre son nom et son numéro de sécurité sociale dans des bases de données légales et de réseaux professionnels ; sans surprise, je ne trouve rien.

Le nom et le numéro de sécu qu'elle a utilisés pour la création de son contrat de travail sont probablement faux. Une hackeuse de sa trempe a les compétences pour créer des pièces d'identités falsifiées d'excellente qualité. Elle peut accéder au site de n'importe quel organisme légal sans le moindre mal. L'étendue de ce qu'elle pourrait faire est impressionnante. Et pourtant, elle n'a rien volé à mes clients quand elle a hacké SeCure. Pour elle, c'était un jeu. Elle n'était qu'une gamine.

Quoi qu'elle ait vécu, sa vie n'a pas été facile. Personne ne peut assister à un meurtre sans garder des séquelles.

Je suis bien placé pour le savoir.

Insatisfait, je fais le serment de continuer à fouiller jusqu'à ce que je découvre exactement ce qui est arrivé à ma petite hackeuse. Mais pour l'instant, je dois effectuer des recherches sur un problème beaucoup plus pressant. J'allume un ordinateur portable vide dont je ne me sers que pour tester des codes, branche le disque dur et étudie le virus avec lequel Kylie était censée infecter SeCure.

Il me semble sans queue ni tête ; je me creuse les méninges pour essayer de comprendre leur angle d'attaque.

Et je regrette de ne pas avoir laissé Kylie rester pour que nous puissions l'examiner ensemble.

Demain. Dans un lieu public, là où je serai moins tenté de la toucher. Demain, nous travaillerons dessus ensemble.

Cette idée me semble absolument normale, et je ne remets pas cette impression en question, parce que rien de ce que je ressens à propos de Kylie n'a de sens.

Seulement Kylie. Il n'y a que Kylie qui fait sens pour moi.

∼

Kylie

Les lumières sont allumées dans la petite maison que nous louons près de l'université. J'ai choisi ce quartier parce qu'il est branché, à proximité de plein de restaurants et de boutiques où il est possible de se rendre à pied. Je choisis toujours des endroits dans lesquels il est facile de se fondre.

« Mémé ? » Je pousse la porte et me fige. Quelque chose semble inhabituel. Mes poils se dressent dans ma nuque, et j'entre en essayant d'identifier ce qui est différent.

Tout semble à sa place.

« Mémé ? » j'appelle plus fort et croise les doigts pour qu'elle ne soit pas déjà au lit.

Dans la cuisine, je trouve des sacs de courses non déballés par terre. Des sonnettes d'alarmes se déclenchent furieusement dans ma tête.

Mon téléphone sonne. Je le sors de ma poche et fixe les mots *numéro masqué*. Normalement, je ne répondrais jamais ; mais quelque chose cloche, alors je fais glisser mon doigt sur l'écran et approche le téléphone de mon oreille.

« Allô ?

— Tu n'as pas suivi nos instructions. » La voix est générée par ordinateur. Je sens la colère se déchaîner en moi.

« J'emmerde vos instructions.

— Et nous, on emmerde ta grand-mère. Tu aurais dû suivre nos ordres. »

Mon sang se glace dans mes veines. La tête me tourne. « Mémé ? » je hurle en courant à travers la maison.

« Installe le code et tu reverras la vieille. » L'appel se termine avant que je ne puisse traiter mon interlocuteur de tous les noms. Je ne sais pas exactement ce que j'aurais dit, probablement quelque chose comme : *« Je vais te buter, fils de pute ! »*

Mes mains tremblent de colère tandis que je refais le tour de la maison. Bien sûr, je sais que c'est inutile. Mémé n'est pas là. Ils l'ont enlevée. Et si je veux la revoir, je n'ai pas le choix : je dois attaquer l'empire valant des milliards de dollars de Jackson King.

J'ai envie de vomir. Et d'hurler. Surtout, j'ai envie de mettre la main sur celui qui s'est dit qu'enlever une vieille dame était une bonne idée et de lui enfoncer un attendrisseur à viande au fond de la gorge.

CHAPITRE CINQ

Kylie

Je suis désolée, Jackson.

Ma décision idiote, induite par mon béguin, d'aller directement trouver Jackson au lieu de mettre les voiles avec Mémé a complètement foiré, et c'est peu dire.

J'ai mis en danger la seule personne que j'aime, la seule famille qu'il me reste. S'il lui arrive quelque chose, je ne me le pardonnerai jamais. Alors, malgré les moments incroyables que j'ai vécus avec Jackson King, malgré mon désir de me rapprocher de lui, de croire qu'il pourra sauter par-dessus le fossé que j'ai creusé entre le reste du monde et moi, son entreprise périclitera par ma faute. Mémé est plus importante.

Je dois récupérer le disque dur sans éveiller ses soupçons. Je choisis la manière directe.

C'est assurément un jour à porter des Converse. Je me présente devant SeCure à six heures quarante-cinq, vêtue d'une minijupe en jean, d'un T-shirt aux illustrations tirées d'un anime et de mes Converse noires à paillettes. Je me doute que ce sera ouvert, et compte sur le fait que Jackson sera déjà là pour contrer la menace. Je prends les escaliers et monte au huitième étage.

Les lumières sont éteintes, les portes verrouillées. Je m'assieds par terre devant le bureau de Jackson, appuie mon dos contre sa porte et sors mon ordinateur portable personnel. Je n'ai plus aucune recherche à faire ; je suis restée debout toute la nuit pour essayer de relier le numéro de téléphone masqué à une adresse IP, mais je n'ai pas encore réussi.

Comment m'ont-ils trouvée ? J'ai été si prudente pendant toutes ces années.

L'ascenseur sonne. Je lève la tête de l'écran, mes doigts volant toujours sur le clavier à la recherche de chaînes de données.

Jackson se fige en me voyant. « Tu n'arrivais pas à dormir ?

— Non, je réponds en me levant. Et toi ?

— Non, pas du tout.

— Qu'est-ce que tu as trouvé ? » Je choisis la tactique *Faisons comme si nous étions des alliés et une équipe.* Il hausse un sourcil pour me signifier que je vais trop loin. Il est le patron, et nous ne sommes pas une équipe. « Pardon. Je suis censée vous cirer les bottes et vous appeler M. King au travail ?

— Ça m'a plu, quand tu m'as appelé *monsieur*, dit-il en me contournant pour ouvrir son bureau.

— Je n'en doute pas », je grommelle en me remémorant son attitude dominante de la veille. J'entre à sa suite et fais comme chez moi dans son gigantesque bureau. Je m'installe dans un fauteuil et ressors mon ordinateur. « J'ai apporté mon ordinateur personnel pour installer le virus. J'aimerais avoir l'opportunité de l'étudier, si vous êtes prêt à me laisser y jeter un œil. » La peur et la nécessité ont fait ressusciter l'ancienne Kylie, celle capable de mentir à n'importe qui. Même à Jackson King, ma kryptonite personnelle.

Il m'ignore, son visage reste de marbre alors qu'il sort son propre ordinateur portable et le pose sur le bureau.

Trop agitée pour rester là à attendre qu'il m'estime digne de recevoir une réponse, je demande : « Je prépare du café ? » Son étage doit comporter un coin boissons, c'est sûr.

Il s'immobilise, ses yeux plus clairs sous le soleil qui illumine la pièce par les baies vitrées. Sa manière de me regarder a quelque chose d'un prédateur. Comme si ma proposition de faire du café l'avait excité. Bon, peut-être qu'il aime bien les délires dominant-dominé. Qu'il prend son pied à se faire servir. Il s'est montré clairement autoritaire avec Sam, son colocataire.

« Du lait, pas de sucre.

— Où est-ce ?

— Au fond à droite. Tu trouveras. »

C'est drôle, mais je dois avoir le fétichisme inverse, parce que l'idée de lui apporter son café m'émoustille.

Reconnaissante de l'énergie survoltée qui m'anime, je sors de son bureau et vais préparer du café. Ce sont des grains fraîchement moulus de chez Peet's, et le petit réfrigérateur contient plusieurs bouteilles de lait demi-écrémé. Je me sers également une tasse et repars juste quand son assistante arrive.

Si les regards pouvaient tuer, je serais en vingt morceaux sur la moquette.

« Pas besoin de préparer son café, je lance avec désinvolture, je m'en suis occupée. »

Elle me dévisage froidement de la tête aux pieds, et pince les lèvres en découvrant mes chaussures.

Je lui fais mon plus beau sourire en entrant dans le

bureau de Jackson. « Votre café, monsieur. » Je contourne son bureau, m'approche de lui, trop près, et me penche comme une secrétaire coquine pour le lui donner.

Son assistante nous observe depuis le couloir, bouche bée.

« Fais attention, chaton, sinon je te punirai ici aussi, gronde-t-il à voix basse.

— Quoi ? je demande innocemment.

— Annulez tous mes rendez-vous pour aujourd'hui et fermez la porte, Vanessa. Nous avons une situation à gérer », dit-il à sa secrétaire en ouvrant un tiroir. Il en sort une règle en bois et la pose sur le bureau entre nous avec un regard qui en dit long.

Malgré tout ce qui se passe – le manque de sommeil, le fait que je me ronge les sangs pour Mémé, malgré la tâche pénible qui m'attend, récupérer le disque dur et pirater le système de SeCure dans les douze prochaines heures – un éclair de désir sexuel me traverse.

Putain, oui, il peut me redonner la fessée quand il veut.

Il voudra faire bien pire quand il comprendra ce que je m'apprête à faire. Et, comme une douche froide, cette pensée fait passer toute mon excitation.

Je tends la main. « Le disque dur ? »

Je ne suis vraiment pas sûre qu'il me le donne, mais, après un moment, il le sort de sa poche et le lance en l'air.

Je le rattrape, et mes bons réflexes le font sourire.

« Tu resteras dans mon bureau pour travailler dessus », ajoute-t-il avec un mouvement du menton vers le fauteuil en face de lui.

Merde. Bon sang, comment suis-je censée pirater SeCure et charger ce foutu virus si je reste dans son bureau et travaille sur un ordinateur qui n'est pas connecté au système ?

Je m'installe dans le fauteuil et branche le disque dur. C'est un programme sophistiqué ; je ne sais pas précisément comment il fonctionne, mais je n'arrive pas à me concentrer assez pour le comprendre. À la place, je révise tout ce que j'ai appris en hackant SeCure il y a huit ans. Bien sûr, je sais que rien ne sera pareil cette fois.

Merde, je ne travaille ici que depuis quelques jours. Comment s'imaginent-ils que je pourrai réussir ? On ne m'a pas encore autorisé l'accès à quoi que ce soit de sécurisé. À moins que...

Quelles sont mes chances d'accéder à l'ordinateur du grand patron ? Je suis assise dans son bureau. S'il est connecté au système, je peux subtiliser son mot de passe ; peut-être même installer le virus depuis son ordinateur. Il devra bien se rendre aux toilettes à un moment ou un autre, non ? Ou aller déjeuner ?

Mon cœur bat la chamade tandis que j'envisage ma trahison. Jackson lève la tête, comme s'il pouvait entendre mon pouls déchaîné.

Je garde les yeux sur mon écran, comme si j'étais très concentrée.

Je devrai prendre la fuite dès que j'aurai terminé, sinon on me passera les menottes. J'envisage les différentes issues. Un escalier mène à l'arrière du bâtiment. Je pourrais le prendre et rejoindre ma voiture.

Et ensuite, où est-ce que je vais ?

Ces enfoirés de maîtres-chanteurs ne m'ont même pas dit comment les contacter. Comment vais-je retrouver Mémé ?

Une angoisse terrible me fait l'effet d'une décharge électrique le long de la colonne vertébrale. *Et s'ils ne comptaient pas la libérer ?* Et si elle était déjà morte, son cadavre abandonné au milieu du désert ? J'aurais dû exiger d'entendre sa voix. Putain, comment ai-je pu être aussi bête ?

Une fois que j'aurai installé le virus, je n'aurai plus aucun moyen de pression. Mémé et moi seront toutes les deux des poids morts. On me fera porter le chapeau pour le piratage, et Mémé mourra.

« *Quoi ?* » La voix de Jackson tonne à travers le bureau.

Je lève la tête, surprise. Il est en train de me foudroyer du regard, et son nez est froncé comme s'il sentait une odeur désagréable.

Mon cœur bat plus fort. Ai-je dit quelque chose tout haut ?

« Je sens ton agitation. Qu'as-tu trouvé sur le code ? Tu sais qui l'a créé ? »

Bon Dieu, il *sent mon agitation* ? Pas étonnant que ce type ait réussi à créer une entreprise multimilliardaire seulement avec un ordinateur. Et moi qui avais toujours pensé qu'il était socialement inadapté. Peut-être qu'il évite les gens parce qu'il lit trop bien en eux et les trouve ennuyeux.

Je réfléchis à toute vitesse quoi lui répondre. « Je... Je pense qu'on m'a tendu un piège.

— On le savait déjà, il me semble, rétorque-t-il avec un rictus.

— Quelqu'un de chez vous, je veux dire. Comment est-ce que j'ai été engagée ? Une recruteuse m'a appelée un beau jour. Je n'ai jamais vu d'offre d'emploi publiée nulle part. Je n'ai jamais postulé pour travailler à SeCure. »

Jackson blêmit, et je jurerais que ses yeux redeviennent bleus. Il se lève, son expression sinistre. « Je reviens tout de suite. » Il sort du bureau et referme la porte derrière lui.

Je compte jusqu'à cinq en calmant ma respiration. Puis je me précipite vers l'ordinateur de Jackson et m'assieds dans son fauteuil. Mes années de cambriolage m'ont appris à déconnecter ma peur pendant un casse. Le temps était toujours limité, et céder à la panique était un moyen sûr de tout faire capoter. J'ai appris à créer un trou noir de concentration. Je me focalise uniquement sur la tâche à faire. Je retrouve cet état d'esprit, et ma vision s'étrécit pour se concentrer uniquement sur l'écran tandis que je passe au peigne fin différents écrans de connexion pour trouver le mot de passe de Jackson. J'en découvre une vingtaine, sans logique discernable. Il doit posséder un mot de passe différent pour chaque chose. Intelligent de sa part.

J'arrive à passer le pare-feu et à accéder au code d'infosec. Je ne m'autorise pas à penser à ce qui arrivera si Jackson revient avant que j'aie terminé. Ou si je n'arrive pas à entrer dans le système. Ou s'ils ne libèrent pas Mémé.

Je ne vois que les caractères sur l'écran. Un puzzle à résoudre.

Seize minutes plus tard, je suis dans le système.

Pas le temps de fêter ça. Je me saisis du disque dur et l'insère dans le port USB.

Je suis désolée, Jackson. Putain, je suis vraiment désolée.

Le virus se lance automatiquement, et le code se déroule sur l'écran à la vitesse de l'éclair.

Je me lève de son fauteuil, ramasse mes affaires et sors précipitamment du bureau. Je ne dis rien à sa secrétaire ; je traverse le couloir comme si je me rendais aux toilettes et me glisse dans la cage d'escalier.

Huit étages. Puis le parking, et je serai dans ma voiture.

Mais je sais déjà qu'on m'a eue. Ils ne libéreront pas Mémé. Comment pourront-ils me faire porter le chapeau si une vieille dame raconte partout qu'elle a été enlevée ?

Donc, je viens de commettre un nouvel acte criminel et d'attaquer la seule entreprise que j'ai jamais admirée, pour rien.

Pire : j'ai détruit ma relation avec Jackson King, quelle qu'elle fût. Et ça... ça me fait presque autant mal que l'idée que Mémé soit morte.

~

Jackson

À mon avis, l'attaque vient forcément de quelqu'un du service d'infosec.

Malheureusement, ça réduit la liste de suspects à 517 personnes habitant partout dans le monde. Seules 137 d'entre elles se trouvent dans ce bâtiment. Mais je peux commencer par Luis, mon responsable d'infosec, et par le département des ressources humaines pour obtenir des informations sur l'embauche de Kylie.

Je me rends directement au bureau de Luis et entre sans frapper. Il est au téléphone ; probablement avec son épouse, parce que je peux entendre une voix féminine à l'autre bout du fil lui raconter une histoire à rallonge.

Luis se redresse sur son siège et me regarde attentivement tandis qu'il essaie d'interrompre le monologue. « Je suis désolée, ma chérie. M. King vient d'entrer dans mon bureau.

— Oh ! D'accord, rappelle-moi, dit-elle immédiatement.

— Oui, oui. » Il raccroche avec un air penaud. « Ma femme est excitée parce que notre fils participe au spectacle de son école. »

C'est tout à son mérite. Malgré toutes ces années passées à m'entendre répondre évasivement à toutes les conversations personnelles, il continue d'essayer. C'est comme s'il voulait que je me souvienne qu'il a une famille et qu'il est humain, pour que je ne lui en demande pas trop.

Non pas que ça m'ait jamais arrêté.

« Qu'avez-vous appris sur l'embauche de la nouvelle employée d'infosec ? »

Le front de Luis se plisse. « Kylie McDaniel ? C'est-à-dire ?

— Je vous ai demandé de découvrir comment sa candidature nous est parvenue. Qui l'a recommandée ? Depuis combien de temps ce poste était-il vacant ?

— Nous avons toujours des postes vacants. Vous m'avez demandé de doubler notre équipe d'infosec il y a trois ans, et j'y travaille. Trouver de nouveaux collaborateurs n'est pas simple. Il faut environ trois mois pour pourvoir un poste.

— Et une annonce a été publiée pour cette position ?

— Non, on ne publie pas d'annonces. Nous passons par une recruteuse. Ça nous permet de réduire le temps passé à écumer les profils de postulants non qualifiés. La nôtre recherche activement des candidats potentiels depuis trois ans.

— Et comment a-t-elle trouvé Kylie ? »

Luis hausse les épaules.

« Je suis navré, je ne me suis pas encore penché sur la question. À l'évidence, elle doit surveiller les forums de piratage pour trouver des candidats. Ça paraît logique d'engager des personnes qui comprennent le sujet en profondeur. Nous faisons des exceptions pour les profils comme celui de Kylie. Par exemple, pour ce poste nous demandons normalement entre vingt et vingt-cinq ans d'expérience dans le secteur. Mais les compétences qu'elle a démontrées au cours du test préparé par Stu tiennent lieu d'années d'expérience. »

Ça paraît totalement logique, et même plausible ; mais Kylie avait raison. C'est une trop grosse coïncidence qu'elle reçoive une lettre de chantage immédiatement après avoir commencé à travailler pour SeCure. Si les hackeurs cherchaient un moyen d'accéder au système de l'entreprise, ça leur aurait pris plus de quelques jours pour identifier tous les employés et réunir des dossiers compromettants sur chacun d'entre eux.

Ça me semble être un coup monté de haut vol.

« Je veux le nom et les coordonnées de la recruteuse.

— Il y a un problème, monsieur ? Je croyais que vous aimiez bien cette fille, malgré son insolence.

— Peu importe si je l'apprécie ou pas. Je veux en savoir davantage sur les pratiques employées par les recruteurs pour pourvoir les postes les plus délicats dans mon entreprise », je lâche de ma voix la plus autoritaire.

Luis prend immédiatement un ton calme et apaisant. « Bien sûr, monsieur. Je comprends. Je vais appeler les ressources humaines tout de suite et obtenir ces informations pour vous, assure-t-il en décrochant son téléphone.

— C'est inutile. Je vais y aller directement. »

J'ai besoin de regarder ces personnes dans les yeux, d'être assez proche pour sentir leur peur pendant que je les interroge. Je sors du bureau et me dirige d'un pas décidé vers l'ascenseur pour descendre voir la directrice des ressources humaines au quatrième étage.

Je n'obtiens pas grand-chose de plus d'elle, si ce n'est le nom et le numéro de téléphone de la recruteuse.

À ce moment-là, mon loup donne de furieux coups de griffes. Il essaie de me dire quelque chose à propos de Kylie. Je brûle de la voir. Presque comme un besoin.

Merde. Est-il possible que la véritable compagne d'un métamorphe soit humaine ? Parce que je ne vois pas d'autre explication pour justifier ce que je ressens.

À moins que mon instinct animal ne cherche à me prévenir du danger potentiel qu'elle pourrait représenter ?

À cette pensée, je retourne jusqu'à mon bureau par l'escalier en montant les marches deux par deux, incapable d'attendre patiemment dans un ascenseur. Son odeur est partout, elle emplit mon nez comme si elle se trouvait avec moi dans les escaliers.

Je parviens à mon bureau et ouvre la porte en grand.

Mon ordinateur est allumé, et un programme se déroule rapidement sur l'écran.

Oh putain.

Je commence à suffoquer, comme si mon cœur était coincé quelque part entre ma gorge et ma clavicule. Mes paumes deviennent moites ; la rage trouble ma vision.

Dites-moi que ce n'est pas ce que je pense. Dites-moi...

Putain !

Avec un rugissement, je soulève mon ordinateur et le projette contre le mur. Il se brise en mille morceaux.

« M. King ! crie Vanessa, qui entre en courant dans le bureau.

— Elle est partie depuis combien de temps ? je demande, surpris par le calme de ma voix.

— Oh ! Euh... environ dix minutes, monsieur. Pourquoi ? Que se passe-t-il ? Monsieur ? Quelque chose ne va pas ? »

J'ignore Vanessa et sors du bureau en courant.

La cage d'escalier.

La putain de cage d'escalier. Pas étonnant que j'y aie senti son odeur. C'est par là qu'elle est partie.

Kylie

Je rejoins ma voiture et fonce hors du parking. Je prends la direction du centre-ville, mais je n'ai pas la moindre idée où aller.

La police m'attendra devant chez moi. Il est temps de disparaître. Je l'ai déjà fait au moins une vingtaine de fois. Je sais comment effacer mon existence et en créer une nouvelle dans une autre ville. Voire même dans un autre pays. Mais une chose est sûre : je ne compte pas quitter Tucson sans Mémé.

Je dois juste trouver une planque temporaire et attendre l'appel des kidnappeurs, même si je crains qu'il n'arrive jamais.

Je me rends jusqu'à la Bank of America, où je possède un coffre. Je pourrai peut-être y accéder avant que le FBI ne donne l'alerte en utilisant mon numéro de sécurité sociale. J'entre vivement dans la banque en tirant sur le bas de mon T-shirt. Je regrette subitement de ne pas avoir mis de chaussures à talons aujourd'hui.

Je retire tout mon argent, donne ma carte d'identité à la personne au guichet et attends qu'on me permette d'accéder à mon coffre. On m'installe dans un bureau pour patienter. Trois minutes s'écoulent. Cinq.

Pitié, qu'au moins une chose se passe bien pour moi.

Un agent obèse avec une coupe de cheveux des années quatre-vingt-dix revient avec le coffre.

Dieu merci.

Je l'ouvre et le vide entièrement. Il contient des passeports et des cartes d'identité, ainsi qu'un peu plus d'argent liquide à utiliser en cas d'urgence. J'affiche mon air le plus professionnel et me retiens de tout fourrer dans mon sac puis de prendre mes jambes à mon cou. Je me force à faire des gestes calmes et précis. Pas un seul mouvement ni

instant de gaspillé, tout en gardant l'attitude posée nécessaire pour ne pas éveiller de soupçons.

« Merci beaucoup », dis-je à l'employé avec un sourire
radieux. Je suis sur le point de m'effondrer quand je sors de
la banque.

Si je pars maintenant, je serai absolument seule. Sans
Mémé. Sans amis. Sans la moindre chance de conserver
l'existence normale que j'avais adoptée.

Mais si je reste, je vais me retrouver dans une prison fédé-
rale. Au lieu de prendre ma voiture, je commence à marcher.
Le centre-ville de Tucson est petit mais très fréquenté, et je
me fonds dans la foule. Mes pas me mènent jusqu'à la rue du
Congrès sans que je cherche à aller dans une direction
précise. J'ai juste besoin de marcher. De réfléchir.

Mon téléphone reste atrocement silencieux. Les kidnappeurs savent sûrement que le code a été installé à présent.

Donc, ouais. Ils ne comptent pas libérer Mémé.

J'entre dans un café et sors mon ordinateur pour essayer
une fois de plus de localiser l'appel que j'ai reçu la veille. Le
simple fait de m'adonner à une activité familière fait baisser
mon stress. Je passe le restant de la journée à effectuer des
recherches, sans succès. Quand le soleil décline à travers les
vitres et que la serveuse me regarde de travers, je sais qu'il
n'y a plus d'espoir.

Ils n'appelleront pas.

Je suis un peu surprise que personne de SeCure ou du
FBI n'ait essayé de me contacter, même si je n'aurais pas
répondu.

Je sors du café et retourne vers ma voiture. Elle n'est pas
entourée de véhicules de police ni mise sur sabot, mais je ne
m'arrête pas pour autant. Je me contente de passer à côté.
Autant ne prendre aucun risque. À la place, j'appelle un

Uber et utilise un faux compte pour commander un trajet jusqu'à un motel minable situé un peu en dehors de la ville. Je réserve une chambre avec ma nouvelle identité et ma nouvelle carte bancaire.

Une fois dans la chambre d'hôtel, j'enlève mes chaussures et m'assieds sur le lit avec mon meilleur et seul ami, mon ordinateur.

Réfléchis, K-K, réfléchis.

Et maintenant, qu'est-ce que je fais ? Je quitte la ville ? Je quitte le pays en avion ? Que puis-je faire pour retrouver Mémé ?

Je suis intelligente, mais aucune solution ne me vient. Je ramène mes genoux contre ma poitrine et commence à me balancer doucement d'avant en arrière.

Jackson

Je presse mes tempes d'une main pendant que l'autre pianote sur le clavier. Il est quatre heures du matin.

Tous les employés d'infosec et moi-même avons passé la journée et la nuit à tenter d'isoler ce putain de virus, mais il s'est propagé partout. J'ai appliqué les mesures d'urgence et transféré les données financières de millions d'utilisateurs vers de nouveaux serveurs sécurisés, mais je doute que nous ayons été assez rapides. Ils ont probablement déjà récolté assez de données pour causer des répercussions terribles. Je ne sais toujours pas ce qui les intéresse. Ça semble cibler quelque chose de plus gros que les données de cartes bancaires. Si c'était tout ce qui les intéressait, ils auraient pu les obtenir en piratant des sociétés plus simples à hacker que SeCure.

« Dites à tout le service que personne ne rentre ce soir jusqu'à ce que le transfert soit terminé, dis-je sèchement à Luis. Et si quelqu'un laisse fuiter quoi que ce soit, je lui fais la peau. C'est compris ?

— Je leur ai déjà dit, répond Luis avec son infinie patience. Quand est-ce qu'on préviendra le FBI ?

— Pas avant d'avoir géré toute cette situation. Je ne veux même pas avertir le reste de l'équipe de direction avant que le virus soit contenu. »

Luis a l'air dubitatif, mais il acquiesce. « Bien, monsieur. »

Mes instructions sont tout à fait logiques. Nous nous trouvons face à une crise aux proportions dramatiques. Si la presse l'apprend, les actions de SeCure dégringoleront en chute libre et des millions d'utilisateurs paniqueront à l'idée que leur argent et leurs informations personnelles aient été dérobés.

Mais j'ai une autre raison pour refuser d'appeler le FBI.

Je veux m'occuper de Kylie McDaniel personnellement. Elle m'a trahi, et j'ai besoin de la regarder dans les yeux et de comprendre comment j'ai pu commettre une telle erreur. Je dois m'assurer que ça n'arrivera plus jamais.

Et il y a encore autre chose. Une motivation que je ne veux pas admettre, mais elle est là.

Kylie ne survivrait pas à la prison.

Elle est claustrophobe. Ça la tuerait.

Donc, je préfère employer la justice des loups avec elle. Retrouver Kylie et lui faire payer sa trahison de manière traditionnelle. Par punition et compensation.

Elle *va* arranger ça.

Même si je dois la garder prisonnière jusqu'à ce qu'elle le fasse.

« On sait déjà comment ils ont réussi à entrer dans le

système, monsieur ? Est-ce que vous soupçonnez la nouvelle ? J'ai entendu dire qu'elle a disparu aujourd'hui.

— Je m'occuperai personnellement des responsables. Occupez-vous de contenir ce désastre.

— Oui, monsieur.

— Restez ici pour superviser les opérations. Je vais trouver ceux qui ont fait ça et les faire payer. » Le prédateur en moi a besoin de chasser sa proie. Je dois retrouver Kylie.

Luis doit sentir la férocité de mon loup, parce qu'il pâlit et hoche la tête. « Bien, monsieur. »

CHAPITRE SIX

~

J*ackson*

LES POILS de ma nuque se dressent alors que je me dirige vers la Range Rover garée sur le parking recouvert de panneaux solaires. Je lève le nez en l'air et inhale, mais je ne sens que l'air frais printanier du désert.

La lune m'appelle, me donne envie de muter et de me mettre en chasse pour retrouver Kylie.

Je me fige devant le véhicule.

Une tête brune est visible sur le siège passager de ma voiture. Je sais immédiatement que c'est elle.

Mon corps passe en mode urgence, la mutation déjà presque enclenchée. Je ne sais quoi penser, à part peut-être que quelqu'un l'a assassinée et placée là. Ou qu'elle m'attend pour me tuer. Ou qu'elle s'est suicidée ici pour que je retrouve son corps. Je sais que c'est Kylie, et la toucher est soudain une putain de nécessité. Je manque d'arracher la portière pour l'ouvrir.

Elle n'est pas morte. Elle n'est même pas blessée. Et elle n'a pas d'arme.

Je ne trouve qu'un visage blême et strié de larmes ponctué d'immenses yeux misérables.

Je suis simultanément envahi par le soulagement et la fureur. Je la tire hors de la voiture par les poignets et claque la portière.

Je ne sens pas de peur en elle, mais elle est docile, comme si elle savait qu'elle mérite mon courroux. À l'évidence, elle s'est rendue volontairement, ce qui n'a aucune logique, mais le loup en moi approuve.

« Chaton, tu dois être dingue pour te montrer ici ce soir. »

Une larme coule sur sa joue. Elle acquiesce en se mordant les lèvres. « Ouais. Je suis dingue.

— Tu as trente secondes pour t'expliquer. » Je ne m'attends pas à ce qu'elle ait une explication ; je n'arrive pas à imaginer quoi que ce soit qui pourrait excuser ses actes, mais j'ai besoin d'entendre ce qu'elle a à dire pour sa défense.

« Quand je suis rentrée chez moi hier soir, ma grand-mère avait disparu. Ils l'ont enlevée. » Ses beaux yeux s'emplissent à nouveau de larmes, et leur odeur a un effet sur mon loup. Toutes les cellules de mon corps me hurlent de la protéger, d'arranger les choses pour qu'elle ne pleure plus. « Ils m'ont appelée, et une voix générée par ordinateur m'a dit que j'aurais dû suivre leurs instructions. » Deux larmes supplémentaires roulent sur ses joues.

Je suis prêt à déchiqueter ces enfoirés avec mes dents. Je n'aurai même pas besoin de muter pour le faire.

« Mémé est ma seule famille. Elle est tout ce que j'ai. Je suis une idiote ; j'ai cru qu'ils la libéreraient si j'installais le code. Mais je suis sûre qu'elle est morte. On m'a tendu un piège parfait pour me faire accuser du piratage de SeCure. Je suis désolée, Jackson. Je vous ai trahi, mais je suis prête à tout pour vous aider à arranger les choses. Je sais que vous n'avez aucune raison de me croire, et encore moins de me faire confiance. Mais je suis venue. Vous pouvez faire ce que vous voulez de moi, dit-elle en tendant ses poignets comme si j'allais lui passer les menottes. Appelez la police, si vous voulez. Mais vous savez que je vous serai plus utile si je ne suis pas en prison. Et croyez-moi, je veux qu'ils paient pour ce qu'ils ont fait à... » Elle se met à sangloter, et je suis incapable de me retenir. Je la prends dans mes bras.

Dès que son corps est contre le mien, tout semble à sa place. La sensation apaise mon loup.

« Elle n'est peut-être pas morte. »

Kylie froisse ma chemise, trempée par ses larmes, entre ses doigts. « Pourquoi la garderaient-ils en vie ? » demande-t-elle d'une voix étranglée.

L'odeur de sa détresse me déchire le cœur. Elle a raison. Sa grand-mère est probablement morte.

« Monte dans la voiture », j'ordonne un peu plus rudement que prévu. J'ouvre la portière. « Tu es ma prisonnière jusqu'à nouvel ordre. Tu ne sortiras pas de ma villa. Tu ne feras rien d'autre que manger, dormir et essayer de neutraliser ce virus. C'est compris ? »

Elle hoche la tête et se glisse sur le siège passager. « Oui, monsieur », murmure-t-elle. Elle a l'air désespérée et perdue, mais mon loup voit sa déférence comme une victoire.

À moi.

Elle est revenue. À moi de m'en occuper. À moi de la punir.

À moi.

∼

Kylie

JACKSON NE PRONONCE PAS un mot pendant le trajet jusqu'à sa villa. Je n'arrive toujours pas à croire qu'il ne m'a pas étranglée. Et qu'il n'a pas appelé la police.

Il est toujours en colère. Je sens sa fureur bouillonner sous l'apparence calme qu'il maintient au prix d'un grand contrôle. Mais ça ne l'a pas empêché de me prendre dans ses bras et de me laisser pleurer sur sa chemise.

J'ai eu raison de rester en ville. C'est la première bonne décision que j'ai prise depuis longtemps. Je n'avais encore jamais accordé ma confiance à quelqu'un en dehors de ma famille, mais quelque chose me fait constamment revenir vers Jackson King, jusqu'à me faire oublier mes peurs les plus profondes pour m'offrir à lui sur un plateau d'argent. C'est dingue.

Parce que désormais, ma vie est réellement entre ses mains. Il aurait si facilement pu me livrer à la police. Ils ont assez de preuves pour constituer un dossier en béton contre moi. Peut-être qu'il me fera arrêter quand je l'aurai aidé à mettre les données infectées en quarantaine.

Mais pourtant, je ne pense pas qu'il le fera. Je me sens en sécurité avec Jackson. Comme si j'étais rentrée chez moi. Le contraire de la solitude totale que j'ai ressentie quand je marchais dans la rue du Congrès en m'interrogeant sur mon avenir.

« Merci, dis-je d'une voix rauque.

— Je suis content que tu sois revenue, me répond-il avec un regard sérieux.

— Vous me croyez ?

— Oui. Même si je ne devrais pas. »

Je m'adosse au siège, épuisée mais rassurée. « Je ferai tout mon possible pour vous aider. Je ne me reposerai pas avoir d'avoir tout arrangé. D'accord ? C'est promis. »

Il tend la main et effleure ma joue. « Je t'aiderai aussi, chaton. Je vais engager un détective privé pour qu'il enquête sur la disparition de ta grand-mère. »

C'est une délicate attention, même si je doute qu'un détective découvre quoi que ce soit si une hackeuse n'a pas réussi. Pourtant, mes yeux s'emplissent de larmes de gratitude.

Les narines de Jackson se dilatent, et son regard se pose sur mon visage. Il essuie mes larmes du bout des doigts. « Parle-moi de ta grand-mère. Elle habite à Tucson ? »

Je prends une inspiration pour me calmer avant de répondre. « On a emménagé ici ensemble. On habite toutes les deux. Je vis avec elle depuis... » Je m'interromps. J'en ai déjà trop dit. Je ne veux pas qu'il assemble les pièces du puzzle.

« Depuis quand ? m'interroge-t-il sèchement, comme s'il connaissait déjà la réponse.

— Depuis la mort de mes parents. Elle est la seule famille qu'il me reste. Qu'il me restait, je corrige en sentant mes tripes se nouer.

— Elle est morte, chaton ? C'est ce que tu ressens, au fond de toi ? Dépasse ta peur. Oui ou non ? »

Non.

Le soulagement m'envahit. « Je ne pense pas », dis-je d'une voix éraillée. Je suis fascinée que Jackson accorde tant d'importance à l'intuition, plus qu'à la logique. Un homme de son intelligence ? S'il s'y fie, moi aussi.

Jackson fait un petit hochement de tête. « Alors, on doit cracker ce code et la retrouver. »

Je redresse les épaules, rassérénée d'avoir à nouveau un objectif. Mon cerveau recommence à passer en revue ce que je sais du virus. Je sors mon ordinateur.

— Ça ne vous dérange pas si je travaille dans la voiture ?

— Ça m'emmerderait que tu ne le fasses pas. »

Les dix minutes suivantes se déroulent en silence pendant que j'étudie le code que j'ai copié depuis le disque dur plus tôt. Lorsque nous arrivons devant chez Jackson, le portail automatique s'ouvre et il entre dans la propriété. Je ferme mon ordinateur et le range dans mon sac avant de regarder vers l'entrée de la maison.

Le gros chien-loup noir de Jackson se tient en haut des marches et regarde la voiture approcher. Contrairement à un chien normal, il ne remue pas joyeusement la queue. Il dégage une certaine indifférence, un air inquiétant qui me donne la chair de poule.

« Je ne suis pas sûre que les loups soient de bons animaux de compagnie », je marmonne pendant que Jackson se gare dans le garage.

Il hausse un sourcil. « Je ne le laisserai pas te faire de mal. »

Je ne le laisserai pas te faire de mal, ce n'est pas la même chose que *il ne te fera pas de mal*. Il a manifestement la capacité de me mutiler ou de me blesser.

« Comment il s'appelle ? »

Jackson hésite, comme si son chien n'avait pas de nom ou qu'il ne s'en souvenait pas. « Loup, finit-il par répondre.

— Loup ? C'est original.

— C'est ça, continue tes impertinences, chaton. Je les ajouterai à ta punition. »

Un frisson me traverse, mais je ne pense pas qu'il soit dû à la peur. « Ma punition ? » Je me félicite intérieurement d'avoir réussi à parler sans que ma voix ne tremble.

« Mmm hmm. Mais on s'en occupera plus tard. Pour le moment, nous avons du travail. »

Nous sortons de la voiture et passons par une buanderie pour accéder à la cuisine. Loup nous y attend. Il retrousse ses babines et grogne dans ma direction. Il est encore plus effrayant au grand jour. Son garrot m'arrive à la taille, sa fourrure est hérissée et ses yeux ambrés sont fixés sur moi.

« Ça suffit. » Selon moi, Jackson n'a vraiment pas l'air assez inquiet.

Je reste immobile. « Je crois qu'il ne m'aime pas beaucoup. »

Jackson me tire dans la pièce, toujours impassible. « Il est juste protecteur, dit-il avant de s'adresser au chien. Kylie va rester avec nous. Tu la protégeras, d'accord ? » Il tapote le museau de Loup, et le chien tourne les talons et sort de la cuisine.

Je souffle, encore un peu tremblante. « Vous voulez bien me réexpliquer pourquoi vous avez un loup comme animal de compagnie ?

— Allez, viens, je vais te montrer ta chambre », dit Jackson en ignorant ma question.

Je masque ma déception en apprenant que j'aurai ma propre chambre. Qu'est-ce que je m'imaginais ? Que Jackson allait m'inviter dans son lit après ce que j'ai fait à son entreprise ?

Un coup pareil ne mettra peut-être pas fin à SeCure, mais même si on arrive à isoler les dommages, le scandale pourrait à lui seul détruire la réputation de la société. Même si j'aide à réparer le problème, il y aura des conséquences.

Je monte les escaliers à sa suite.

Jackson me conduit jusqu'à une chambre d'amis et allume la lumière. La pièce est meublée avec goût mais, comme le reste de la maison, elle ne porte aucune touche personnelle. Je le soupçonne d'avoir engagé un décorateur. « Installe-toi ici. Je vais dormir quelques heures avant de repartir au bureau.

— Je ne vais pas dormir », dis-je immédiatement. J'en serais incapable, surtout maintenant que mon travail peut peut-être permettre de retrouver Mémé. Je ressors mon ordinateur. « J'ai besoin d'avoir accès au système de l'entreprise, s'il vous plaît. Pour comprendre comment ce truc fonctionne et se répand. Et j'ai besoin de savoir ce que votre équipe fait pour le contenir.

— Je croyais que tu avais déjà piraté le système, remarque-t-il en haussant un sourcil. Mais non, tu as choisi la solution facile et tu t'es servi de mon ordinateur. Je dois être le plus gros idiot de la planète, pour t'avoir laissée seule dans mon bureau. »

Il se penche au-dessus de moi pour taper le mot de passe de son réseau wifi puis pour me connecter à SeCure. Son odeur est divine. Comme des effluves de pins et de... virilité. Ouais, je sais que ce n'est pas une odeur, mais c'est ce qu'elle m'évoque.

« Non, vous n'êtes pas un idiot. Vous pensiez pouvoir me faire confiance. Je me ferai pardonner, je vous le promets. Croyez-moi, je vous en prie.

— J'adore quand tu me supplies, chaton », dit-il en posant un doigt sous mon menton pour me faire relever la tête.

Une bouffée de chaleur se répand dans ma poitrine et

dans ma gorge. « J'en suis sûre », je lâche sèchement, et rougis jusqu'aux oreilles alors que je me souviens qu'une punition m'attend.

Qu'est-ce que ce sera, cette fois ? Une autre fessée ? J'espère que c'est quelque chose... d'encore plus intense.

Il m'explique les directives qu'il a données à son équipe d'infosec pour mettre les données infectées en quarantaine et isoler le reste. Son plan me paraît infaillible. « On dirait que ce problème est déjà maîtrisé, alors je vais m'occuper de remonter la piste du virus jusqu'à sa source.

— Bien. » Il dépose un baiser sur le sommet de mon crâne. « Réveille-moi à sept heures si je dors encore. »

Oh mon Dieu, c'est comme si j'étais la petite femme de Jackson King. Sa demande fait immédiatement réagir mon entre-jambe, et je m'imagine en train de tirer le drap pour découvrir son corps nu, puis l'exciter.

Arrête de rêvasser, K-K. Tu as du pain sur la planche.

CHAPITRE SEPT

Jackson

Lorsque je me réveille, mes crocs sont sortis et mon odorat est saturé par le parfum de Kylie. Pas étonnant que j'aie rêvé de posséder son corps irrésistible pendant l'intégralité de mes deux heures de sommeil. J'ai dû la marquer dans toutes les positions imaginables durant mes rêves. Je ne devrais pas me sentir reposé, mais la frustration sexuelle me donne de l'énergie.

Revendique ta compagne. Marque-la.

Putain, mon loup est *ravi* qu'elle soit à la maison. Je me force à prendre une douche glacée pour ne pas aller la trouver.

Ça n'aide pas. Je suis toujours prêt à la dominer lorsque je sors de la douche. À la poursuivre à travers une montagne rocailleuse, la plaquer au sol et plonger mes crocs si profondément dans sa chair qu'elle hurlera...

Ouais, et ça la tuerait. Elle hurlerait, certes, mais pas *oui, Jackson.*

Je laisse tomber le costume pour aujourd'hui et opte

plutôt pour une chemise et un pantalon léger. Mes employés ont passé toute la nuit à travailler ; je n'ai besoin d'impressionner personne.

L'odeur de Kylie envahit mes narines dès que je fais un pas hors de ma chambre. Mon sexe gonfle contre la fermeture éclair de mon pantalon. Je la trouve dans sa chambre, encore en train de travailler.

Elle a réuni ses cheveux en un chignon à l'aide d'un stylo, et même si elle n'a pas fermé l'œil de la nuit, elle est toujours aussi belle. Au contraire, la voir veiller et travailler dur pour moi, ou pour mon entreprise, envoie une nouvelle vague de désir à travers mon corps. Bien sûr qu'elle ne le fait pas pour *moi* ; elle le fait pour sa grand-mère, mais le loup s'en contrefiche.

Tous les loups ressentent le besoin de dominer leur femelle, mais je n'aurais jamais imaginé être si excité d'en avoir une à ma merci, si je puis dire. Au même instant, le besoin de la protéger réapparaît, puissant. « Bonjour. Tu as faim, chaton ? J'aurais dû penser à te dire de te servir dans la cuisine. »

Elle me fait un petit sourire, le genre involontaire et sans intention mais capable de renverser des nations. « Oh, je l'aurais fait. J'étais sur le point d'aller chercher du café.

— Tu as trouvé quelque chose ?

— C'est une séquence de code complexe. Le style a quelque chose de familier, mais je n'arrive pas à mettre le doigt dessus. Je le compare avec de vieilles publications sur DefCon, mais je n'ai pas encore trouvé. Vos employés ont sécurisé toutes vos données à présent, mais je pense que les hackeurs ont pu accéder à au moins 250 000 dossiers avant que vous n'ayez réussi à isoler le virus. »

Luis et Stu m'ont déjà dit la même chose, mais c'est bien de savoir que mon petit génie est d'accord.

« Allez, viens prendre le petit-déjeuner. Ton corps a besoin de forces après avoir veillé toute la nuit. »

Merde. Pourquoi est-ce que je parle de son corps ? C'est déjà une torture sans le mentionner.

« J'arrive dans une minute. » Elle tapote le bord de son écran tout en lisant.

En bas, je trouve Sam installé au comptoir de la cuisine. Apparemment, aucun d'entre nous n'a beaucoup dormi la nuit dernière.

« Qu'est-ce qui se passe ? » demande-t-il dès que je pose un pied dans la pièce. Je l'ai appelé du bureau hier soir pour le prévenir que je rentrais tard. Je lui ai dit ce que Kylie a fait ; il a donc dû trouver incongru que je rentre avec elle au milieu de la nuit.

« Les hackeurs ont kidnappé sa grand-mère. Elle est venue me trouver d'elle-même. On essaie d'identifier le créateur du code pour trouver des indices. »

Sam secoue la tête, la bouche tordue en un rictus plein de jugement. « Ça me plaît pas. Tu te comportes bizarrement, Jackson. C'est une *humaine*, putain. Qu'est-ce qui t'a pris de l'amener ici ? »

Un grondement s'échappe de ma gorge, le loup en moi prêt à défendre la compagne qu'il a choisie jusqu'à la mort.

La mâchoire de Sam se décroche. « Putain, tu te fous de moi ?

— Quoi ? je lâche sèchement.

— Tu te rends compte qu'elle t'excite ? »

Je sors une boîte d'œufs du frigo et les casse dans un saladier en ignorant sa remarque. « J'aimerais que tu restes ici et que tu gardes un œil sur elle. Ne la laisse quitter la villa sous aucun prétexte. »

Sam ne répond pas, ce qui me force à lever la tête. Il me fixe, les yeux plissés.

« Et ne lui fait pas de mal.

— Donc, je dois la garder prisonnière ici, mais je n'ai pas le droit de la violenter », dit-il d'un ton dégoulinant de sarcasme.

Un autre grondement jaillit de ma poitrine, mais j'arrive à le stopper quand mes sens affûtés détectent Kylie en train de descendre les escaliers. Elle était trop loin pour entendre notre conversation ; pourtant, elle fait une drôle de tête lors-qu'elle entre dans la cuisine.

« Alors comme ça, Sam est mon gardien ? » lâche-t-elle.

Je fais la moue. *Merde.* Elle a l'ouïe surdéveloppée pour une humaine. Il faut que je m'en souvienne. « C'est ça. Je t'interdis de sortir de la maison en mon absence.

— Vous m'*interdisez.* » Son ton est exactement le même que celui de Sam, exprimant autant de doute.

Je lève un sourcil. « Ça te pose un problème ?

— C'est vous le patron », dit-elle en haussant les épaules. *Tu l'as dit.*

« Assignée à résidence avec Sam. Je ne vois pas ce qui pourrait être plus amusant.

— Surveille ta langue, chaton. »

Mon loup est mécontent. Putain, je ne supporte pas l'idée qu'elle soit avec un autre mâle, même si c'est moi qui l'ai ordonné.

Elle se penche sur le saladier. « Qu'est-ce que vous préparez ? »

Mon assurance innée s'efface et cède le pas au besoin de satisfaire ma femelle, de la nourrir. « Je pensais préparer du pain perdu. Ça te convient ? » Par le ciel, je ne me reconnais plus. Quand ai-je jamais demandé à qui que ce soit si ce que je fais lui convient ?

Elle me fait un de ses sourires irrésistibles, et le loup se détend. « Oui, c'est parfait, merci. Il y a du café ?

— Sers-toi », l'invite Sam en montrant la cafetière fumante.

Je suis à la fois reconnaissant envers Sam d'en avoir préparé, et agacé qu'il puisse lui en offrir.

Elle sort deux tasses et va chercher le lait demi-écrémé dans le réfrigérateur. Elle remplit les tasses et m'en tend une. « Avec du lait, sans sucre, c'est bien ça, monsieur ? » Sa voix rauque, associée au fait qu'elle me serve, ravive mon désir.

Fais-en ta compagne.

Je la veux auprès de moi tous les matins, qu'elle prépare mon café pendant que je lui fais des œufs. Je veux plonger mon regard dans ces yeux pailletés d'or qui dépassent par-dessus sa tasse pendant qu'elle dit quelque chose de brillant. Je veux faire des traits d'humour pour décrocher un de ses magnifiques sourires.

Je retire ce que je viens de dire. Je ne suis pas un type marrant. Je ne dis jamais rien de drôle. Pourtant, je l'ai fait dans l'ascenseur. Je l'ai faite rire. Je me transforme en une autre personne quand je suis avec elle. Quelqu'un de meilleur.

Vous n'êtes pas une mauvaise personne.

Je trempe quatre pains aux raisins dans les œufs puis les place dans une poêle chaude après y avoir fait fondre du beurre.

« Je vais retourner au bureau après le petit-déjeuner. Je veux que tu me tiennes informé toutes les heures, sauf si tu dors. Tu comptes dormir ? je demande en la fixant de mon air le plus sévère.

— Pas avant un moment, répond-elle en levant sa tasse de café en l'air. Ne vous inquiétez pas. Je ne travaille jamais aussi bien que quand je délire à moitié.

— C'est hors de question. Tu as besoin de repos. »

Elle lève les yeux au ciel, et je lui donne une claque sur les fesses lorsqu'elle passe à côté de moi. Son petit cri fait durcir ma queue.

Sam s'absorbe dans la contemplation de la vue par la fenêtre comme s'il n'avait jamais rien vu de plus passionnant.

« Allez, monsieur, j'ai besoin de travailler. S'il vous plaît. Et puis, je préfère faire des petites siestes plutôt que dormir huit heures d'affilée, de toute manière. »

Son attitude soumise me fait fondre. Je retourne le pain perdu en souhaitant de toutes mes forces découvrir si c'est vrai. Je veux connaître cette femme dans les moindres détails. J'en ai *besoin*.

Je sors mon téléphone et le lui tends. « Enregistre ton numéro. » Elle ouvre mes contacts et ajoute ses informations en un clin d'œil pendant que je sers les assiettes et sors le sirop d'érable du réfrigérateur.

Lorsqu'elle me rend le téléphone, je découvre qu'elle s'est enregistrée sous le nom de « Catgirl », ce qui me fait sourire. « Quel est ton vrai prénom, chaton ? »

Elle se crispe, et son hésitation me blesse plus que je ne suis prêt à l'admettre.

« Pourquoi est-ce un secret ? je demande d'une voix douce. À cause du meurtre auquel tu as assisté ? »

Elle blêmit, et je regrette immédiatement d'avoir insisté. Mais si elle est en danger, je dois le savoir. Le besoin de la protéger de tous ses ennemis est comme une bête déchaînée en moi, qui me consume.

« Ouais », finit-elle par répondre en prenant une des assiettes.

Sam semble enfin réaliser qu'il est de trop. Il se lève et s'éloigne vers la porte.

« Appelle si tu as besoin de moi. Je serai dans le coin, Catgirl.

— Je crois que lui non plus ne m'aime pas beaucoup, murmure Kylie une fois qu'il est sorti, sans se douter que Sam peut encore entendre chacun de ses mots.

— Il est juste protecteur. Comment ça, *lui non plus* ?

— Comme Loup, votre chien gigantesque. Il est où, d'ailleurs ? » Elle fourre une bouchée de pain perdu dans sa bouche, et un grondement doux, presque un ronronnement, fait vibrer ma poitrine. J'aime la nourrir. Beaucoup trop.

« Probablement en balade. Il a besoin de beaucoup d'espace. » *Ce n'est pas un mensonge.*

« Bon, donc je suis votre prisonnière, et Sam est mon gardien. » Elle s'interrompt pour avaler une autre bouchée. Lorsqu'elle ramasse une miette de sucre au coin de ses lèvres avec sa langue, je manque de gémir. « Je dois vous envoyer des nouvelles toutes les heures. Autre chose, monsieur ? »

Bon Dieu, j'adore quand elle se montre soumise avec moi. Et, vous pouvez me croire, je sais que c'est par choix, aux antipodes de sa personnalité. Je n'ai jamais rencontré une fille plus alpha qu'elle. Une femelle qui ne se soumet que devant son compagnon.

L'envie me serre le cœur. Je rencontre enfin une femelle qui m'intéresse, qui attire les deux facettes en moi, le loup et l'homme, mais c'est une humaine. Fragile. Incapable de survivre si je la marque.

Comment vais-je la garder auprès de moi ? Je dois trouver un moyen.

~

Kylie

La nourriture et le café me font du bien. Je passe la matinée à pirater le système du FBI pour consulter les dossiers de tous les hackeurs connus de leurs services. Le virus utilisé pour pirater SeCure n'est pas le code le plus sophistiqué qu'il m'a été donné de voir. Ce qui est une bonne chose – c'est ce qui a permis à Jackson de limiter les dégâts. L'inconvénient, c'est que ça élargit la liste des suspects potentiels.

Jackson m'envoie un message pour m'informer qu'il n'a pas engagé de détective parce qu'il ne fait confiance à personne, mais qu'il réfléchit à un plan pour retrouver ceux qui essaient de me piéger.

Vers midi, le manque de sommeil me rend nauséeuse, mais je suis tellement à cran à cause du café et de l'adrénaline que je doute d'arriver à me reposer. Je me lève pour me dégourdir les jambes et monte à l'étage. Je n'ai pas recroisé Sam ; je suppose que sa chambre est au rez-de-chaussée.

J'ai soudain la pulsion de fouiller la chambre de Jackson. Les hackeurs ont tous une tendance à jouer les détectives privés, et je meurs d'envie d'en savoir plus sur lui.

Je frappe doucement contre une porte et la pousse. *Bingo.*

Cette grande chambre doit être celle de Jackson. Je sens son odeur, et elle calme immédiatement mon esprit survolté. J'ai toujours eu un odorat surdéveloppé. Mon père avait coutume de me taquiner là-dessus.

Comme le reste de la maison, la chambre est élégante mais sobrement décorée. Il n'y a pas grand-chose à voir, mais je fais le tour ; je jette un œil dans le tiroir supérieur de sa commode puis me penche sur la corbeille à papiers, mais elle est vide.

« Qu'est-ce que tu fais ? »

Je sursaute avec un petit cri, manquant de faire une crise cardiaque à cause de mes nerfs en pelote. « Bon sang, Sam. Tu m'as fait peur. »

Ses yeux se plissent. Il a l'air d'un type avec qui il ne vaut mieux pas s'embrouiller. Il a beau être mince et sec, ses tatouages décorent des muscles puissants et ses piercings lui donnent un air de dur à cuire. Je me souviens que Jackson lui a donné pour instruction de *ne pas me faire de mal.* Comme avec son chien-loup, la violence est là, juste sous la surface.

Je décide d'être sincère. « Je farfouille pour essayer de mieux comprendre Jackson.

— Ses secrets ne te regardent pas, Catgirl », rétorque Sam en secouant sèchement la tête.

J'apprécie qu'il m'appelle *Catgirl.* Ce nom garde un certain pouvoir ; il évoque l'adolescente invincible que j'étais. *Avant.*

J'appuie ma hanche contre la commode, refusant de sortir de la chambre. « Alors, il y a des secrets ?

— Tout le monde a des secrets », dit Sam en croisant les bras et en s'appuyant contre l'encadrement de la porte.

J'essaie une autre approche. « Je n'ai jamais voulu le trahir. Je suis ici pour arranger la situation, pas pour l'aggraver.

— Ta présence aggrave nettement les choses. »

C'est à mon tour de plisser les yeux.

« C'est quoi ton problème avec moi ?

— Écoute, je vois bien que tu as quelque chose de spécial. Sinon, Jackson ne serait pas intéressé. Mais il ne peut pas être avec toi – ça ne marchera pas entre vous. Et ta présence dans la maison va devenir un problème pour lui. »

Je retourne ses mots dans ma tête, mais je ne comprends pas ce qu'il veut dire. La seule hypothèse qui me vient, c'est qu'ils sont en couple et qu'il veut me faire partir.

« Il est homo ? »

Sam fronce les sourcils, surpris. « *Non.* Qu'est-ce qui te fait penser ça ?

— Je me demandais juste si vous deux... »

Sam éclate de rire. « Non. Je t'ai dit, c'est mon frère. »

Le soulagement m'envahit. *Calme-toi, ma fille. Il n'est pas à toi pour autant.* « Vous vous êtes connus comment ? »

Le visage de Sam s'affaisse et, pendant quelques instants, il a l'air d'avoir trente ans de plus, vieilli prématurément par ce qu'il a vécu. « J'étais perdu dans les monts Santa Cruz, et il m'a trouvé.

— Qu'est-ce que tu faisais dans la montagne ? » J'essaie de l'imaginer en scout perdu, mais ça ne colle pas.

— J'avais fugué. Je pensais que je pourrais survivre là-bas par mes propres moyens, mais je crevais de faim. Et j'étais devenu à moitié fou à force d'être resté seul trop longtemps.

— Combien de temps ?

— Je sais pas, dit-il en haussant les épaules. Quelques mois, peut-être. Quand j'ai vu Jackson, j'ai détalé. Il m'a poursuivi et je me suis débattu. Je ne voulais pas retrouver la civilisation, mais il m'a forcé à rentrer avec lui. Il m'a promis de ne dire à personne qu'il m'avait trouvé. »

La compassion me noue la gorge. Sam a dû prendre la fuite, comme moi. Quelqu'un, quelque part, lui veut du mal. Probablement des parents violents. Il a raison. Nous avons tous des secrets.

« C'était il y a combien de temps ?

— Sept ans. J'avais quatorze ans.

— Je suis contente qu'il t'ait trouvé. Et je n'en parlerai à personne.

— Ça ne m'inquiète plus maintenant. Mais c'est sympa. Merci. » Un sourire réticent étire le coin de sa bouche, et il s'approche de moi en me tendant le poing. Je cogne le mien contre et le suis hors de la pièce, contente d'avoir découvert une nouvelle petite pièce du puzzle qu'est Jackson.

Jackson

Quand je rentre à la maison, je trouve Kylie endormie sur le canapé, son ordinateur ouvert penché sur sa poitrine.

Sam est en train de dévorer une assiette contenant une dizaine de hamburgers dans la cuisine. J'en prends un et mords dedans. « Elle dort depuis combien de temps ?

— Environ deux heures, répond Sam, la bouche pleine. Je l'ai surprise en train de fouiller dans ta chambre. Elle a dit qu'elle voulait connaître tes secrets. »

Une légère inquiétude me gagne. Et si cette fille était encore en train de me manipuler ? Mais ça n'a pas de sens – que pourrait-elle vouloir de plus ? Elle en a déjà fait suffisamment pour détruire mon entreprise.

Non, les hackeurs ont du mal avec les limites de la vie privée, c'est tout. Leurs compétences leur donnent un sentiment de toute-puissance. Ils peuvent espionner tout et tout le monde. Lire les emails, bloquer les cartes bleues. Consulter les dossiers scolaires. Que Kylie fouille ma chambre est une extension de ce trait de caractère. Elle n'a pas pu découvrir grand-chose sur moi en ligne, parce qu'il n'y a rien à trouver. Elle n'est pas la seule à savoir créer ou effacer une identité.

« Qu'est-ce que tu comptes faire d'elle ? Tu ne peux pas la garder ici éternellement.

— Je ne sais pas, je réponds sincèrement en me passant la main dans les cheveux.

— Tu *ne peux pas* la garder ici, répète Sam.

— Putain, et pourquoi pas ? je gronde, même si je sais qu'il a raison.

— Tu envisages d'en faire ta compagne ? » demande-t-il en haussant les sourcils.

Je le fusille des yeux. Nous savons tous les deux que c'est impossible. La morsure d'un loup métamorphe pourrait la tuer. Au minimum, elle lui causerait de graves blessures et des cicatrices permanentes. En admettant que Kylie accepte. Mais pour qu'elle accepte, je devrais lui dire la vérité : ce qui est une violation directe des lois de la meute. Et si je lui dis et qu'elle ne devient pas ma compagne, elle devra être éliminée. C'est la loi. Ou je devrai faire effacer ses souvenirs par un vampire. Je refuse de l'exposer à ce genre de risques.

Donc, ouais. Sam a raison. Je ne peux pas la garder ici.

Mais putain, je suis incapable de la laisser partir.

« Elle reste jusqu'à ce que cette crise soit résolue, c'est tout », je promets.

Le pli de la bouche de Sam m'indique qu'il sait que c'est un mensonge. « Tu sais ce qui arrive aux loups qui ignorent leur instinct de reproduction ? »

La nausée me retourne l'estomac. *Le mal de lune.* « Ce n'est pas ce qui se passe. Elle ne peut pas être ma compagne : elle est humaine.

— Je sais bien, mais tu te comportes comme un mâle prêt à marquer sa femelle. Et c'est la pleine lune demain.

— J'ai la situation sous contrôle. » *Et les poules ont des dents.*

Sam termine son cinquième hamburger et fait glisser l'assiette à moitié pleine vers moi. « On se voit plus tard. Je travaille au club ce soir. » Il travaille parfois comme videur à l'Éclipse, la boîte de nuit de Garrett.

Ne te presse pas pour rentrer.

Mon loup a envie d'être seul avec Kylie. Ce qui est probablement la pire idée du siècle.

Kylie

Je me réveille au son de la moto de Sam qui s'éloigne, suivi de la voix énervée de Jackson depuis la cuisine. « Qui l'a fait fuiter à la presse ? J'aurai leurs têtes. Eh bien, découvrez-le et virez-les avant que je les croise. C'est compris ? Bien. »

Merde. La montagne de problèmes de Jackson vient de s'alourdir si un de ses employés a parlé à la presse. Je me demande si on me fait porter le blâme. Combien de temps avant que le FBI ne s'en mêle ? Je me lève du canapé. Il fait nuit, ce qui signifie que j'ai dormi tout l'après-midi. Je vérifie l'heure sur mon ordinateur. Dix-neuf heures.

Jackson recommence à parler ; il doit être en train de passer des coups de fil. « Passez-moi Sarah des relations publiques. »

Je cours à l'étage, déterminée à me doucher et à me rendre présentable avant qu'il ne me voie. J'échoue misérablement, parce qu'il sort de la cuisine et me regarde monter les marches tout en hurlant sur la directrice des relations publiques.

Avec une grimace, je secoue la main en signe de capitulation puis articule le mot *douche*.

Il acquiesce et continue sa diatribe.

Quand le FBI se saisira de l'affaire, me livrera-t-il à eux ? Je me glisse dans la salle de bains attenante à ma chambre, et le souvenir de ce que nous y avons fait deux nuits plus tôt m'envahit.

Je me déshabille et entre dans la douche, où je glisse mes doigts entre mes cuisses comme la dernière fois.

Une autre punition m'attend.

J'en ai soudain terriblement envie. Mon temps ici est limité. Si le FBI est à ma recherche, je devrai peut-être m'en aller précipitamment. Et mon affaire avec Jackson a un goût d'inachevé.

Je veux sentir ses doigts sur moi encore une fois.

C'est vrai, il est en pleine gestion de crise au rez-de-chaussée.

Mais peut-être qu'une petite distraction est exactement ce dont il a besoin. Je pourrais lui faire cette pipe que je n'ai pas eu l'occasion de commencer la dernière fois. Ça pourrait être ma pénitence pour mes mauvaises actions.

Je caresse mon clitoris, émoustillée à cette idée. Mais je ne veux pas me faire jouir. Je préférerais largement que les doigts habiles de Jackson s'en chargent.

Je coupe l'eau, sors de la douche et prends une serviette.

Ouais, il n'y a qu'une seule façon de le jouer. J'enroule la serviette autour de ma taille et descends l'escalier en roulant des fesses. Mes tétons se dressent sous l'air frais de la soirée.

Jackson est toujours au téléphone, mais il s'interrompt en me voyant. Il lève l'index et le pointe vers moi. Je ne sais pas ce que ça signifie, mais je continue à m'approcher.

« Vous savez quoi faire. Ne m'appelez pas avant que ce

soit réglé, d'accord ? » Il raccroche. « Chaton, dit-il d'une voix étranglée. Qu'est-ce que tu fous, bon sang ? »

Je fais la coquette et mordille le bout de mon index. « Est-ce que c'est l'heure de ma punition ?

— Putain », laisse-t-il échapper. Je n'avais jamais vu ses yeux aussi bleus – ils sont bleu pâle. Plus une seule trace de vert.

Il pointe le canapé dans le salon. « J'arrive tout de suite. »

Mes paumes sont moites. Malgré ma bravade, je ne sais pas du tout ce que je fais. Je suis novice dans la séduction, et les punitions me sont un domaine complètement inconnu. Non, ce n'est pas tout à fait vrai. J'ai regardé un paquet de pornos fétichistes. Mais je n'ai jamais vraiment ressenti de douleur. Je ne suis pas sûre que ça me plaira.

Mon ventre se noue lorsque je vois Jackson revenir avec une cuillère en bois à la main.

Je mords ma lèvre inférieure et me concentre pour respirer calmement.

Il s'assied sur le grand repose-pieds en daim brun et tapote ses genoux. « Sans la serviette, chaton. »

Mon sexe se contracte. Je ne sais pas si je suis excitée ou anxieuse, mais quoi qu'il en soit, j'avance à sa rencontre. Je laisse la serviette glisser au sol et m'allonge sur ses genoux, présentant mes fesses pour recevoir ma punition. Je croise les doigts pour qu'une cuillère en bois ne soit pas le pire instrument de torture au monde. Probablement pas, puisqu'elle était régulièrement utilisée sur les derrières des enfants à l'époque où la fessée était encore considérée comme une punition acceptable. Non pas que je sois d'accord avec ces pratiques.

« Oh, chaton. » On dirait une lamentation, presque une plainte. Jackson fait courir sa main sur l'arrière de ma cuisse puis caresse la courbe d'une fesse. Je sens son membre dressé presser contre ma hanche.

J'écarte les cuisses.

« Bébé, je m'occuperai de ce qui brûle entre tes jambes très bientôt. Mais tu as raison. Il est temps de te donner ta punition. » Il claque ma fesse, mais juste avec sa main.

« Mmm », je l'encourage.

Il frappe l'autre côté et frotte ma peau pour atténuer la piqûre. Encore quelques claques à droite et à gauche, et je commence à me tortiller. J'en veux plus.

Il se penche et mord ma fesse. Je pousse un cri en gloussant. Il rit doucement, lui aussi.

« Bon, disons... vingt avec la cuillère en bois. »

Je ne sais pas si c'est beaucoup ou pas, puisque je n'ai pas encore reçu de coups avec la cuillère ; je ne réponds rien.

Il se penche. « Si c'est trop, chérie, je veux que tu me le dises.

— Oui, monsieur.

— J'adore quand tu m'appelles comme ça, grogne-t-il.

— C'est pour ça que vous êtes devenu PDG ?

Il me frappe avec la cuillère en bois. C'est pire que sa main, nettement, mais pas horrible. « Non, bébé. J'aime quand toi tu m'appelles *monsieur*. Juste toi. » Il commence à enchaîner les coups de cuillère, sur une fesse puis sur l'autre.

Je me cabre et sursaute à chaque impact.

« Je n'aime ça que quand ça vient de toi. Les autres peuvent aller se faire foutre. »

Je serre les fesses. Ça fait mal. Très mal. Mais c'est soudain terminé. Vingt tapes sur les fesses en vingt secondes. Je regrette presque qu'il n'y en ait eu que vingt. *Presque.*

Jackson passe sa paume sur mon derrière sensible, et je gémis doucement. « Je ne sais pas si c'était assez, dit-il d'un ton songeur, mais je ne savais pas comment tu réagirais. » Ses doigts plongent entre mes jambes, et mes pensées s'emmêlent.

« Est-ce qu'on devrait recommencer, chaton ? Vingt de plus ?

— Non. »

J'ai chaud partout ; ma chatte pleure pour lui.

« Non ? » Ses caresses sont si envoûtantes, ses doigts glissent le long de ma fente trempée. Mon cerveau n'arrive pas à enregistrer qu'il me menace de me donner plus de tapes avec la cuillère.

« Oui », dis-je.

Il pousse un irrésistible grognement rauque, une sorte de grondement appréciateur. « J'aime te donner la fessée, chaton. J'adore t'avoir allongée sur mes genoux, prête à recevoir ta punition.

— Et qui d'autre ? » je demande d'une voix étranglée, parce qu'apparemment, je suis jalouse comme une tigresse dès que ça concerne Jackson.

Il se fige. « Pardon ?

— Vous avez donné la fessée à qui d'autre ? »

Son rire rauque se répercute directement dans mes zones érogènes. Mes tétons se dressent, ma chatte se contracte. « Juste toi, chérie. Seulement toi. » Il reprend la cuillère et me donne une tape.

Ça me plaît beaucoup moins cette fois, parce que je suis déjà irritée à cause de la première fessée. Mais je refuse de dire que c'est trop. Il enchaîne les tapes à toute vitesse, et je me tortille en pleurnichant sur ses genoux. Je finis par crier : « Aïe, pitié », mais c'était la dernière.

Il glisse immédiatement ses doigts entre mes cuisses, et

je réalise que je suis trois fois plus mouillée que tout à l'heure. Apparemment, j'avais effectivement besoin d'une seconde fessée.

« Bon sang, ce joli petit cul qui s'agite sous mon nez me donne envie de faire ça toute la nuit.

— Nooon », répondis-je en gémissant. Je ne suis vraiment pas prête pour un troisième round.

Il éclate de rire et me retourne. Il est baraqué et je sais qu'il a de la force, mais on dirait vraiment que je ne pèse que quelques grammes. Il entoure ma cuisse d'une main immense et m'écarte les jambes en me faisant cambrer les hanches. Sa bouche se pose sur mon sexe, me tirant un cri.

Sacré cunnilingus, Batman. Sa langue décrit des cercles autour de mes grandes lèvres. Il les aspire et les mordille, puis tète mon clitoris.

Je me cambre vers lui et griffe son dos, en fermant la bouche pour étouffer les cris qui ne cessent de monter de ma gorge.

Il pousse un grognement et me pénètre avec son pouce tout en continuant ses assauts bouleversants sur mes parties intimes.

Je jouis sans m'y attendre ; l'orgasme me traverse avec assez de puissance pour faire décoller une fusée.

« Bon Dieu, chaton. » Jackson lève sa bouche et fait bouger ses doigts en moi en observant mon visage pendant que je me laisse aller.

Une petite part de moi-même estime que je devrais être gênée qu'il me voie en train de m'abandonner au plaisir, mais le reste n'en a rien à faire. Ou plutôt, je pense qu'il mérite ce privilège, puisqu'il en est la cause.

« Putain, putain, putain. » Il y a un accent de désespoir dans la voix de Jackson. Ses yeux brillent, d'un bleu pâle. Il me retourne encore et me place cette fois à genoux sur le canapé, ma poitrine dépassant de l'accoudoir. Il fesse mon derrière irrité, puis j'entends un froissement d'habits.

Je réalise que je suis sur le point de me faire dépuceler. Tout se passe si vite. La respiration de Jackson est irrégulière, ses mouvements brusques. Il frotte son gland contre l'entrée de mon sexe trempé. Je ne pense pas qu'il ait mis de préservatif. D'un côté, je suis ravie de lui inspirer une telle passion. De l'autre – *aïe*.

Je pousse un cri silencieux et des larmes roulent sur mes joues lorsqu'il me pénètre et déchire mon hymen.

Il se fige. « Kylie, *non.* »

Je retiens toujours ma respiration.

« Bébé, *non.* » Il s'allonge sur moi et repousse les mèches devant mon visage pour me regarder. Son sexe m'emplit, étire le mien. Maintenant que le choc de la douleur initiale est passé, c'est agréable. J'ai envie qu'il commence à bouger en moi.

« Je suis désolé. Est-ce que je viens de...

— Oui. Tout va bien. Continue. »

Il pousse un juron et se retire.

« Tu n'as pas intérêt. Je t'interdis de t'arrêter. Finis ce que tu as commencé, mon grand, dis-je sèchement.

— Kylie », murmure-t-il en me caressant la hanche. J'entends le regret dans sa voix, et ça me rend furieuse. Putain, je ne suis pas une poupée en porcelaine. Ou peut-être qu'il ne veut pas coucher avec une vierge. Si ça se trouve, ça l'a totalement refroidi et il a débandé.

« Tu n'as pas intérêt », je murmure à nouveau, et ma voix se brise.

« Kylie. » Ses mains sont douces, cette fois. Il me soulève et essaie de m'asseoir sur ses genoux, mais je suis trop humiliée. Je me relève en vacillant et grimpe les escaliers sans me

retourner. Ma nudité n'est plus sexy. Elle me rend juste...
vulnérable.

Jackson est sur mes talons, mais il ne cherche pas à me
toucher, et c'est tout à son honneur. « Kylie. Kylie, attends. Je
suis désolé. Je suis vraiment désolé, putain. »

Je cours dans ma chambre, mais quand je veux lui
claquer la porte au nez, il la retient avec sa main.

Des larmes de frustration s'échappent des coins de mes
paupières.

« Kylie, s'il te plaît. » Il avance dans l'encadrement de la
porte pour que je ne puisse pas fermer. J'abandonne et me
tourne vers le lit pour remettre mes vêtements de la veille.

« Je suis désolé. J'ai complètement perdu le contrôle. Je
n'ai même pas mis de capote, et je n'avais pas la moindre
idée que tu étais... »

Je fais volte-face et le fusille du regard ; il ne termine pas
sa phrase.

Il secoue la tête. « Je n'avais pas prévu de coucher avec
toi. Je comptais juste te donner un peu de plaisir. Mais tu
étais tellement excitante, putain... J'ai perdu le contrôle. » Il
se passe la main dans les cheveux plusieurs fois, les décoif-
fant dans toutes les directions. « C'est mieux comme ça,
chaton. »

Pourquoi dirait-on qu'il est en train de rompre avec
moi ? J'ai envie lui jeter quelque chose au visage pour
effacer son air compatissant.

« Je suis content que quelque chose nous ait arrêtés. Je...
je ne peux pas coucher avec toi. »

Bon sang, c'est censé vouloir dire quoi ? D'abord, Sam
me dit que ça ne marchera pas entre nous, et maintenant
voilà que Jackson s'y met.

Pourquoi ne peut-il pas être avec moi ? Est-ce qu'il est
déjà marié ? Il a peur que son cœur lâche ? Putain, je n'ar-

rive pas à imaginer pourquoi être ensemble serait impossible.

Mais je suis trop fragile pour lui tirer les vers du nez tout de suite.

« J'ai besoin d'être seule. »

Il grimace. « Bon, d'accord. Mais tu n'es pas blessée ? Promets-moi que tu n'es pas blessée.

— Vraiment pas blessée », je rétorque en levant le menton. *Pas physiquement.*

Jackson, lui, semble souffrir terriblement. Je remarque que son sexe est toujours dressé et soulève son short.

Bien fait. Ça lui apprendra à s'arrêter en plein milieu. J'espère qu'il aura mal aux couilles toute la nuit.

Jacqueline

Jacqueline se retourne dans la poussière en grognant. Elle est trop vieille pour ces conneries. Si sa petite-fille n'était pas en grand danger, elle se laisserait mourir ici, dans le désert.

Ce serait si simple. Elle a reçu plusieurs balles. Au moins quatre. Même un métamorphe n'est pas censé survivre à une balle dans la tête.

Mais elle respire encore, donc ça doit vouloir dire qu'elle n'est pas morte.

Depuis combien de temps est-elle ici ?

Au minimum toute une nuit et une journée. Peut-être plus ; elle n'a cessé de perdre connaissance.

Mais le félin en elle a pris le dessus, a repoussé les balles hors de sa chair et refermé ses blessures. Cependant, une balle est toujours coincée dans son crâne, et elle a perdu beaucoup de sang. Elle a juste envie de s'endormir.

Mais sa petite-fille Minette est en danger. Les hommes qui l'ont kidnappée ont des projets pour Minette. Elle doit trouver de l'aide. Si seulement elle arrivait à muter.

Normalement, lorsqu'un métamorphe est gravement blessé, son corps prend instinctivement sa forme animale pour guérir. Elle ne sait pas pourquoi elle a toujours sa forme humaine, si faible et vulnérable. Ça doit avoir un rapport avec sa blessure au crâne.

Elle doit réussir à trouver d'autres métamorphes.

Elles n'habitent à Tucson que depuis une semaine, mais elle est allée se présenter au loup alpha, Garrett, quelques jours plus tôt. Elle doit aller le voir. Il pourra l'aider.

Elle se force à se redresser. D'abord à genoux, puis debout. Ses vêtements sont raides, couverts de saleté et de sang. Elle ne peut pas retrouver le chemin vers la civilisation en s'aidant de son odorat, parce que l'odeur du sang emplit ses narines.

Elle ferait peut-être mieux d'attendre le matin, quand elle pourra utiliser la position du soleil pour se repérer. Mais elle ne veut pas passer une nuit de plus dehors, dans le froid. Pas sous sa forme humaine.

Mute, bon Dieu, mute.

Pourquoi n'arrive-t-elle pas à muter ?

Jackson

Je suis le dernier des abrutis. Je fais les cent pas dans ma chambre, l'oreille tendue pour déceler le moindre mouvement dans la chambre de Kylie.

Je n'arrive pas à déculpabiliser d'avoir pris sa virginité sans lui demander sa permission. Sans même me protéger. Pire : si j'avais continué, je l'aurais marquée. J'étais déjà à moitié animal. Mon esprit ne contenait plus qu'une seule pensée : *prends-la.*

Fais-la tienne.

Marque-la et fais-en ta compagne.

Oui, si je n'avais pas senti une résistance due à sa virginité, j'aurais probablement enfoncé mes crocs venimeux dans la chair de son épaule, j'aurais fait saigner sa peau délicate et l'aurais peut-être même tuée.

Mais j'ai blessé sa fierté. Je l'ai insultée en m'arrêtant, et c'est ce qui me rend la situation insupportable. Comment n'ai-je pas réalisé qu'elle avait si peu d'expérience ? Rétrospectivement, sa manière de piquer des fards aurait dû rendre la chose évidente. Mais elle se comporte avec une telle assurance, à la fois sexuellement et le reste du temps, que je ne l'ai jamais imaginé.

Le loup en moi n'est pas peu fier d'être son premier, ce qui me dégoûte encore plus. Je n'ai même pas fait du bon travail. Si ma performance devait être notée sur dix, je mérite la note moins cinq.

Et pourtant, je ne vois pas comment arranger les choses. Je ne peux pas finir ce que j'ai commencé. Si j'ai appris quelque chose ce soir, c'est que je ne peux pas me faire confiance. Surtout quand la pleine lune est si proche.

De plus, les émotions de Kylie ne sont pas mon seul problème. Quelqu'un a fait fuiter l'affaire dans la presse, et Kylie a été désignée comme coupable. Des agents fédéraux se présenteront demain matin au bureau pour mener une enquête sur elle, et il est hors de question que je les laisse la retrouver.

Je me connecte sur mon ordinateur pour voir sous quel angle les journaux traitent l'affaire.

La fille d'un cambrioleur d'œuvres d'art au grand cœur hacke SeCure.

Cambrioleur d'œuvres d'art ? J'ouvre l'article pour en apprendre plus sur Kylie.

« *Kaye Anders, la fille de Jacob Anders, le Robin des Bois cambrioleur d'œuvres d'art, également connue sous l'alias Kylie McDaniel, serait responsable du piratage de SeCure Corporation et du vol de centaines de milliers de numéros de cartes bancaires. McDaniel travaillait pour l'entreprise depuis seulement quelques jours lorsqu'elle a hacké le système et installé un virus.*

Sarah Smith, la directrice des relations publiques de SeCure Corporation, a déclaré que les détenteurs des comptes piratés seraient prévenus dans les plus brefs délais. L'entreprise recommande d'annuler toutes les cartes de crédit concernées.

D'après Smith, personne ne sait pour l'instant si McDaniel a organisé le piratage pour redistribuer l'argent détourné, suivant les pas de son père. En effet, Jacob Anders est devenu célèbre en volant des œuvres d'art et des antiquités dérobées par les nazis pendant la Seconde Guerre mondiale pour rendre ces trésors perdus à leurs propriétaires légitimes ou à des musées. Son corps a été retrouvé criblé de coups de couteau à l'intérieur du Louvre en 2009. Les forces de police pensent qu'il a été assassiné par un complice au cours d'un cambriolage. À la même période, le musée s'est aperçu de la disparition du « Danseur élégant », une œuvre de Degas confisquée par le criminel de guerre nazi Hedwig Model et donnée au Louvre.

McDaniel, dont les autres noms d'emprunt incluent le pseudo-nyme de hackeur Catgirl, *est recherchée pour être interrogée depuis le meurtre survenu en 2009, mais n'avait pas réapparu jusqu'à aujourd'hui.*

Les agents du FBI n'ont fait aucun commentaire, mais le

porte-parole de SeCure Corporation assure que l'entreprise œuvre en étroite collaboration avec les services de police pour faciliter l'arrestation de McDaniel et que des poursuites seront engagées à son encontre. »

Kylie, voleuse d'œuvres d'art, en plus d'être la hackeuse la plus douée au monde. Ma sublime et talentueuse petite cambrioleuse. Mais, par le ciel, elle a vu son père se faire assassiner sous ses yeux. Pas étonnant qu'elle soit traumatisée. Je dois la protéger.

Un grondement monte dans ma gorge. Mon loup est prêt à se mettre en chasse. Personne ne touchera à mon chaton. Je ne sais pas comment arranger la situation, mais il est hors de question que je laisse Kylie (ou quel que soit son vrai nom) payer les pots cassés.

J'ai engagé une hackeuse et une cambrioleuse dans ma société. La conférence de presse va être un vrai cauchemar.

Un gémissement me parvient depuis sa chambre. Je me lève immédiatement et fonce me poster devant sa porte.

Un autre gémissement.

J'ouvre lentement. Ma petit hackeuse est endormie, sur le flanc, un bras au-dessus de sa tête, qu'elle secoue vigoureusement.

Un mauvais rêve.

Je m'allonge sur le lit derrière elle et l'entoure de mon corps beaucoup plus grand que le sien. « Chut, ma belle. C'est juste un rêve. »

Ses gémissements reprennent plus fort. « Je peux pas sortir je peux pas sortir je peux pas sortir. » Sa respiration devient haletante, comme dans l'ascenseur.

Je pose la main sur ses côtes et la secoue doucement. « Kylie. Chaton. Réveille-toi, bébé. »

Elle se réveille en sursaut et pousse un cri.

Je vais pour couvrir sa bouche de ma main, puis je réalise que ça ne fera qu'amplifier sa crise de claustrophobie ; je repose la main sur son sternum. « Respire, bébé. Inspire. Expire. Tu es en sécurité. Ce n'était qu'un mauvais rêve. Juste un rêve, chaton. »

Elle laisse échapper un gémissement pitoyable. Je la fais rouler sur le dos pour voir son visage dans l'obscurité.

Ses bras se referment autour de mon cou, et elle s'accroche à moi en tremblant.

Je lui frotte le dos. « Chut, ma chérie. Tout va bien. Je ne laisserai personne te faire du mal. »

Aussi rapidement qu'elle s'est pendue à mon cou, elle s'écarte de moi et se lève du lit.

Je fais de même. « Kylie. »

Elle m'ignore et commence à faire les cent pas, ses épaules courbées, la tête baissée comme si elle était en pleine réflexion.

Elle refuse mon aide. Elle veut régler ses problèmes toute seule, comme elle l'a toujours fait depuis qu'elle n'est qu'une adolescente. Peut-être même toute sa vie. Je veux qu'elle revienne près de moi, désespérément, mais je ne sais pas comment l'atteindre.

« Tu as assisté au meurtre de ton père. »

Elle cesse de marcher, et tout l'air s'échappe de ses poumons d'un coup.

« Dans le Louvre, c'est ça ? Où étais-tu cachée ? Dans un conduit d'aération ? »

Ses genoux ploient, et je la rattrape avant qu'elle ne s'effondre. Je veux la prendre dans mes bras, mais elle me repousse. Je capte l'odeur de ses larmes, salées et pleines de souffrance. Je ne la laisse pas s'éloigner.

Elle a besoin de moi, même si elle refuse mon aide.

« Arrête de me repousser, je lui murmure à l'oreille

pendant qu'elle essaie de pousser mon torse. Je suis de ton côté, bébé. Arrête de lutter. »

Elle s'écroule contre moi et enfouit son visage dans mon cou. Ses larmes mouillent ma peau.

« Je te déteste, Jackson. Je te déteste, sanglote-t-elle.

— Pourquoi, chérie ? je demande en lui caressant la tête. Je sais que je suis un enfoiré, mais pourquoi es-tu en colère ?

— Je ne veux pas que tu prennes si bien soin de moi. »

Je trouve sa bouche et capture ses lèvres douces, fais danser ma langue avec la sienne.

Elle se presse plus fort contre moi, accrochée à mon cou, et pivote pour me chevaucher. Mon membre gonfle, commence à presser contre son entrejambe. La chaleur de son sexe envoie des décharges de plaisir dans mes veines, mais cette fois, je ne perdrai pas le contrôle.

Ma femelle a besoin de moi. Elle a besoin de réconfort. De douceur. Et, par miracle, mon loup se soumet. Le besoin de la protéger surpasse son besoin de la posséder. Mes dents gardent leur taille humaine, même si mon sexe grossit à vue d'œil.

« Ne me dis pas que tu ne peux pas coucher avec moi », murmure-t-elle en commençant à ouvrir ma chemise.

Oh, par le ciel et toutes les choses sacrées.

Je la porte jusqu'à ma chambre et l'allonge délicatement sur le dos. Je remonte sa jupe et tire sa culotte sur le côté, puis place ma bouche là où elle veut toujours se trouver, juste sur sa chatte. Je goûte sa saveur sucrée et lui donne du plaisir. La satisfais.

Elle se cambre, lève ses genoux et écarte davantage les cuisses.

« C'est bien, ma belle. Laisse-moi te faire du bien. »

Elle passe la main entre ses jambes et frotte son clitoris

pendant que ma langue la pénètre. « Je veux ta queue. Je la veux ici », dit-elle en tapotant son sexe.

Je grogne.

En suis-je capable ?

Il le faut.

C'est ma femelle, et elle a besoin de moi. Même le loup comprend.

Je sors un préservatif de le table de chevet.

« Déshabille-toi, ordonne-t-elle. Je veux tout voir, Jackson King. »

Je souris et retire lentement mes vêtements, mon corps illuminé par la lueur de la lune presque pleine venant de la fenêtre. « Je vais te laisser donner des ordres, mais juste cette fois, chaton. » Je déroule le préservatif le long de mon érection et souris en voyant ses yeux s'arrondir. « Pour me faire pardonner pour tout à l'heure. Mais n'oublie pas qui a la cuillère en bois. »

Elle rougit, et l'odeur de son excitation emplit la pièce, encore plus puissante que tout à l'heure.

Je serre la base de mon sexe et le pointe vers elle. « Tu aimes ce que tu vois ?

— Pas étonnant que ça fasse mal, répond-elle avec un sourire en coin.

— Déshabille-toi, chaton. Ce sera une règle entre nous. Tu ne devrais jamais porter plus de vêtements que moi. »

J'accueille son rire mélodieux comme une nouvelle victoire.

Je vais prendre soin de toi, ma belle.

Elle se débarrasse de ses habits et s'allonge sur le dos. Je comprends ce qui m'a induit en erreur. Ses seins en forme de pêches n'ont rien d'innocent, pas plus que la courbe de ses hanches, la toison sombre de son sexe et ses longues jambes musclées. Ses joues sont rouges, mais son regard contient une invitation. Je ne sais pas comment elle a réussi à rester vierge si longtemps, mais mon loup est en train de faire des doubles saltos arrière pour célébrer d'être son premier.

J'ai envie de grogner. J'ai envie de chanter. De vénérer son corps pour le restant de mes jours.

Cette fois, je vais garder le contrôle. Je le lui dois.

Kylie

Jackson se met à genoux entre mes cuisses. Son corps est encore plus incroyable que je l'imaginais – une véritable montagne de muscles. Son torse est couvert de boucles noires, et son sexe... de taille considérable.

Il presse son gland contre l'entrée de mon sexe et je me cambre, le plaisir monte, mes cuisses tremblent d'avance. Il respire plus fort que d'habitude mais il me pénètre lentement, même s'il a déjà brutalement ouvert l'accès plus tôt.

Je ne ressens aucune douleur cette fois, seulement de la satisfaction. Il me remplit, puis s'immobilise pour me laisser le temps de m'habituer à sa présence. Je soulève mes hanches avec impatience. *Je ne suis pas une petite chose fragile, mon pote.* J'en ai besoin. Je le mérite.

Jackson grogne et s'allonge sur moi en portant son poids sur son poing posé au-dessus de ma tête.

Il me paraît immense dans cette position.

Avant de pouvoir contrôler ma réaction, je me crispe et essaie de m'écarter. Je ne supporte pas de ne pas voir la sortie.

Toujours plongé en moi, il nous fait pivoter et je me

retrouve au-dessus de lui. Je prends une inspiration. Mes muscles se détendent.

Il me montre ses mains ouvertes comme pour me prouver qu'il n'est pas armé, puis les place sous ses fesses. « C'est toi qui as le contrôle, chaton. »

Je me mordille les lèvres. Il a été très clair quant au fait qu'il aime avoir le dessus. Et *j'adore* qu'il me domine. Je ne supporte simplement pas de me sentir enfermée. Mais cette position est agréable ; mes hanches commencent à remuer d'elles-mêmes et ondulent sur son énorme membre gonflé. Je me penche en avant pour frotter mon clitoris contre son bas-ventre et accélère le rythme.

Il retrousse les lèvres, ferme les yeux et se met à haleter bruyamment.

Je me sens puissante en constatant l'effet que je lui fais. Ça m'encourage. Je glisse sur sa queue plus vite, mes seins rebondissent contre son torse. J'enfonce mes ongles dans ses épaules et le prends entièrement en moi.

« Putain, chaton. *Putain* », rugit-il. Son visage se tord en une grimace, il libère ses mains et les pose sur mes hanches. Je suis reconnaissante qu'il prenne le relais ; je suis à bout de forces, mes muscles tremblent.

Il me fait glisser sur sa queue de haut en bas, puis il crie. Ses hanches se soulèvent du lit, il m'emporte avec lui et me positionne de manière à me pénétrer plus profondément que je ne le pensais possible.

Je crie aussi, et mes muscles se contractent autour de son membre énorme pour l'attirer en moi avec une force que je ne contrôle pas.

Hors d'haleine, tremblante, je retombe sur lui, moule mon corps au sien et enfouis mon visage dans son cou.

Il me serre entre ses bras puissants et me tient tout

contre lui. Cette fois, aucune panique ne vient. Seulement une satisfaction supérieure à tout ce que j'ai connu.

« Embrasse-moi, bébé. »

Je tourne la tête, et il capture ma bouche pour m'embrasser avec passion. Il me donne sa langue et me mordille les lèvres, me possédant entièrement.

Oui. C'est ce qui me plaît. Quand Jackson a le contrôle.

L'impression de familiarité et d'appartenance revient.

Son sexe gonfle en moi. Oh la la, il est vraiment déjà prêt à recommencer ?

Il grogne. « Tu ferais mieux de te lever, chaton, sinon je vais te mettre sur le dos et te baiser jusqu'à ce que tu perdes connaissance. Et tu es probablement déjà irritée. »

C'est vrai. Je me lève lentement et constate d'un coup d'œil que son sexe est redevenu aussi gros que tout à l'heure. « Jackson ? »

Il prend son membre en main, et son regard effaré rencontre le mien. « La capote est partie ! »

Je rougis jusqu'aux oreilles, comme si j'avais fait quelque chose de mal. Je ne suis pas stupide. J'ai lu *Cosmo*. Je sais que ça arrive. Je sais aussi que je risque de tomber enceinte.

Jackson prend les choses en main. Il me fait allonger sur le lit et plonge ses doigts en moi. *Sacré moment gênant, Batman.* Il sort le préservatif. « Merde. Je suis désolé, ma chérie.

— C'était probablement ma faute », je marmonne en essayant de m'éloigner.

Il me retient par la taille et me force à le regarder. « Hé. Je ne te laisserai pas tomber. Quoi qu'il arrive. Je ne serais pas malheureux si tu portais mon chiot.

— Chiot ? je demande en riant, même si mon cœur bat à tout rompre.

— Chaton, rectifie-t-il immédiatement. J'adorerais que tu me donnes un petit chaton. »

Il me fait un sourire irrésistible. Je lève les yeux au ciel. Au moins, il n'a pas dit « Je paierai pour l'avortement » ou fait une crise d'angoisse. Mais, ouais, ça fait beaucoup à digérer. J'ai fait l'amour pour la première fois. Deux fois, même si la première ne comptait pas vraiment. Puis une capote se retrouve coincée dans ma foune, et maintenant, le type sur qui je fantasme depuis que je suis ado m'a possible-ment mise en cloque. Oh, et je suis peut-être aussi recher-chée par le FBI.

Si seulement je pouvais faire une pause et dormir un peu plus de quelques heures, j'arriverais probablement à m'y faire.

CHAPITRE HUIT

Kylie

Je n'avais encore jamais couché avec quelqu'un. Je ne savais pas à quel point ça pouvait être fantastique. J'ai l'impression d'être *à ma place*, blottie contre un homme – et pas n'importe lequel : *Jackson King* –, avec son bras lourd posé sur ma taille. Je ne m'attendais pas à me sentir si bien. En sécurité.

Je n'ai pas envie que cette histoire, toute impossible et éphémère soit-elle, prenne fin. Mais la réalité me rattrape. Je suis recherchée par le FBI pour avoir hacké la société de mon nouvel amant. Donc, ouais, je ne pourrai pas me planquer éternellement chez lui.

Les premiers rayons de soleil illuminent les fenêtres. Le sexe de Jackson tressaute contre le bas de mon dos, éveillant mon désir en un éclair.

Je me demande s'il aime le sexe le matin ; moi, *j'adore*. Ouais, j'étais encore vierge hier, mais je me masturbe généralement au réveil.

Je pousse mes fesses contre son membre, et son sexe répond ; il grossit et glisse entre mes cuisses. Jackson remonte sa grande main le long de mon corps et la pose sur mon sein. Il remue ses hanches, fait des va-et-vient entre mes jambes et frotte son membre gonflé contre ma fente.

« Mmm, chaton, est-ce que cette chatte est de nouveau mouillée pour moi ? » demande-t-il en faisant rouler mon téton entre deux doigts.

On dirait bien.

Il pince mon mamelon et je tressaillis, à la fois à cause de la surprise et de la douleur.

Je passe la main entre mes jambes pour coller sa queue contre mon sexe, puis ondule lentement mes hanches pour frotter mon clitoris contre elle.

Il grogne et me mordille l'oreille. « Tu me veux en toi, chérie ? Tu as besoin que je te baise pour te réveiller ?

— Oui, dis-je d'une voix râpeuse en me cambrant pour diriger son membre vers l'entrée de ma chatte.

— Merde, chérie, je n'ai pas de... » Il glisse en moi. Je frissonne de plaisir, et mes muscles se contractent autour de sa queue.

Une capote. Ah, c'est vrai.

« Oups », je murmure.

Jackson respire plus vite, il maintient mes hanches pour plonger profondément en moi. Je sais que je devrais l'arrê-ter, lui dire de mettre un préservatif, mais bon sang, *c'est tellement bon.*

« Ne jouis pas en moi », je demande.

Il semble peiné. « Je vais arrêter maintenant », dit-il, mais il continue de me labourer avec une vigueur cruelle et délicieuse. Il serre mes hanches au point de laisser des bleus ; son bas-ventre claque contre mes fesses.

« Jackson... »

Il me retourne sur le ventre et me prend par derrière en

capturant mes poignets dans ses mains et en les plaçant au-dessus de ma tête.

Heureusement, ma claustrophobie ne se manifeste pas. Peut-être parce que la vue devant moi n'est pas bloquée. Je soulève mes fesses pour venir à sa rencontre. Ce nouvel angle me plaît beaucoup ; j'en veux plus, je veux tout. Toutes les positions, toutes les variations, tous les rythmes.

Lorsque Jackson émet un grondement animal inquiétant, je tourne la tête pour regarder par-dessus mon épaule.

Et je me mets à crier.

Je hurle de toutes mes forces sans m'arrêter.

Parce que Jackson est un putain de vampire. Des crocs ont poussé, et ses yeux ont pris une teinte bleu glacé. *Bleu glacé.* Plus une seule trace de vert. Et les bruits qu'il fait ne sont pas humains. Il va me mordre et me transformer en vampire. J'ai l'impression de tomber dans un film d'horreur.

Comme ma claustrophobie, ma peur est une entité vivante. Elle ne réfléchit pas. Elle réagit à l'instinct, nourrie par l'adrénaline et la terreur.

Heureusement, mon hurlement le surprend ; il s'écarte suffisamment pour que je puisse me dégager et m'enfuir. Je ramasse mes vêtements par terre et cours jusqu'au rez-de-chaussée, à poil et pieds nus.

Je file à travers la porte arrière de la maison et enfile mon T-shirt sans cesser de courir. Je pensais arriver dans le garage, mais j'ai dû me tromper : je suis dehors, face au désert qui mène aux montagnes. J'entends Jackson m'appeler ; je me mets à courir vers la colline.

« Kylie ! » crie Jackson. Il est dehors, et il a l'air furieux.

Je comprends maintenant qu'ils ont essayé de me prévenir. Sam et lui m'ont dit tous les deux que je ne pouvais pas être avec lui. Pourquoi ne les ai-je pas écoutés ? Je m'arrête le temps d'enfiler ma jupe en jean et me remets à courir. Je n'irai pas loin sans chaussures. Toute la zone est couverte de cailloux et de cactus, et mes pieds sont déjà meurtris. Je regarde par-dessus mon épaule mais ne vois Jackson nulle part.

Dieu merci. Il est peut-être rentré s'habiller. À cet instant, une silhouette monumentale apparaît en aval sur la colline. Un loup argenté. Et il fonce droit sur moi.

Oh, Seigneur. Jackson n'est pas un vampire. *C'est un loup.*

Je n'arrive pas à savoir si c'est mieux ou pire. Est-ce que les loups-garous peuvent aussi vous transformer en l'un des leurs avec une morsure, ou est-ce seulement les vampires ? Non, les vampires vous vident de votre sang. Donc, ouais. La morsure des loups-garous infecte. J'ai toujours l'impression d'être en plein film d'horreur, juste d'un autre genre.

Le loup me rattrape sans mal, mais il ne se déplace pas de la même... *Seigneur.* Est-ce *Sam* qui m'a sauté dessus devant la villa ? Ce loup est Jackson, ça ne fait aucun doute. Je reconnais ses yeux bleu de glace. Il pousse ma main du bout du museau.

« Éloigne-toi de moi, putain ! »

Il baisse son arrière-train et gémit. Il est gigantesque. Deux fois la taille d'un loup normal, avec une épaisse fourrure argentée. Un loup splendide, mais aussi clairement létal.

Le temps de cligner des yeux, il est redevenu un homme, accroupi à côté de moi. Nu. « Hé. Tu ne risques rien. Je ne te ferai pas de mal, chaton.

— Ne m'appelle pas comme ça ! » Ma voix étranglée à l'air un peu hystérique. En temps normal, je suis plutôt douée pour garder mon calme, mais la situation m'a retourné le cerveau.

Je commence à monter la pente en courant. Du coin de l'œil, je vois le loup venir trotter à côté de moi, comme s'il m'accompagnait en promenade. « Rentre chez toi », dis-je d'un ton autoritaire. Si seulement c'était un chien normal que je pouvais renvoyer chez lui.

Bien sûr, il continue de trottiner à ma hauteur.

Je lui lance un regard mauvais. « Alors, tu es un loup-garou ? C'est ça, ton grand secret ? Et, quoi ? Tu dois mordre des gens à la pleine lune, un truc du genre ?

Jackson – ou plutôt, le loup – gémit une fois de plus.

« Qu'est-ce que tu me veux ? » dis-je en sanglotant.

Il lèche mon mollet.

« Non ! Ne me touche pas. Arrête de me suivre. Rentre chez toi ! » Un caillou glisse sous mon pied, et je tombe lourdement à genoux. La douleur se répercute dans toute ma jambe. Je ferme les yeux pour essayer de la chasser.

Lorsque je les rouvre, Jackson a de nouveau repris forme humaine. Toujours nu. Il me soulève dans ses bras.

« Non. Repose-moi par terre, je proteste.

— Tu es blessée, répond-il d'un ton impassible en descendant la colline.

— Je ne retournerai pas dans cette maison avec toi. » Mon côté borné s'est réveillé, et il est sourd contre toute logique. Si Jackson est un loup dangereux et compte me transformer, peu lui importera ce que je veux.

Mais il cesse de marcher. Ses épaules s'affaissent. « D'accord, très bien. » Il commence à courir à une vitesse effrayante, cette fois en grimpant la pente.

Je m'accroche à ses épaules, effrayée. « Où est-ce que tu m'emmènes ?

— J'ai un chalet dans la montagne. »

Parfait. Il m'emmène dans un endroit encore plus isolé pour me transformer. Mais je n'ai plus peur. Ma terreur initiale est passée, et mon cerveau commence à se remettre en marche.

« Jackson, qu'est-ce qui se passe quand tu mords quelqu'un ?

— Mes crocs sont enduits de sérum. Il laisse mon odeur sur ta peau.

— Et ça me transforme en loup-garou ?

— *Non.* » Il continue de progresser à toute allure, avalant la montagne en grandes enjambées, pieds nus. Je n'arrive pas à comprendre comment ses pieds ne sont pas en lambeaux. « On ne transforme personne », lâche-t-il sèchement. Avec un léger amusement, je réalise que je l'ai peut-être vexé.

« Mais je cours un danger ? Que fait le sérum ? »

Il arrête de courir et ferme les yeux, résigné. « Quand un loup choisit sa compagne, il la marque d'une morsure. Un sérum spécial recouvre ses crocs pour laisser son odeur sur elle de manière permanente, pour que les autres loups sachent qu'elle lui appartient. »

Je le fixe, bouche bée. Sans aucune logique, mon entrejambe se réchauffe et commence à pulser.

« Tu voulais... tu veux me marquer ?

— *Je ne peux pas*, lâche-t-il entre ses dents en recommençant à gravir la montagne. Une humaine ne survivrait pas à une telle morsure. Les métamorphes guérissent vite, mais un humain perdrait beaucoup de sang. Probablement la vie. Les métamorphes ne s'unissent pas aux humains.

— Ah. C'est pour ça que Sam a dit que tu ne pouvais pas être avec moi, dis-je sombrement.

— Exactement. » Il serre ses mâchoires si fort que j'ai peur que ses dents se brisent.

Un petit chalet en bois apparaît entre les arbres. Jackson récupère une clé au-dessus d'une poutre à l'entrée et ouvre la porte. L'intérieur est joliment décoré, l'ameublement simple mais confortable. Il me porte jusqu'au canapé en cuir et me dépose dessus, mon dos contre l'accoudoir et les jambes posées en hauteur sur les coussins. Ma cheville a doublé de volume, et mon genou égratigné saigne.

« Je vais chercher de la glace », annonce Jackson avant de sortir de la pièce. Lorsqu'il revient, il a passé un jean et ramène des glaçons enroulés dans un torchon. Il s'accroupit à mes pieds et presse le linge dessus.

« Désolée d'avoir flippé.

— Non, je suis content que ce soit arrivé, dit-il avec un mouvement impatient de la tête. Sinon, je t'aurais mordu. »

Je fixe ma cheville douloureuse, incapable de regarder Jackson. « Euh, c'est plutôt flatteur, j'imagine. »

Il laisse échapper un rire sec, mais n'a pas l'air amusé du tout. Il se relève et passe furieusement ses doigts à travers sa chevelure comme la veille.

« Tu comprends, maintenant. Je suis dangereux pour toi, Kylie.

— Je n'ai pas peur du grand méchant loup », je rétorque en plissant les paupières.

Son regard est tourmenté. « Apprends à avoir peur. Écoute, je dois aller au bureau pour rencontrer les agents fédéraux. » Il s'approche d'un vieux secrétaire et soulève le panneau en bois. À l'intérieur, je vois clignoter les lumières réconfortantes d'un routeur sans fil. Il sort un ordinateur portable du meuble et me l'apporte. « Tu peux travailler ici. Ou si tu préfères, je peux aller chercher la voiture et te ramener à la villa.

— Ici, c'est très bien », dis-je immédiatement. Sans trop savoir pourquoi, je ne me sens pas prête à retourner chez lui.

« Il y a de quoi manger dans les placards. Je vais t'apporter quelques trucs pour que tu n'aies pas à te lever. »

Il sort de la pièce et revient avec du pain de mie, du

beurre de cacahuètes, de la confiture et une boîte d'huîtres. « J'aimerais pouvoir te proposer un antidouleur, mais les métamorphes n'en ont pas besoin. »

Les métamorphes. Je m'habitue encore à l'idée, mais elle ne fait que le rendre encore plus fascinant et attirant. Pas étonnant que j'en pince pour Jackson King depuis mon adolescence. Il est plus qu'humain.

« Je suis vraiment désolée d'avoir flippé. J'ai honte. J'aimerais pouvoir revivre le moment et réagir de façon super cool. On peut essayer ?

— Comment réagirais-tu ? demande Jackson avec un petit sourire involontaire.

— Je dirais un truc du genre : *oh, tu es un loup-garou. Cool. N'oublie pas la capote.* »

Une ombre passe sur son visage, peut-être au souvenir de notre dernière mésaventure avec le préservatif. « Je ne suis pas bon pour toi. Ça... ne peut pas marcher », dit-il d'une voix éteinte.

La zone autour de mon plexus solaire se serre. J'ai envie de le secouer, de lui affirmer que je n'ai pas peur, mais il me précède. Il me prend dans ses bras, colle ses lèvres contre les miennes et me donne un baiser intense qui me fait tourner la tête.

Je sens le désespoir dans son baiser.

Les adieux.

« Ne me contacte pas. Je ne veux pas qu'on puisse te localiser à cause de moi. Je serai de retour ce soir. Dès que possible. Tu veux que j'envoie Sam te tenir compagnie ? »

Je secoue la tête et ravale ma déception. « Non, pas besoin. Je vais continuer à étudier le virus. Jackson ?

— Oui ?

— Si ma grand-mère est toujours vivante, pourquoi personne ne m'a contactée ?

— Ils la gardent peut-être en vie pour te forcer à faire autre chose ? » propose-t-il, sourcils froncés.

Je secoue la tête. « Non, mon nom est dans tous les journaux. J'ai été piégée, c'est certain. »

Il touche mon épaule, et je pourrais jurer que je sens sa force se transférer en moi, me réchauffer. « Je ne sais pas, mais mon instinct aussi me dit qu'elle est vivante. »

Il m'embrasse encore une fois et retire son jean. Son sexe est toujours dur et gonflé. À la vue de sa taille impressionnante, je salive.

Cette fois, je le regarde muter. L'air semble frémir autour de lui, puis il tombe à quatre pattes, devenu un gros loup splendide. J'ose tendre la main pour toucher sa fourrure ; il la lèche, puis lèche mon genou blessé. Ça picote. Je me souviens d'un médecin au Mexique qui m'avait conseillé de faire lécher une plaie sur ma main par un chien pour l'aider à cicatriser plus vite. Mon père et moi avons bien ri de cette conception de la médecine du Tiers Monde, mais, bien sûr, j'ai fait des recherches par la suite, et c'est un fait avéré. Je me demande si la salive de loup est encore plus efficace.

Je caresse ses oreilles soyeuses. J'ai envie de plonger mes mains dans sa fourrure, mais il tourne les talons et trottine vers la cuisine. J'entends le grincement de ce qui doit être une chatière aménagée à sa taille, et il s'en va.

Bon. Jackson King est un loup métamorphe.

Maintenant, je sais.

Je suis surprise de voir à quel point je désire protéger son secret. Je vais travailler encore plus dur pour résoudre la crise de SeCure maintenant que je sais que le brillant PDG de l'entreprise est aussi vulnérable que moi.

Jacqueline

Jacqueline ouvre ses yeux irrités et cligne des paupières devant le soleil matinal qui l'éblouit. Toujours dans le désert. Toujours sous sa forme humaine. Elle se remet difficilement debout et essaie de se repérer avec le soleil. Il se lève au-dessus de la chaîne de montagnes à l'horizon, qui doivent être les monts Santa Catalina. Donc, elle se trouve dans les montagnes de Tucson, à l'ouest. Probablement quelque part aux alentours de Marana, là où les dealeurs installent leurs labos de meth.

Sa Minette n'est pas la seule à savoir faire des recherches sur Internet. Sa petite-fille pense qu'elle n'est bonne qu'à faire de la soupe...

Minette.

Elle commence à marcher vers l'est. Sa démarche est mal assurée au début, mais après une dizaine de pas, elle retrouve sa coordination. Son ouïe sensible détecte des bruits de trafic routier au loin. Dieu merci. Dommage qu'elle soit couverte de sang. Elle aura du mal à expliquer ce qui lui est arrivé si elle essaie d'arrêter une voiture.

Si seulement elle pouvait muter.

Elle se met à quatre pattes, ferme les yeux et se concentre. L'ennui, c'est qu'elle n'a quasiment pas muté ces dernières années. Pour garder leur agilité, les métamorphes doivent laisser les mutations se dérouler quand leur nature le réclame. Un métamorphe qui reste trop longtemps sous sa forme animale finit par oublier comment redevenir humain, et vice-versa. En vivant avec Minette, sa petite-fille à moitié humaine qui n'a jamais manifesté sa nature métamorphe, elle ne peut pas muter aussi souvent qu'elle le souhaite. Surtout lorsqu'elles se cachent dans des villes. À présent, affamée et blessée, faire appel à la magie est encore plus difficile.

Souviens-toi. Souviens-toi ce que ça fait. Elle se remémore sa première mutation à la puberté, sa joie lorsqu'elle a pourchassé sa sœur dans la campagne française. *Voilà.*

La magie scintille autour d'elle. Elle prend le temps d'ôter ses vêtements ensanglantés pour qu'ils ne la gênent pas une fois qu'elle aura muté. Et maintenant, il ne lui reste plus qu'à rejoindre le centre-ville sans se faire voir par des humains. Au moins, elle se souvient du chemin.

Garrett lui a montré une carte de leur territoire. Sa meute chasse à l'ouest du parc national de Saguaro, non loin du centre-ville et de son quartier général. Il ne lui reste plus qu'à suivre la rivière Santa Cruz pour le retrouver.

Jackson

J'entre dans les locaux de mon entreprise comme un gladiateur qui veut en découdre. Chaque employé qui pose les yeux sur moi les détourne aussi sec. Même les humains sentent qu'il vaut mieux se soumettre quand le mâle dominant à soif de sang.

« Le FBI est en train de s'entretenir avec M. Anderson, monsieur », m'apprend Vanessa en pointant le bureau de mon directeur financier. Luis est avec lui. Je l'ai déjà appris au cours de la quinzaine de coups de fil que j'ai passés en venant ici, mais je hoche brièvement la tête à ma secrétaire.

Aucun employé de SeCure n'a avoué avoir fait fuiter l'information à la presse. Ce qui signifie que Kylie a peut-être raison : ça venait des hackeurs qui l'ont faite chanter. Mais ces personnes sont peut-être aussi infiltrées dans mon entreprise.

Je ne peux m'empêcher de penser que cette attaque avait d'autres motifs, que nous ignorons encore. Un hackeur se donnerait-il vraiment le mal d'enlever une vieille dame et de faire accuser quelqu'un à tort juste pour obtenir moins d'un million de coordonnées bancaires ? Peut-être. Mais c'était risqué. Je ne sais pas combien d'argent ils ont réussi à détourner, mais ils ont eu très peu de temps pour le faire. Nous avons réussi à maîtriser le virus hier soir.

J'entre dans le bureau d'Anderson et m'assieds. Mon équipe de direction est tendue. Je ne leur ai encore jamais autant mis la pression, et c'est loin d'être terminé.

Luis a transmis le dossier de Kylie aux agent fédéraux, et il est en train de hocher la tête pour signifier qu'il est d'accord avec ce que dit son interlocuteur.

Il se tourne vers moi. « M. King, le FBI a sa propre équipe d'infosec. Ils souhaitent la déployer dans notre système.

— Excellent, dis-je en acquiesçant. Montrez-leur les dégâts et ce que nous avons fait pour les limiter. »

Un des agents se lève et me tend la main. « Agent spécial Douglas.

— Jackson King, je réponds en lui serrant la main.

— M. King, on me dit que vous posiez des questions à propos de Kylie McDaniel avant le piratage. Vous aviez des raisons d'être méfiant ? »

Je décide de dire la vérité. Si Douglas est un minimum intelligent, il comprendra ma logique. Sinon, ça n'aura pas fait empirer la situation. « En fait, je me demandais comment elle a été engagée. Nous supposions que c'était une hackeuse, mais rien sur son CV ne nous permettait de le confirmer. Je voulais savoir qui l'a contactée pour ce poste, et pourquoi.

— Vous pensez qu'elle pourrait avoir un complice au sein de l'entreprise ?

— Peut-être, je concède en haussant les épaules. Toute cette affaire est un peu louche, et ça va plus loin qu'une hackeuse de vingt-quatre-ans qui se faisait appeler Catgirl quand elle était ado.

— Elle est soupçonnée d'association avec des cambrioleurs depuis longtemps. Il pourrait s'agir d'une attaque organisée par ces malfaiteurs. »

J'observe l'homme. Il a l'air intelligent. « M. Douglas, j'aimerais partager certaines informations avec vous en privé. »

Mon équipe a l'air outrée. Je me lève et sors de la salle, certain que Douglas me suivra. Je l'emmène dans mon bureau et lui tends le dossier que Kylie m'a apporté la nuit où tout a commencé.

« Mlle McDaniel est venue me trouver lorsqu'elle a reçu ceci. »

Douglas étudie les documents et comprend rapidement de quoi il s'agit. « Mais elle a quand même installé le code. Depuis votre propre bureau, si j'ai bien compris.

— Oui, j'admets en me passant la main sur le front. Je l'ai appelée dans mon bureau le lendemain et lui ai demandé d'étudier le virus sur un ordinateur non connecté au réseau.

— Mais elle a profité de cette opportunité pour l'installer depuis le vôtre.

— Oui.

— Qu'est-ce qui s'est passé, selon vous ? Était-ce juste une combine pour avoir accès à votre bureau ? Pour éviter d'avoir à pirater votre système ? »

Je secoue la tête. « Non. Elle m'a contacté par la suite pour me dire que sa grand-mère a été kidnappée et était retenue en otage. Sa grand-mère ne lui a pas été rendue après qu'elle a installé le virus, alors elle m'a proposé son aide.

— Comment vous a-t-elle contacté ? » demande-t-il immédiatement.

C'est là que ça devient délicat. Je ne veux surtout pas qu'ils cherchent Kylie chez moi ou autour de moi. « Elle m'attendait sur le parking.

— La hackeuse qui a piraté votre système vous attendait sur le parking, et vous n'avez pas appelé la police ? Quelque chose cloche avec cette histoire, M. King. Qu'est-ce que vous omettez de me dire ? »

Le besoin de protéger Kylie fait monter la colère en moi. Je ne réponds pas.

« Oh, je vois. Vous en pincez pour Mlle McDaniel, c'est ça ? demande-t-il sans chercher à masquer son mépris. On m'a raconté que vous vous êtes retrouvés coincés dans un ascenseur tous les deux, la première fois qu'elle est venue ici. Vous pensez que c'était une coïncidence ? »

Le doute se fraie un chemin dans mon esprit. Kylie serait-elle capable d'orchestrer une telle scène ? Pourquoi ? Pour se rapprocher de moi ? Me séduire ?

Non, sa terreur dans l'ascenseur était réelle. Une personne claustrophobe ne choisirait jamais un ascenseur pour séduire quelqu'un.

Je tourne en rond dans le bureau, mes mains dans mes poches.

« Donc, elle vous attendait sur le parking et elle a proposé de vous aider. Qu'avez-vous fait ?

— Je l'ai laissée partir. » Je tourne le dos à Douglas et regarde le paysage à travers la baie vitrée. Je ne suis pas doué pour mentir et je ne trouve pas ça très honorable, mais je suis prêt à tout pour protéger ma compagne.

Putain. Pas ma compagne. Elle ne peut pas être ma compagne.

« Vous vous foutez de moi. Où est-elle, M. King ? »

Je serre les poings. « Elle essaie de retrouver sa grand-mère », je lâche sèchement.

Il me regarde un long moment. « D'accord, finit-il par dire. On va explorer cette piste. »

Je force mes mâchoires à se décrisper.

« Et quand vous serez prêt à me dire où trouver votre mystérieuse Catgirl, passez-moi un coup de fil, ajoute-t-il en posant sa carte de visite sur mon bureau. Mon numéro est là-dessus. »

Je hoche la tête. Il ramasse l'enveloppe kraft. « Vous permettez que j'emporte ceci ? »

Je suis surpris qu'il me demande la permission, mais c'est probablement une marque de politesse.

« Oui. Dites-moi ce que vous apprenez sur la grand-mère. »

Il s'arrête devant la porte. « Est-ce que je travaille pour vous, M. King ? »

Je m'éclaircis la gorge. Supplier n'est pas dans ma nature, et ça fera deux fois aujourd'hui. Une fois devant Kylie, une fois pour elle. « S'il vous plaît. »

Ses lèvres se relèvent en un petit sourire. « Je vous tiendrai informé. »

Je me laisse tomber sur mon fauteuil dès qu'il est sorti. L'alpha en moi a envie de tout réduire en pièces et d'hurler à pleins poumons.

C'est la pleine lune. Mon entreprise est attaquée. Ma femelle est en danger. Une humaine connaît mon secret ; ce qui, selon la loi des loups, signifie que je dois lui régler son compte. Et, alors que révéler la vérité à Kylie aurait dû mettre un terme à ce qu'il y a entre nous, maintenant qu'elle comprend pourquoi on ne peut pas être ensemble, mon foutu loup continue de la considérer comme ma compagne.

Ginrummy

Le plan se déroule comme prévu. Kylie a hacké SeCure et installé le code. Ça a fonctionné. Tout comme la fuite à la presse pour que le FBI enquête sur elle. Peu importe que le FBI la retrouve ; le but est seulement de leur fournir un suspect idéal.

M. X a dit qu'ils s'étaient occupés de sa grand-mère. Il n'a pas demandé ce que ça signifiait : il le sait.

Il est temps d'envoyer la prochaine lettre de menaces. Il se tortille sur sa chaise, pris de bouffées de chaleur. Les agents fédéraux fourmillent partout dans le bâtiment, et tout le monde parle de l'entretien privé entre King et un des agents.

Putain, que King pouvait-il bien avoir à lui dire pour ne pas vouloir en parler devant son équipe de direction ?

Ça ne lui plaît pas.

Il a passé toute la matinée à répondre aux mêmes questions à propos de Kylie, posées par quatre agents différents. Maintenant, il est censé leur donner accès au système de SeCure pour que leur équipe d'infosec puisse mener sa propre enquête.

Il n'a rien à cacher. C'est Kylie qui a installé le virus ; sa propre adresse IP et ses identifiants n'apparaîtront nulle part.

Il consulte son téléphone. Il a reçu un message de M. X.

J'appelle King maintenant.

Un muscle de sa joue tressaute. C'est la partie du plan de M. X qui va bien plus loin que la cybersécurité et les coordonnées de cartes bancaires.

Leur plan vise à faire fermer la société. Le vol de coordonnées de cartes bancaires n'était qu'une diversion, destinée à détourner l'attention du véritable virus lancé dans les données de sauvegarde qui a permis à l'équipe de M. X d'effacer absolument tous les fichiers détenus par SeCure. Demander à SeCure de transférer cinq cents millions de dollars en échange de ces données n'est pas exagéré. Si le plan fonctionne, il s'agira de la plus grosse affaire de ransomware de toute l'histoire. Et sinon, ils ont déjà dérobé un demi-milliard en transactions de cartes de crédit.

∿

Kylie

Au crépuscule, je boitille jusqu'à la douche pour me laver avant le retour de Jackson. Il ne m'a pas contactée de la journée, et j'ai hâte de le voir. De le toucher. Mon corps est fourbu à cause du sexe et de ma course dans la montagne, mais je n'arrête pas de penser aux mains de Jackson sur moi. Je l'imagine me prendre brutalement, comme il en a envie – et me mordre pour me marquer comme sienne. On dirait que la pleine lune me fait aussi de l'effet.

Les égratignures sur mon genou ont l'air d'avoir une semaine au lieu d'un jour. Apparemment, la salive de loup métamorphe est bel et bien plus efficace que celle d'un chien.

J'ai passé la journée à hacker des sites bancaires pour

obtenir des informations sur les cartes de crédit piratées. D'après mon estimation, environ cinq cents millions de dollars ont été volés dans les vingt-quatre heures avant que les propriétaires ne soient avertis et leurs cartes bloquées. Tout devait être automatisé. Les hackeurs ont utilisé les comptes professionnels de petites entreprises pour facturer des montants aléatoires de moins de quelques milliers de dollars sur chaque carte de crédit. Encore une fois, qu'ils aient pu programmer un code si complexe laisse penser qu'ils avaient un complice à l'intérieur de SeCure, quelqu'un qui savait quelles données ils allaient trouver et comment elles seraient configurées.

Sans le moindre contact de Jackson (bien que ses raisons pour les limiter soient sensées), une sensation de vide s'installe en moi. Il pense qu'on ne peut pas être ensemble. Il en a envie, j'en suis sûre, mais il est persuadé qu'il va me blesser.

Pourtant, je n'ai pas peur. Il a réagi dès que j'ai hurlé. Il ne m'a pas attaquée, même quand j'ai pris la fuite. Il a beaucoup plus de contrôle qu'il ne le croit. Et être marquée ne me fait pas peur. En fait, l'idée m'excite. C'est peut-être pour ça que les hommes ordinaires ne m'ont jamais intéressée. J'avais besoin d'un super-humain.

Je veux tout savoir sur sa vie de métamorphe. À quoi elle ressemble, comment ça fonctionne. Ce qui se passe à la pleine lune. C'est-à-dire ce soir.

La porte de la salle de bains s'ouvre ; mon cœur bat plus fort. Je distingue la silhouette musclée de Jackson à travers la porte de douche embuée. « Jackson ? »

Un instant plus tard, il ouvre la porte de la cabine. Il est nu, son érection encore plus impressionnante que ce matin est entourée d'un préservatif. Ses yeux bleus scintillent. Il serre les poings. Son expression est sombre, furieuse. Affamée.

Je reprends mon souffle. « Jackson ? » Ma voix tremble.

Il entre dans la cabine de douche. Je m'attends à moitié à découvrir de longs crocs quand il ouvre la bouche, et me crispe. Je ne sais pas encore si je vais le laisser me marquer.

« J'ai envie de te baiser sous la douche depuis la première fois que tu es venue chez moi, dit-il lentement, d'une voix rauque. Tu crois que je ne t'ai pas vue te caresser à travers la vitre malgré la buée ? »

Un frisson de désir pur me traverse et descend de mes cuisses jusqu'aux orteils.

Il m'attrape par les poignets et me tourne face au mur de la douche, puis me fait poser les paumes contre le carrelage avec une grande délicatesse. « Nouvelle règle, me murmure-t-il à l'oreille. Tu ne touches plus ta chatte sans *ma* permission. C'est compris ? »

Je ne comprends pas, mais je suis trop excitée pour parler.

« Je veux entendre *oui, monsieur.*

— Oui, monsieur. » Les mots sortent avant que je décide de les prononcer. La chaleur se rassemble entre mes cuisses devant son autorité.

« Est-ce que tu sais pourquoi ? demande-t-il dans un ronronnement grave.

— N-non. »

Il tend le bras et pose sa main sur mon sexe, glisse deux doigts le long de ma fente mouillée. « Cette chatte m'appartient. C'est moi qui lui donne du plaisir. *Moi.* Tu captes ? »

Oh, putain, merde. L'excitation fait trembler mes jambes. Je ne peux que gémir mon accord.

« Bonne fille. » Il me récompense en caressant brièvement mon clitoris.

Mes genoux ploient, mais ça n'a pas d'importance, parce qu'il me retient en enroulant un bras autour de ma taille, me maintient debout et me pénètre avec deux doigts. Je renverse la tête en arrière contre son épaule et ferme les yeux, perdue dans l'extase de ses caresses, de sa chaleur.

« Tu m'a laissé en plan ce matin, chaton. »

Je gémis tandis qu'il presse le plat de sa main contre mon clitoris.

« Je vais devoir te punir, maintenant.

— Oui », dis-je dans un souffle. *Punis-moi. Baise-moi. Fais de moi ta chose.* J'ai envie d'appartenir à Jackson. Qu'il me marque, peu importe la douleur à endurer.

Il retire sa main entre mes jambes, et je gémis de frustration. « Cambre tes fesses, chérie. »

J'obéis immédiatement et tends les fesses en arrière pour recevoir ma punition.

Lorsqu'il me donne une fessée, je pousse un cri. L'eau intensifie la douleur, et les claques résonnent contre le carrelage. Il frappe mon autre fesse puis recommence, droite et gauche. Je suis au paradis, la cacophonie de sensations – l'eau de la douche, la douleur, le plaisir de son contact – tout se mélange et me pousse au bord de l'orgasme.

« Par le ciel, grogne Jackson, j'adore te fesser. Je devrais te donner des coups de ceinture pour te punir de m'avoir laissé dans cet état ce matin. » Sa voix résonne et semble pénétrer par tous mes pores.

Voyant que je ne le contredis pas, il pousse un juron. « Chaton, je vais te baiser si fort que tu ne vas plus marcher droit. Comme ça, tu te souviendras à qui cette chatte appartient. »

Je jette un coup d'œil par-dessus mon épaule pour voir si ses crocs ont poussé. J'adore qu'il me domine, mais il a l'air déchaîné ce soir, et je ne suis pas certaine qu'il garde le contrôle. Lorsque je veux faire reposer mon poids sur mon autre jambe, ma cheville douloureuse me fait grimacer.

Jackson pose immédiatement la main sur la cuisse de ma jambe blessée et remonte mon genou contre le mur carrelé. Son corps se moule contre mon dos, son gland presse contre l'entrée de mon sexe. « Est-ce que ça va, bébé ? » Son souffle effleure mon oreille.

Si c'est possible, je mouille encore plus fort. Il garde le contrôle. Il me protège, comme il le fait depuis le début.

« Oui, je halète.

— Prends-moi et guide-moi. »

J'obéis, passe la main entre mes jambes écartées pour orienter son sexe vers ma chatte offerte.

Il me pénètre lentement et m'emplit délicieusement centimètre après centimètre. La position est tellement obscène, sa domination si extrême, que j'ai l'impression d'être la star d'un film porno. Jackson fait un bruit appréciateur et donne un coup de reins en avant. « Prends tout », grogne-t-il.

Je pousse un cri. Ça fait mal, mais dans le bon sens du terme ; j'adore le sentir si profondément en moi. Sa queue m'écartèle, me lime à chaque coup de reins puissant.

« Oh mon Dieu, je gémis.

— Pas encore, ma belle », lâche Jackson entre ses mâchoires serrées. Il pose une main contre le mur de la douche, près de ma tête, et continue ses va-et-vient.

Mon besoin de jouir devient pressant. « S'il te plaît.

— Oh, chérie. Tu me supplies ? Continue, putain. Tu m'excites comme un fou, chaton. »

Mes yeux s'emplissent de larmes. J'ai désespérément envie de jouir. La jambe qui supporte mon poids tremble tellement que je suis surprise qu'elle continue de me porter. « S'il te plaît, Jackson, s'il te plaît », je l'implore.

Un son inhumain éclate dans sa gorge, et je me fige. Il me pilonne si fort et si profondément que je vois des étoiles. Il pousse un autre rugissement qui résonne contre les carreaux et plonge entièrement en moi, me soulève pour m'empaler sur sa queue gonflée. Il me tient par la taille et continue de maintenir mon genou en l'air de son autre main.

Je me contracte autour de son sexe. L'orgasme m'emporte en une divine série de spasmes et de frissons, jusqu'à ce que le plaisir me laisse toute molle et épuisée. Pendant tout ce temps, je me prépare à sentir une morsure, mais elle ne vient jamais.

Je n'arrive pas à savoir si je suis rassurée ou déçue.

« Tu prends si bien ma queue, chérie. » Ses lèvres sont de nouveau tout près de mon oreille, sa voix rauque et séduisante. « Ouvre les yeux et regarde où tu es. »

Mes yeux sont encore fermés ? Apparemment. Je fais un effort pour soulever mes paupières. J'ai toujours le nez collé contre le mur de la douche, le corps musclé de Jackson pressé contre mon dos.

« C'est plutôt un espace réduit, tu ne trouves pas ? »

Mon cœur fait un bond. En effet, c'est un espace très étroit. Et l'issue est bloquée. Pourtant, je n'ai pas peur du tout.

Je pouffe. « Si.

Tu as survécu », dit-il avant de me mordiller l'oreille. Il sort lentement de moi et me retourne avec douceur. Ses yeux sont toujours bleus et ses dents semblent plus pointues que d'habitude, mais il est toujours Jackson. L'homme, pas le loup.

« Je n'ai pas peur quand je suis avec toi. » C'est la vérité. Pas un soupçon de claustrophobie.

Il secoue la tête. « Tu n'as plus jamais besoin d'avoir peur. Tu as dépassé ta phobie. »

Je n'en suis pas aussi sûre que lui. La situation est particulière. La prochaine fois, je n'aurai probablement pas un homme beau comme un dieu en train de me baiser pour me distraire de ma peur. Mais j'apprécie qu'il s'en souvienne. Qu'il y accorde de l'importance.

Je lui souris. « On devrait peut-être s'entraîner encore un peu. Juste pour être sûrs.

— Je ne sais pas si j'y survivrais, déclare-t-il avec une grimace de souffrance. J'ai besoin d'aller courir dans la montagne. Sinon je vais finir par t'attacher au lit et par te baiser pendant les huit prochaines heures. Et ça, c'est si tu as de la chance et que je ne perds pas le contrôle. »

Et que tu me mords. Que tu me marques comme tienne.

Mon sexe recommence à être brûlant. Je ne me suis jamais sentie plus désirable de toute ma vie. Oui, je sais que je suis bien foutue, et il m'est même arrivé de m'en servir à mon avantage. Mais cette facette animale, sauvage, de Jackson, qui semble crier *je ne peux pas rester à côté de toi sans te sauter dessus* me donne l'impression d'être Hélène de Troie. Ou la plus irrésistible des sirènes.

Il retire le préservatif et sort de la douche pour le jeter dans la poubelle. Je le suis hors de la cabine, et il déplie une serviette pour moi. Il ne se contente pas de me la tendre ; il attend que j'avance vers lui et l'enroule autour de mon corps. Son geste évoque une grande familiarité, comme si nous étions un vieux couple habitué aux petites marques de tendresse. Et j'en ai soudain terriblement envie ; je veux rester auprès de Jackson King, qu'il soit mon quotidien. Ma meute.

Mais il a déjà dit que ça ne pouvait pas arriver. Il doit s'unir avec une métamorphe. Pas avec moi.

Je sens une tristesse sans pareille m'envahir. Je me détourne pour qu'il ne puisse pas la lire sur mon visage. Je dois retrouver Mémé et quitter la ville. En réalisant que je pense à un homme alors qu'elle a disparu, la culpabilité me noue le ventre.

Oui, je ne vois pas d'autre fin logique à cette histoire que retrouver Mémé et quitter la ville ensemble. Je prie juste pour qu'elle soit encore en vie. Elle est mon seul *foyer*.

Jackson

Je ne sais pas comment j'ai réussi à coucher avec Kylie sans la marquer. Mes crocs étaient sortis, enduits de sérum, mais j'ai réussi à contrôler mon loup. Il le fallait pour protéger ma femelle.

Ouais, je viens de remporter une manche sur le mal de lune. Coucher avec la femelle que mon loup veut désespérément comme compagne sans la marquer devrait me valoir une médaille. Mais à présent, tout mon corps me démange, impatient de muter. Et je ne sais pas ce qui se passera quand j'aurai libéré mon loup.

J'enroule une serviette autour de ma taille et vais barricader la grande chatière sur la porte arrière. Je ne veux surtout pas rentrer dans le chalet après avoir couru sous la pleine lune et risquer d'attaquer Kylie.

« Ne me laisse pas entrer si je ne suis pas sous forme humaine. »

Elle m'a suivi dehors, elle aussi enroulée dans une serviette. Je prends conscience qu'elle a besoin de vêtements propres : elle porte la même jupe en jean et le même T-shirt, ou mes habits, depuis maintenant trois jours. Je me maudis de ne pas avoir pensé à remédier à la situation avant, même si ce problème est minime à côté de la disparition de sa grand-mère. Elle ouvre de grands yeux mais acquiesce bravement. Je ne suis pas surpris. Ma petite hackeuse-cambrioleuse, qui dérobait déjà des œuvres valant des millions de dollars à l'âge de dix ans.

Quelque part dans la montagne, Sam hurle à la lune, m'appelle pour que je le rejoigne. « Je dois y aller. Verrouille la porte et n'ouvre sous aucun prétexte. D'accord ? »

Un autre hochement de tête.

Je l'attire vers moi pour l'embrasser avec fougue. Nos bouches se collent l'une contre l'autre et nos langues s'entremêlent avec assez de passion pour faire à nouveau pointer mes crocs. Je m'écarte d'elle au prix d'un gros effort, prends ma forme de loup et disparaît dans la nuit en courant.

Kylie

Je me réveille en entendant un hurlement juste devant le chalet. Les poils de ma nuque se dressent à ce son déchirant. Un loup.

Je regarde l'heure sur le réveil : quatre heures du matin. Je me suis endormie sur le grand lit confortable dans ce que je suppose être la chambre principale juste après le départ de Jackson. Et maintenant, on dirait bien qu'il est de retour. Mais il est sous sa forme de loup : je ne dois pas le laisser entrer.

Boum. On dirait un corps projeté contre la porte arrière. Il essaie de l'enfoncer. Je sors du lit et boîte jusqu'à la cuisine à l'arrière du chalet. Je ne porte qu'un T-shirt de

Jackson, trouvé dans la commode. Je mets le nez à la fenêtre et vois Jackson, ou plutôt son gigantesque loup argenté, se jeter contre la chatière barricadée.

Le loup noir (probablement Sam) apparaît derrière lui et lui mordille les mollets.

Jackson se jette sur le loup moins imposant et attaque. Ils roulent tous deux dans la poussière, leurs terribles grondements résonnent dans la montagne. Ils n'ont pas l'air de jouer. Les mâchoires de Jackson claquent, et Sam pousse un gémissement de souffrance.

Jackson se remet à courir et projette son corps massif contre la porte. Il est vraiment en train d'essayer de fracasser la porte pour entrer. S'il ne reprend pas forme humaine pour utiliser la poignée, c'est qu'il en est incapable. Et c'est bien pour ça qu'il m'a interdit de le laisser entrer.

Un frisson me traverse, qui n'a rien à voir avec l'air frais de la montagne.

Mais alors, que fait Sam ? Il essaie de me protéger ? De tenir Jackson à distance ? On dirait bien, parce que le loup noir revient harceler Jackson. Il lui mordille les mollets et s'éloigne avant que Jackson ne puisse le mordre. Dès qu'il l'ignore et se retourne vers la porte, Sam recommence le même manège.

Cette fois, Jackson est plus rapide. Il mord le flanc de Sam. Lorsque le loup glapit pitoyablement, ma main se pose sur la poignée. Je dois les arrêter avant que Sam ne soit blessé. Mais je ne suis pas une louve. Comment suis-je censée séparer un combat de loups ? Ce ne sont peut-être que des jeux de pouvoir liés à la pleine lune.

Mais non. Jackson reste au-dessus de Sam même lorsqu'il lui présente son ventre. Le gros loup gris plonge vers sa gorge. Je pousse un hurlement et, au même instant, Sam reprend forme humaine.

« *Jackson.* » L'urgence dans la voix de Sam me terrifie.

Mon Dieu, si les mâchoires de Jackson se referment sur la gorge de Sam lorsqu'il est humain, est-ce qu'il en mourra ? Je ne peux pas rester sans rien faire. J'ouvre la porte et me précipite dehors.

Le regard ambré de Sam se pose sur moi, inquiet. « *Non !* »

Jackson fait volte-face et bondit jusqu'en haut des marches, en un saut aussi gracieux qu'impossible. Son épaule heurte ma taille et me plaque contre la porte.

« Oouuf. »

Sam se retransforme en loup et fait le même saut gracieux. Il atterrit sur Jackson et le pousse en bas des escaliers. Le combat reprend.

Je me retiens de crier. Le bon sens me dit de m'enfermer dans le chalet, mais je ne peux pas laisser Sam se faire blesser à cause de moi. *Je ne peux pas.*

« Jackson ! » je hurle, espérant détourner son attention.

Il tourne la tête vers moi et pousse un grondement féroce avant de foncer dans ma direction.

Sam est plus rapide. Il saute dans les airs et atterrit entre nous. Il reprend une fois de plus forme humaine et ouvre la porte. « Entre. Tout de suite. »

Jackson mute aussi, plaque violemment Sam contre le mur et place son avant-bras sur sa gorge, lui coupant la respiration. Ses iris sont d'un bleu glacé qui n'a plus rien d'humain. « Ne l'approche pas ! » gronde-t-il sauvagement.

Sam lève les mains en signe de soumission.

« Tu es... dangereux », siffle-t-il.

L'espace d'un instant, je pense que Jackson va tuer Sam, mais ses yeux commencent à changer de couleur, le vert revient ; il lâche Sam, qui reprend bruyamment son souffle en se serrant la gorge. Du sang coule le long de la jambe de Sam, suite à la morsure infligée par Jackson.

« Sam », murmure Jackson d'une voix lourde de regret. Il s'approche de lui et pose son front contre celui du jeune homme. « Putain. Merci. Je suis désolé.

— Ça va ? » lui demande Sam, ce qui semble être un comble, puisque c'est lui qui est blessé. Mais je sais qu'il demande à Jackson s'il a repris le contrôle.

« Ouais. » Jackson m'attrape le bras et me tourne pour me donner une tape sur les fesses. « Rentre à l'intérieur, femme. Je t'avais dit de ne pas ouvrir cette porte. »

À l'idée qu'une punition m'attend, j'ai des papillons dans le ventre.

« Tu veux que je reste ? demande Sam pendant que j'obéis.

— Non, je suis là. Ça va mieux. Merci, mon frère. » Il parle de manière grave, comme s'il prononçait un vœu très solennel. Je réalise qu'il s'adresse à son frère de meute, et mon corps se couvre de chair de poule.

Jackson entre. Son sexe est gonflé et se balance avec ses pas. C'est une vue incroyable : son regard est sauvage, il sent le pin, la terre et l'air de la nuit. Ses muscles bandés ondulent lorsqu'il me soulève et me pose sur son épaule. Son expression est sombre. Affamée.

« Jackson. *Jackson.* Est-ce que ça va ? »

Il me porte jusqu'à la chambre et me repose sur mes pieds. « Je ne sais pas. À toi de me le dire. Est-ce que ça va, de me désobéir ? » Il déchire le T-shirt que je porte d'un geste sec, puis prend une de mes mèches de cheveux dans son poing et tire ma tête en arrière.

Je suis incroyablement excitée et un chouia effrayée, parce qu'il n'est pas entièrement lui-même. Je discerne une expression de faim vorace sur son visage, une violence contrôlée juste sous la surface.

Il pousse mes pieds. « Écarte les jambes. »

J'obéis.

Sa paume entre en contact avec mon sexe : une tape punitive. « Plus. »

J'écarte un peu plus les cuisses. Il frappe à nouveau mon sexe, me tenant toujours la tête par les cheveux.

« Réponds à ma question : est-ce que c'est bien de me désobéir, chaton ? »

D'un instant à l'autre, je vais lui dire de se calmer, m'assurer que c'est toujours un jeu entre nous. Mais apparemment, je n'en ai pas envie. Ma chatte brûlante implore son contact, et je m'entends répondre : « N-non. »

Une nouvelle tape. Une autre. Ça fait à la fois mal et du bien. *Tape. Tape.* Il continue à frapper mon sexe. Mes jambes commencent à trembler, et je me demande si je peux jouir simplement de cette manière.

Je n'ai pas l'occasion de le découvrir. « Vilaine fille », me murmure-t-il à l'oreille. Sa grande main pétrit mon derrière. Il n'a pas du tout l'air contrarié, seulement extrêmement excité. Séducteur. Il glisse un doigt entre mes fesses et presse contre mon anus.

Je sursaute de surprise et serre les fesses, gênée.

« Je vais devoir t'enculer pour la peine. »

Il lâche mes cheveux, s'approche du lit et dispose des oreillers au centre.

Mes pauvres jambes tremblotantes me portent à peine, mes tripes sont nouées. « Jackson, je ne pense pas... » je m'interromps pour fixer son énorme érection. *Non. Impossible.* « Tu es trop gros. Je ne pense pas que je puisse te prendre. »

Il sort de la chambre, et j'entends résonner un rire

inquiétant. Lorsqu'il revient, il me montre une bouteille d'huile d'olive prise dans la cuisine. « Oh, tu vas me prendre, ma petite. Tu vas me prendre en entier. C'est ta punition. Quand tu désobéis, chaton, tu la prends dans le cul. »

Ça me paraît être une très mauvaise idée. Une terrifiante, merveilleuse et horrible idée. Mais je n'arrive pas à refuser. Mon corps est comme un ressort contracté à l'extrême qui désespère qu'on le détende.

Il me donne une tape sur les fesses. « Allonge-toi sur les coussins, chérie. Que je puisse posséder ce joli petit corps sexy. »

Je laisse échapper un bruit ressemblant à un pleurnichement, mais je me vois obéir. M'approcher lentement du lit et grimper sur les oreillers. Lui présenter mon cul comme sur un plateau.

J'entends un grondement rauque d'approbation. Par-dessus mon épaule, je le regarde enfiler un préservatif et verser une généreuse dose d'huile sur son sexe avant d'en laisser couler le long de la raie de mes fesses.

Il vient se placer derrière moi, une main serrée autour de la base de son membre, l'autre en train de me masser pour étaler l'huile autour de mon anus.

« Désobéir à ton alpha a des conséquences. » Il presse son gland contre mon anus et attend.

Je me contracte à ce contact ; mais un instant plus tard, mes muscles se détendent. Dès qu'ils se relâchent, Jackson avance, pénètre mon petit trou.

Je laisse échapper un cri de lamentation.

Sans cesser de m'écarter, il s'immobilise et attend que je m'habitue. Sa prévenance me rassure. Il a le contrôle. Je me rends ; je laisse mes muscles se détendre complètement. Il me pénètre plus profondément. La sensation d'étirement s'intensifie, puis s'apaise.

« Voilà. C'est le gland. Je suis dedans, bébé. Maintenant, prends le reste. »

Je geins, mais laisse tous mes muscles se relâcher, cambre légèrement le dos et attends.

« Bonne fille », grogne-t-il en caressant mon flanc.

Son approbation déclenche de petites piques de chaleur en moi. Je me cambre encore plus.

« C'est bien, ma belle. Prends tout comme une bonne fille, et j'embrasserai cette petite chatte trempée quand j'aurai fini. » Il commence ses va-et-vient en moi, et un formidable sentiment d'urgence me traverse chaque fois qu'il m'emplit.

Sa queue remplit mes fesses, mais ma chatte est terriblement vide. Je passe la main entre mes jambes pour remédier à la situation. Ma chair est gonflée, méconnaissable même sous mes propres doigts.

Jackson pousse un grondement et m'attrape le poignet pour écarter ma main. « *À moi.* Qu'est-ce que j'ai dit ? Il n'y a que moi qui ai le droit de toucher cette jolie chatte. » Il recouvre mon corps du sien et pose sa main sur mon sexe. C'est exactement ce dont j'ai besoin. Des tremblements commencent à s'emparer de tout mon corps.

« Jackson, je croasse d'une voix que je ne reconnais pas. Jackson, s'il te plaît.

— C'est ça, ma belle. Supplie-moi. » Il accélère le rythme et pilonne mes fesses pendant que ses doigts me baisent par devant. Le plaisir me fait tourner la tête, le besoin de jouir s'empare de tout mon corps. Le chalet semble tanguer.

« Jackson ! » Un cri déchirant emplit la chambre, qui doit être le mien.

Un grognement, puis un rugissement éclate, et Jackson plonge en moi jusqu'à la garde. Je capture ses doigts dans ma chatte, les enfonce plus profondément et les garde là pendant que je jouis avec lui. Les muscles de mon vagin se contractent, mon anus se resserre autour de son énorme membre.

Il se retire trop tôt, en trébuchant en arrière, et je me contorsionne pour voir ce à quoi je m'attends déjà. Ses crocs sont sortis.

Il retire la capote et la laisse tomber par terre. Puis il se jette sur moi.

～

Jackson

J'ai besoin de Kylie encore plus, sinon je vais mourir. J'ai besoin de la posséder de toutes les manières possibles.

Par le ciel, j'ai presque tué Sam tout à l'heure. Mon loup a senti Kylie dans le chalet, et sa détermination à la rejoindre a bien failli être plus forte que moi. Quand Sam a essayé de s'interposer, le loup a cru qu'il voulait me la prendre. Putain, heureusement qu'il a repris forme humaine, sinon la lune m'aurait fait perdre la tête à coup sûr.

Même maintenant, le fait que je vienne de jouir n'apaise en rien le besoin pressant qui bat dans mes veines. Je prie pour que la posséder et la faire jouir apaise assez mon loup pour qu'il ne cherche pas à la marquer.

Je retire les oreillers sous son cul en forme de cœur et la retourne sur le dos. Lui écarte les cuisses. Colle ma bouche sur son sexe. Je la lèche comme si ma vie en dépendait.

Elle est molle au début, encore langoureuse après son orgasme. Mais quand ma langue passe sur son clitoris, sa main trouve mes cheveux et elle pousse un faible gémissement. Je continue. Elle a un goût divin. Je me repais de ses fluides, je la dévore. Je caresse son clito, suçote et mordille ses lèvres.

Elle me tire les cheveux, et des cris rauques montent de sa gorge. Elle est incroyable. Sa manière de s'offrir à moi, si prête à recevoir tout le plaisir que j'ai besoin de lui procurer. Son corps inexpérimenté est infiniment sensible. Je la pénètre avec deux doigts, trouve son point G et le stimule jusqu'à ce que sa chair se contracte et pulse.

« Jackson. *Jackson.* Je t'en prie. Je n'en peux plus. » Ses genoux viennent encadrer ma tête.

Je la pénètre avec mes doigts et ma langue, puis reviens aspirer son clitoris et le tète en glissant trois doigts en elle. Je fais des allers-retours jusqu'à ce qu'elle jouisse pour la troisième fois ce soir. Sa chatte se contracte alors qu'elle pousse un long gémissement déchirant.

J'aimerais que ce soit suffisant. Je sais que j'ai déjà épuisé ma petite humaine. Ma précieuse, magnifique femelle.

Je m'assieds sur le lit et la pose sur mes genoux. Son odeur réveille à nouveau mon côté animal. Je fesse son joli cul, fort et vite. « Bon Dieu, chaton. Le parfum de ton excitation me rend dingue. Je sens toujours quand tu es mouillée. Je l'ai senti dès le premier jour, quand je t'ai touchée dans l'ascenseur. »

Elle gémit, et je comprends que je lui fais mal, mais je suis incapable d'arrêter. C'est trop bon de fesser son cul alléchant, et les petits cris qu'elle pousse ne font qu'alimenter ma frénésie. Mon loup commence à hurler à la lune.

Je la fesse jusqu'à ce que sa peau soit toute rouge.

« Je suis désolée ! » crie-t-elle en pleurant, et je passe une main entre ses cuisses pour recommencer à stimuler son clito. Je continue de donner des tapes, me délectant de voir ses fesses rebondir sous ma main.

« Je ne veux pas que tu sois désolée. Juste que tu te laisses faire. C'est le seul moyen pour que j'empêche mon loup de te marquer. »

Elle se frotte contre ma main, sa chatte trempe mes doigts.

« Tu aimes ça, bébé ?

— *Non... oui... ohhh*, halète-t-elle. C'est trop. C'est trop, Jackson. Je n'en peux plus. »

Je la soulève de mes genoux, mais je ne compte pas m'arrêter là. Je ne peux pas. « Je veux être en toi », je grogne. Je la mets à quatre pattes, forçant son corps épuisé à obéir, puis pousse sa tête contre la couette. Par miracle, je pense à enfiler un préservatif. Je le déroule fébrilement le long de mon érection et plonge dans son sexe brûlant. Mes crocs poussent, plus longs que jamais ; un grondement monte dans ma gorge.

Ne la marque pas. Contente-toi de la baiser.

Compagne, rugit le loup.

Baise-la, c'est tout.

Mes testicules tapent contre sa peau, ma queue entre et sort de sa chatte étroite. Dans cette position, elle me prend en entier, profondément. Je redouble l'intensité de mes coups de reins, mes couilles se contractent.

Elle gémit et geint, ses cris à la fois des pleurs et des expressions de plaisir. Sa chatte toujours mouillée m'accueille malgré la brutalité de mes assauts. Mais c'est nécessaire.

Baise-la baise-la baise-la. Ne la mords pas.

Je jouis à nouveau, en rugissant. Les hurlements de Kylie se joignent aux miens et elle se laisse aller à l'orgasme, masse mon membre avec ses muscles puissants, ce qui me fait éjaculer encore plus de semence. Je frissonne de la tête aux pieds. J'ai à la fois chaud et froid, comme si j'avais de la fièvre.

Kylie laisse échapper un sanglot quand je me retire. Je me débarrasse du préservatif et sens une odeur salée. *Non.* Une larme coule sur son nez.

L'odeur calme immédiatement mon loup. Il bat en retraite en geignant. Le besoin frénétique de m'accoupler qui trouble mon esprit se dissipe. *Oh, par le ciel, ma femelle. Est-ce que je lui ai fait mal ?*

« Chérie, chérie, chérie », je répète d'une voix apaisante. Je la prends dans mes bras, m'allonge sur le lit et la pose contre mon torse. « Tu as mal ?

— Non, pas mal... juste épuisée. » Elle enfouit sa tête sous mon menton, colle son corps fatigué contre le mien.

« Dis-moi que tu vas bien. »

Elle m'embrasse dans le cou. « Oui, je vais bien. Je t'aime. »

Je me fige, et elle se crispe, semblant réaliser ce qu'elle vient de dire. « Enfin, je veux dire...

— Chut. Tu n'as pas intérêt à retirer ce que tu viens de dire, je la préviens en plongeant mon regard dans ses grands yeux bruns. Je t'aime. »

Je ne dis pas *je t'aime aussi*, parce que je ne veux pas qu'elle le prenne comme une simple réponse à son aveu. Je prononce ces mots comme un serment. Putain, je ne sais pas comment être en couple avec une humaine peut fonctionner, surtout si c'est comme ça à chaque pleine lune, mais je compte bien essayer. Je ne la quitterais pour rien au monde.

Et ça signifie que je dois éliminer toutes les menaces qui pèsent sur ma femelle.

« Kylie, je dois savoir ce qui s'est passé au Louvre. »

Elle cligne des yeux, surprise, et essaie de s'écarter. Je

peux littéralement la voir se refermer comme une huître sous mes yeux.

« Attends, ne te braque pas, j'ordonne. Regarde-moi. J'ai besoin de savoir.

— Pourquoi ?

— Tu es en cavale depuis ce jour-là. Et maintenant, tu as été dénoncée. Es-tu en danger ?

— Pas avant sept à dix ans, répond-elle en secouant la tête.

— Raconte-moi.

— C'était le complice de mon père pour le cambriolage du musée. Il l'a trahi. Mon père comptait rendre le tableau à ses propriétaires légitimes, des descendants de la famille juive à qui on l'avait volé pendant la guerre. Mais dès qu'ils ont mis la main sur la toile, il a poignardé mon père et emporté l'œuvre. Il ne savait pas que j'étais avec eux, qu'il y avait un témoin. Ensuite, je me suis cachée par précaution. J'ai pensé que s'il savait où me trouver, il chercherait à me supprimer. Mais assez bizzarement, il a été victime de plusieurs cyberattaques ces dernières années, dont une qui a permis au FBI de réunir assez de preuves pour l'arrêter, révèle ma brave petite guerrière en souriant. Donc je ne cours pas de risque pour l'instant. Jusqu'au jour où il sortira de prison et se lancera à ma recherche. »

Je gronde. *Ça ne suffit pas.* Je me promets d'éliminer complètement cette menace. Mais au moins, je sais qu'elle ne court pas de danger dans l'immédiat.

« Et toi ? demande Kylie en levant le menton. Des gens veulent ta peau ?

— Peut-être, je réponds en passant ma main sur mon front. Si je rentrais chez moi, on chercherait sûrement à m'abattre.

— Pourquoi ? »

Ma gorge se serre. Je pose mon front contre le sien. « Tu ne veux pas savoir, chérie.

— Je t'ai raconté mon histoire. À toi. » Sa voix est ferme, le défi clair dans ses yeux. Ma femelle est une véritable alpha jusqu'au bout des ongles.

« J'ai tué mon beau-père. » La seule personne à qui j'ai parlé de cette histoire est Sam, bien que Garrett soit peut-être au courant s'il a effectué des recherches sur mon passé.

Kylie ne semble pas choquée, ni surprise, et c'est tout à son honneur. Elle me caresse la joue. « Que s'est-il passé ?

— Il était le chef de meute, l'alpha. Un salaud de première classe qui cassait régulièrement la gueule à ma mère. Pas des petites fessées ; de la manière dont un loup impose sa supériorité. Avec ses poings. »

Kylie pâlit, mais reste silencieuse.

« Il a fini par envoyer ma mère à l'hôpital. Les métamorphes guérissent rapidement, donc tu peux imaginer à quel point c'était grave. » Les souvenirs me prennent d'assaut. Je revois ma mère, défigurée et ensanglantée sur le lit d'hôpital. *Je n'y retournerai pas, Jackson,* m'avait-elle dit. *Et tu n'y retourneras pas non plus.*

« Elle ne s'en est pas relevée. Je ne peux que supposer qu'elle ne voulait pas guérir. Ou qu'il l'avait à tel point anéantie qu'elle avait perdu la capacité de se régénérer. » Je n'avais que quatorze ans. Assez grand pour avoir envie de me battre avec mon beau-père, mais trop faible pour être capable de l'arrêter. « Elle est morte trois jours plus tard. Je l'ai regardée sombrer petit à petit dans l'inconscience. Et je... » Ma gorge se noue. Je n'ai pas envie de lui raconter la suite.

Elle caresse mon bras, attend en silence que je continue.

« Je l'ai tué.

— Comment ?

— Ne me pose pas cette question, bébé. Je ne veux pas que tu me voies comme...

— Tu peux me le dire, murmure-t-elle. Ça ne changera rien à ce que je ressens pour toi. »

Mon œil.

« Je suis allé le trouver directement en sortant de l'hôpital. Mes crocs étaient probablement aussi longs que tu les as vus ce soir. Je ne mutais que depuis peu de temps, et je ne contrôlais presque pas l'animal en moi. Mon beau-père m'a entendu gronder dehors ; ce gros fils de pute est sorti sur le porche, les mains sur les hanches. *Quoi ?* a-t-il lâché. *Ta maman t'a envoyé la venger, gamin ? Elle fait toujours semblant de pas pouvoir guérir ?* Tuer un métamorphe n'est pas facile ; en général, c'est possible avec une balle dans la tête. Ou en le décapitant. J'ai repéré une hache plantée dans une souche du jardin, je l'ai ramassée et je me suis jeté sur lui. J'ai crié un truc du genre, *Elle est morte, espèce d'enculé* et j'ai fait tournoyer la hache. Je m'attendais à ce qu'il se défende, peut-être même à ce qu'il me tue. J'avais déjà essayé de le battre et je m'étais toujours pris des dérouillées. Mais il s'est contenté de me regarder approcher, probablement sous le choc en apprenant qu'il l'avait vraiment tuée. Il a muté après coup, mais c'était trop tard. Il est mort en quelques secondes. »

Elle retient son souffle, mais son visage reste impassible. « Ouah. C'est... intense. Je suis désolée, Jackson. Je suis désolée que tu aies vécu des choses pareilles. » Elle lève ses grands yeux de biche vers moi. Ils débordent de compassion.

Pas d'horreur.

Le soulagement m'envahit. Je sens le poids qui pèse sur ma poitrine depuis la mort de ma mère s'alléger. Partager mon terrible secret avec Kylie le rend plus facile à porter.

« Et ensuite, que s'est-il passé ? Tu as pris la fuite ? Toi aussi, tu vis sous une fausse identité ? Tu es recherché pour meurtre dans un autre État ?

— Ouais, je suis parti. Je n'ai pas changé d'identité. Personne n'est jamais venu me demander de comptes. Aucun rapport de police n'a été rempli : je vivais dans une région reculée de Caroline du Nord où toute la ville, y compris le shérif, est métamorphe. En général, les métamorphes règlent leurs affaires entre eux.

— Et tu n'y es jamais retourné ? »

Je secoue la tête. « Jamais. J'ai laissé un demi-frère là-bas. Il était encore tout jeune. Je m'en veux toujours. Mais presque toute la ville était de la famille de mon beau-père. Je savais qu'on prendrait bien soin de lui.

— Alors, c'est pour ça que tu as recueilli Sam. Pour compenser d'avoir laissé ton petit frère. »

À sa remarque, je hausse les sourcils. « Oui, je suppose. »

Elle enfouit sa tête sous mon menton et soupire d'aise. Je n'arrive pas à croire que je suis en train de câliner une humaine. Et rien ne m'a jamais paru si naturel.

Je caresse ses cheveux. « Je ne laisserai personne te faire de mal, chaton. » Même si pour ça, je dois la protéger de moi-même.

CHAPITRE NEUF

Kylie

Le lendemain matin, Jackson me réveille, me fait enfiler un T-shirt et me soulève dans ses bras. « Allez, ma douce. Je te ramène chez moi. » Il me porte jusqu'à sa voiture garée devant le chalet. « Il n'y a pas assez de provisions ici. Et puis, je veux que Sam reste près de toi pour pouvoir te protéger s'il arrive quoi que ce soit. »

J'émets un ronronnement de contentement. J'adore être portée comme si je ne pesais rien. Jackson me dépose délicatement sur le siège passager et boucle même ma ceinture. Depuis quand le grand méchant loup est-il devenu si prévenant ?

Il s'installe au volant et commence à descendre la montagne tout en me jetant des coups d'œil inquiets de temps en temps. « Comment te sens-tu ce matin ? »

Je m'étire, encore mal réveillée. « Bien. Et toi ? »

Il pose une main sur ma cuisse et la fait glisser sur ma chatte nue, effleurant la chair encore tendre du bout des doigts. « Et cette jolie chatte ? Pas trop irritée ? »

À l'idée de discuter de mon sexe avant d'avoir pris un petit-déjeuner, je pique un fard. « Un peu irritée, je reconnais à mi-voix. Mais je ne me plains pas. Je n'ai jamais autant pris mon pied qu'hier soir. »

Jackson fait un petit bruit de gorge. La fierté se mêle à l'incrédulité sur son visage. « Tu étais encore vierge il y a deux jours.

— Et alors ? C'était quand même génial.

— Putain, c'était même *incroyable*. Chérie, je veux que tu saches que je n'ai jamais fait ça avec une autre fille, humaine ou louve. »

Son ton sérieux me fait sourire.

Il relève mon T-shirt – le sien, en fait, mais celui que je porte – jusqu'à ma taille, exposant mon sexe. « Écarte ces jolies cuisses, ma belle. Je veux voir ta petite chatte rose. »

Mon souffle s'affole, mais j'écarte les jambes. Il pose la main sur mon pubis. « Tu te rappelles à qui elle appartient ? »

Je rougis jusqu'aux oreilles.

« À moi. Mais si j'ai été trop brutal avec elle, tu es en droit de bouder un peu, chaton. De me demander de lui faire des bisous magiques quand je rentrerai ce soir. »

Cette simple idée fait gonfler mes tétons et réchauffer mon sexe. J'ai fugitivement l'impression que nous sommes un couple marié dans les années cinquante. Je suis l'épouse dévouée et soumise qui attend qu'il rentre à la maison après une dure journée de travail. Qui lui prépare un apéritif et dénoue sa cravate avant de faire la moue et de lui demander de lécher ma chatte parce qu'il m'a baisée trop fort la veille.

Bon, je m'emballe beaucoup trop. Et du travail m'attend. Du travail important.

Il entre dans son garage et insiste pour me porter jusqu'à

l'intérieur de la villa. « Ta cheville est enflée, et tu ne portes pas de culotte.

— Donc, ce sont les critères pour être portée ? je demande en éclatant de rire.

— Exactement. Maintenant, ne fais pas trop la maline, sinon je me retape ton petit cul avant de partir. Il est irrité, lui aussi ? »

Je passe la main sur mes fesses nues. « Non. » Je n'arrive pas à savoir si je suis contente ou déçue. Il me pose sur le canapé. « Au fait, je ne t'ai pas parlé de ce qui s'est passé hier. J'ai reçu un appel de ton maître-chanteur, celui qui utilise une voix d'ordinateur. Il a déclaré être Catgirl et m'a dit qu'il avait installé un code capable d'effacer toutes les données de sauvegarde de SeCure. Il m'a demandé de transférer cinq cents millions de dollars sur un compte avant minuit si je veux les récupérer.

— Dis-moi que tu as créé une autre sauvegarde des données », dis-je en me redressant immédiatement. Bien sûr que oui. C'est Jackson King, le génie de la cybersécurité.

« Oui. J'en ai même trois. Même mon équipe d'infosec n'est pas au courant. » Il fronce les sourcils, et je comprends qu'il pense que l'attaque vient de l'intérieur.

— Qu'est-ce que tu lui as répondu ?

— D'aller se faire foutre.

J'éclate de rire. « Je crois que c'était aussi ma réponse, au mot près. »

Les yeux rieurs, il se penche pour embrasser mon crâne. « J'ai la situation bien en main, mais je voulais te mettre au courant. Ne me contacte pas. N'utilise pas ton téléphone, on pourrait s'en servir pour te localiser.

— Ouais, ouais, je lâche en levant les yeux au ciel. Tu prêches une convaincue. J'ai écrit le manuel pour disparaître de la circulation.

— D'accord, finit-il par concéder avec réticence. Nourris-toi et pense à te reposer. »

C'est trop beau pour être vrai. Ça me plaît beaucoup trop. La petite voix réaliste dans ma tête m'avertit de ne pas m'y habituer. De ne pas accorder ma confiance. Il m'a déjà dit clairement qu'il ne peut pas être avec une humaine. Et je ne peux pas rester éternellement cachée dans la villa d'un PDG qui fait partie des cinq cents plus grandes fortunes de Forbes.

Je dois arrêter de rêver. Arranger la situation et disparaître. Tant pis si le sexe était génial. Peu importe à quel point je veux que Jackson King me marque, ça ne peut pas arriver.

Ça n'arrivera pas.

Je grignote une tartine en buvant un café et me mets au travail. Je commence par me connecter sur le forum de discussion préféré de Mémé, un forum français d'échanges sur les antiquités. Des années plus tôt, nous avons convenu de communiquer ici si jamais nous étions séparées un jour, mais je ne m'en suis souvenue qu'hier soir. J'espère qu'elle a meilleure mémoire. Je cherche son profil et clique pour lui envoyer un message privé. Même ainsi, je préfère rester prudente. J'écris seulement :

Je te cherche. On peut se voir ?

J'espère qu'elle s'en souviendra.

Je me connecte ensuite sur DefCon, le forum où se retrouvent les hackeurs. Là où, il y a longtemps, j'ai laissé échapper que j'avais piraté SeCure. La personne qui m'a tendu un piège fréquente forcément ce forum. Et maintenant que je l'ai compris, j'ai mis le doigt sur ce que le code du virus a de familier. Si j'arrive à retrouver la conversation à laquelle je pense, j'aurai peut-être découvert mon hackeur.

Ginrummy

Quelque chose cloche. Il aurait dû entendre parler de la demande de rançon. Tout le monde devrait être sur le pied de guerre pour essayer de décoder son virus. Il sait que SeCure n'a pas de sauvegarde de secours. C'est son boulot de gérer ce genre de trucs.

Et les clowns du FBI devraient être dans tous leurs états, eux aussi.

Ce qui veut dire que Jackson n'en a parlé à personne. Pourquoi ça, putain ?

Peut-être par nostalgie, il ouvre le forum DefCon. Il se demande si on parle du piratage de SeCure. Un idiot est probablement déjà en train de se vanter d'en être l'auteur.

Il trouve un message privé dans sa messagerie. Un message de Catgirl.

Son pouls s'affole lorsqu'il l'ouvre.

Ginrummy,

Il faut que je te parle. En personne. Retrouve-moi sur le parking de l'aéroport de Tucson à treize heures. Dans l'allée 7, à l'ombre.

~Catgirl

Son cœur se met à battre trois fois plus fort. Il sait sans l'ombre d'un doute que se présenter au rendez-vous serait une erreur monumentale. Il devrait plutôt prévenir le FBI qu'elle sera là-bas. Mais, et si elle présentait des preuves contre lui au FBI ? Mieux vaut avertir M. X.

Cependant, cette idée ne lui dit rien de bon. Il a désormais compris qu'ils réservent à Kylie le même sort qu'à sa grand-mère. Et, alors qu'il devrait s'estimer heureux de collaborer avec une organisation qui n'hésite pas à se débarrasser des témoins gênants, il n'arrive pas à l'accepter.

Catgirl compte pour lui. Même si ce n'est pas réciproque. Même si ce qu'ils ont vécu était surtout dans sa tête. Il ne se sent pas prêt à abandonner ce fantasme.

Que veut-elle lui dire ? Pourquoi veut-elle le voir ? Comme toujours, il est fasciné par ses moindres gestes et pensées, sa curiosité attirée comme par un aimant. Comment fonctionne cet esprit brillant ? Prépare-t-elle un contre-chantage ?

Elle veut le rencontrer à l'aéroport de Tucson. Compte-t-elle quitter la ville ? Si c'est le cas, il la laissera partir. Qu'elle disparaisse à nouveau, accusée du crime qu'il a commis. Elle veut peut-être juste lui dire qu'elle sait.

Ou alors, elle veut le tuer.

Non. Il ne pense pas que Catgirl soit capable d'assassiner quelqu'un. Elle a des principes, de solides valeurs morales. Il se souvient de leurs longues discussions à propos du bien et du mal ; par la suite, il a compris qu'elle devait être influencée par les activités de ses parents.

Alors, qu'est-ce qu'elle lui veut ?

Merde. La tentation de la voir prend le pas sur la raison. Le besoin de savoir, de revoir la belle hackeuse une dernière fois s'infiltre en lui, l'aspire dans le terrier de lapin des mauvaises décisions.

Il a un pistolet. Il le prendra avec lui au rendez-vous, au cas où elle tente quoi que ce soit. Et il ne préviendra ni le FBI ni M. X pour le moment.

Mieux vaut d'abord découvrir ce qu'elle veut avant de décider comment réagir.

Jackson

C'est toujours un défilé cauchemardesque de relations publiques au bureau. Je passe la plus grande partie de la journée en téléconférence avec le conseil d'administration. La plupart des membres demandent ma démission. Nos actions sont en chute libre et on menace de nous poursuivre en justice.

Et tout ce que je pense, c'est *qu'ils aillent tous se faire foutre.*

Je n'arrive même pas à m'inquiéter de la valeur des actions de SeCure ou à me demander ce que je ferai si le conseil d'administration me vire. Je n'ai qu'une seule idée en tête : découvrir qui a piégé Kylie.

J'essaie de me souvenir qui à part moi sait que Catgirl a piraté SeCure huit ans plus tôt. *Luis.* Quelques membres de l'équipe d'infosec de l'époque. Qui était-ce ? Stu ?

Non, il ne travaillait pas encore ici. Pourquoi ai-je pensé à lui, alors ?

Je me rappelle l'entretien d'embauche de Kylie. Il voulait absolument l'engager. Sur le moment, j'ai pensé que c'était à cause de son physique, de ses seins de Batgirl.

Et si Stu avait organisé son embauche ? Il est capable d'écrire le code qui a infecté notre système : c'est un excellent programmeur. Probablement un hackeur de plus reconverti en professionnel de l'infosec.

Un frisson parcourt ma nuque, et je me lève. Je dois avoir une petite discussion avec lui.

Comme si mes pensées l'avaient fait apparaître, j'aperçois par la fenêtre sa silhouette avachie en train de se diriger vers sa voiture. Ma nuque fourmille toujours ; je sors du bureau et descends les escaliers jusqu'au parking à une vitesse surhumaine. Lorsque j'arrive dehors, sa voiture sort par le portail. Je cours jusqu'à ma Range Rover et saute dedans. Je dois me retenir de faire crisser mes pneus en me lançant à sa poursuite, mais je fais preuve de bon sens et reste à distance. Il roule un long moment. Ce n'est pas une pause déjeuner. Quarante-cinq minutes plus tard, nous nous trouvons au sud de la ville.

Même si je n'ai aucune raison valable de le faire, mon instinct me pousse à le suivre.

Il entre dans une des zones de parking de l'aéroport de Tucson et se gare à l'ombre. Il baisse sa vitre comme s'il s'apprêtait à retrouver un dealeur. Des alarmes se déclenchent dans ma tête. Ce n'est pas normal. Son comportement est plus que suspect.

Je reste dans ma voiture, à quelques véhicules de distance. Un grondement sourd vibre dans ma gorge ; mon loup se prépare au danger.

Pourtant, je reste tétanisé en voyant une motocyclette familière s'arrêter à hauteur de sa voiture. La conductrice brune aux longues jambes a beaucoup trop d'allure sur la moto de Sam. *Putain, qu'est-ce que Kylie fout ici ?*

J'ai l'impression qu'on m'enfonce un clou dans le cœur et qu'on le traverse de part en part. La douleur me coupe le souffle.

Trahi.

Elle était de mèche avec Stu depuis le début ? Un rugissement assourdissant éclate dans mes oreilles. Mon corps ne réagit plus, il reste pétrifié pendant que les pièces se mettent en place. Elle et Stu sont complices. J'ai été terriblement stupide de croire tous ses mensonges. Une cambrioleuse connue, une hackeuse avérée, je l'ai *vue* installer le virus dans mon système, et je n'ai pas compris qu'on me manipulait ? Elle me tenait par les couilles.

Putain, qu'est-ce qui ne tourne pas rond chez moi ? Je pensais avec ma queue, pas avec ma tête, voilà quoi. Des jambes sexy et des seins moulés dans une chemise Batgirl m'ont mené par le bout du nez. Quel putain de crétin.

J'observe la scène, à l'agonie. Elle retire son casque, descend de moto et s'appuie contre le véhicule en croisant ses bras sur la poitrine que j'ai vénérée hier soir.

Je n'entends pas ce qu'ils disent. Même si l'ouïe de mon loup peut détecter leurs voix à travers la vitre, le sifflement dans mes oreilles m'empêche de me concentrer.

Je m'affaiblis, comme si elle m'avait enchaîné avec des chaînes d'argent – la kryptonite des loups métamorphes. Mes forces s'échappent par la plante de mes pieds et s'écoulent de la voiture comme du sang.

Ma bouche s'emplit d'amertume, la trahison brouille ma vision et je vois rouge. Tous mes espoirs se brisent. L'avenir heureux avec Kylie que j'essayais si difficilement de rendre possible disparaît. Les moments que nous avons partagé sont ternis et ma confiance en mon propre instinct vacille.

Comme si j'étais redevenu cet adolescent couvert du sang de son beau-père, je reste paralysé. Je déconnecte.

Kylie

« Tu comptes me tirer dessus avec ce truc ? » je demande à Stu en penchant la tête à travers la vitre ouverte.

Il a un revolver dans sa poche, pointé sur moi. Il est blême et son front est couvert de sueur. « Qu'est-ce que tu veux, Catgirl ? »

— Ma grand-mère. Où est-elle ? »

Quelque chose ressemblant à de la compassion passe sur son visage. « C'est vrai, ils ont enlevé ta grand-mère. Je suis désolé, je ne sais pas. » Il passe sa main libre sur son front. « Je ne savais pas du tout qu'ils feraient une chose pareille. »

Mes tripes se nouent à triple tour. « Qui ça, *ils* ? »

Il hausse les épaules, comme si on parlait de code ou qu'on cancanait sur le patron autour d'un café. « Un des mecs se fait appeler M. X. C'est tout ce que je sais. »

Mes mains deviennent moites. Je sens mes genoux faiblir. « Tu as hacké la plus grosse entreprise de sécurité bancaire du pays pour le compte d'un type qui s'appelle M. X ? Tu l'as déjà rencontré, au moins ? »

Le doute plane dans le regard de Stu un bref instant avant qu'il ne le masque. « On communique depuis plus d'un an. Il a déposé une avance sur mon compte offshore en gage de bonne foi.

— Un compte offshore, hein ?

— Il est impossible à pirater, Catgirl. »

C'est ce qu'on verra. « Tu dois être fier de toi. Tu vas t'enrichir en me faisant porter le chapeau », je lâche avec un regard plein de mépris.

À nouveau, une expression de regret se lit sur son visage. « Quitte la ville, Catgirl. Tu peux encore t'en aller. Ils ne te retrouveront jamais, tu es la meilleure pour passer entre les mailles du filet. C'est une des raisons pour lesquelles je t'ai choisie. Ça ne changera pas beaucoup les choses par rapport à ta vie d'avant. Disparaître et endosser une nouvelle identité, c'est ce que tu sais faire le mieux. »

Je dois être folle, parce que je comprends son raisonnement. « Tu dois me dire où est ma grand-mère.

— Je regrette, je ne sais vraiment pas. Mais si j'étais toi…

je n'attendrais pas. » Encore une fois, il a presque l'air désolé pour moi. « Quitte la ville pendant que tu peux. »

Je jette un regard en coin à son pistolet. C'était stupide de ma part de venir sans arme, mais j'avais besoin de le regarder dans les yeux et de l'entendre assumer ses actes. Il est en train de me dire que ma grand-mère est morte. Mes mains se mettent à trembler – à cause de la colère ou du choc, je ne suis pas sûre. De toute façon, je ne peux rien y faire. Pas alors que Stu a un flingue et que je n'ai absolument aucun moyen de me défendre. De plus, je n'ai jamais eu recours à la violence. J'ai toujours préféré les cyberattaques. S'il pense que son argent va rester sagement sur son compte offshore, putain, il se fourre le doigt dans l'œil.

J'acquiesce avec raideur. « D'accord.

— D'accord ? Tu vas quitter la ville ? » demande-t-il avec un soulagement évident.

Je hausse les épaules. « Je n'ai pas vraiment le choix, si ?

— Tu as raison. » Il remonte sa vitre, et je le suis des yeux alors qu'il s'éloigne. J'ai envie de balancer le casque de Sam dans son parebrise arrière, de prendre sa voiture en chasse, de le tirer hors du véhicule et de m'asseoir sur sa gorge jusqu'à ce qu'il me dise où est Mémé, mais je reste impuissante. Exactement comme quand mon père s'est fait assassiner sous mes yeux et que je n'ai rien pu faire pour le sauver. Que je n'ai rien fait pour le sauver.

Je me suis toujours demandé ce qui serait arrivé si je m'étais lancée à la poursuite de son complice cette nuit-là au lieu de rester cachée comme une gosse terrifiée. Il avait déjà assassiné mon père, mais j'aurais peut-être pu trouver un moyen de le tuer ? Est-ce que c'était la chose honorable à faire, au lieu de rester cachée et de me venger de manière sournoise ? De manière honteuse ?

Et là, je fais la même chose. Je laisse Stu partir alors qu'il a avoué à demi-mots que Mémé a été assassinée.

Une portière qui claque non loin me fait tourner la tête. Ma gorge se noue quand je vois la silhouette qui fonce vers moi.

Jackson.

Sa grande main se referme autour de ma gorge.

« Jackson », je tente d'articuler malgré la terreur pure qui m'envahit. Ses yeux sont bleu glacé, inhumains.

Il capte ma peur, et son expression change. La fureur s'efface, remplacée par une douleur brute.

« Alors, dit-il en approchant son visage tout près du mien. Tu étais la complice de Stu depuis le début. Tu m'as vraiment pris pour un con, hein ?

— Non, je souffle, tu ne comprends pas. Je suis venue...

— Ferme-la », lâche-t-il en me secouant comme un prunier. Il ne desserre pas sa prise autour de mon cou, et je me retrouve sur la pointe des pieds. « Je n'ai qu'à serrer un peu plus pour te broyer la gorge. Ou te briser la nuque. Qu'est-ce que tu préfères ? » Sa voix a une tonalité tranchante que je n'ai jamais entendue. Elle me terrifie. Je me rappelle qu'il a déjà perdu le contrôle de son loup et tué son beau-père avec une hache. Qu'il chasse dans les montagnes et donne libre cours à sa nature animale. La violence lui est familière.

« Non. » J'ai du mal à parler à cause de ses doigts qui coupent partiellement ma respiration et de ma panique qui monte. L'étranglement réveille ma claustrophobie.

Des larmes commencent à couler au coin de mes paupières.

Ses narines se dilatent et il me lâche brusquement, l'air horrifié. Il passe sa main dans sa chevelure. « Casse-toi d'ici.

Disparais de ma vue avant que je te fasse mal. Tu n'es pas en sécurité près de moi.

— Je ne suis pas la complice de Stu », je croasse, la gorge meurtrie par la pression de ses doigts.

Il se jette à nouveau sur moi et recouvre ma bouche de sa main. « Plus de mensonges de cette jolie petite bouche. Ça suffit. *Casse-toi.* »

Il prend le casque dans ma main, l'enfile sur ma tête et boucle même l'attache. Il s'assure qu'il est bien serré puis colle sa bouche sur la mienne.

Je gémis contre ses lèvres. L'espoir renaît en moi. Il ne me quitte pas, il va m'écouter ; mais il pousse un gémissement d'homme brisé et lorsqu'il s'éloigne, il ne pose même pas les yeux sur moi.

Un baiser d'adieu.

Putain.

Voilà ce que c'était. Ça me laisse sur le carreau.

Il s'éloigne sans un mot de plus.

J'ouvre la bouche pour l'appeler, pour m'expliquer, mais mes larmes m'étranglent, immédiatement suivies par la colère qui me protège de ce genre de blessures.

Un cœur brisé.

Il aurait dû me laisser une chance de m'expliquer. Pourquoi me laisser le bénéfice du doute depuis le début pour décider de croire *maintenant* que je suis contre lui ? Maintenant, alors que je suis déjà éperdument amoureuse de lui ? Maintenant, alors que je suis tout autant incapable de vivre sans lui que je suis incapable de vivre sans Mémé ?

Les joues striées de larmes, j'enfourche la moto de Sam et démarre. Je n'ai nulle part où aller, aucune piste à suivre. Stu a raison. Je ferais mieux de quitter la ville pendant qu'il en est encore temps.

Alors, pourquoi préférerais-je plutôt me couper le bras ?

〰

Jackson

Pendant le trajet de retour jusqu'au bureau, je mets un long moment avant de réaliser que mon téléphone sonne. Je regarde l'écran.

Garrett.

Parce qu'il ne m'appelle que rarement et que ça concerne certainement la meute, j'accepte l'appel. « Allô, King à l'appareil.

— C'est Garrett. Dis-moi, tu connais une fille qui s'appelle Kylie ? »

Ma vision redevient nette et le rugissement dans mes oreilles disparaît, mon attention concentrée à l'extrême.

« Et alors ? je lâche sèchement.

— Donc, tu la connais ? »

J'attends en serrant le volant de toutes mes forces, prêt à l'arracher.

« Une vieille féline métamorphe est arrivée ici ce matin. Elle a reçu quatre blessures par balle, y compris une au crâne qui aurait dû la tuer. Elle n'a pas pu muter pendant une journée, mais elle a fini par réussir à venir jusqu'à chez moi. Elle est très secouée et déshydratée.

— Une féline métamorphe ? je répète, mon cerveau tournant à cent à l'heure.

— Ouais, Jacqueline Dumont. Tu la connais ?

— Quel rapport avec Kylie ? je demande entre mes dents serrées, rongé par l'impatience, même si je connais déjà la réponse.

— Elle dit qu'elle est sa grand-mère, que Kylie travaille pour toi et qu'elle est en danger. Est-ce que c'est la femme qu'on voit partout aux infos, celle qui a piraté ton entreprise ?

— Merde. Oui. Où est-elle maintenant, la grand-mère ?

— Chez moi.

— J'arrive tout de suite.

— Elle est sous ma protection, me prévient Garrett.

— Je ne compte pas lui faire de mal », je hurle presque dans le téléphone avant de le jeter sur la banquette.

Le centre-ville n'est pas très loin. Je prends des routes qui devraient m'être familières, pourtant j'ai l'impression de me trouver dans une ville inconnue. Je tourne et retourne la nouvelle information dans mon esprit. Kylie a réellement une grand-mère. Qui a reçu plusieurs coups de feu. Si elle n'était pas métamorphe, elle serait certainement morte.

Et surtout, la grand-mère de Kylie est une féline métamorphe ? Mais alors, Kylie aussi ? Impossible. La terreur qu'elle a ressentie en me voyant muter n'était pas simulée. Mais comment peut-elle avoir une grand-mère métamorphe et ne jamais avoir entendu parler des loups ?

Une autre pensée se présente, accompagnée de chaleur et de fourmillements. Kylie a du sang de métamorphe. Pas étonnant que mon loup la veuille pour compagne. Et ça veut dire qu'elle aurait probablement survécu à ma marque.

Mais tout a changé. Je viens de voir Kylie avec Stu, ce qui prouve qu'elle était de mèche avec lui depuis le début.

Cependant, maintenant que ces nouvelles informations m'ont tiré de ma stupeur, le doute s'installe. Peut-elle avoir eu une autre raison pour rencontrer Stu ?

Je me gare devant l'appartement de Garrett, sors de la voiture et m'engouffre dans l'ascenseur. Je sors à son étage. Les odeurs des métamorphes (des loups et, oui, le parfum distinctif d'un félin aussi) envahissent mes narines.

Je frappe à la porte. Un des colocataires de Garrett vient ouvrir et s'écarte avec déférence pour me laisser entrer. La vieille dame est installée sur le canapé, pâle et faible. Elle porte un des T-shirts du loup, beaucoup trop grand pour elle.

Elle se redresse lorsque j'entre et me dévisage de ses yeux dorés scintillants. « Où est-elle ? » demande-t-elle avec un fort accent français.

Je plisse les yeux. Me faire interroger n'est pas dans mes habitudes, et encore moins par quelqu'un que je viens de rencontrer.

« Jackson, je te présente Jacqueline, déclare Garrett en sortant de la cuisine.

— Je peux la sentir sur vous. Où est Minette ? insiste Jacqueline.

— Je ne connais pas de Minette. »

Elle a un mouvement d'impatience et essaie de se lever ; mais c'est manifestement trop d'efforts, car elle s'effondre mollement sur le canapé. « Ma petite-fille, Kylie. Elle m'a dit qu'elle travaille pour vous. Elle a des ennuis. »

Je tire une chaise et m'assieds près du canapé. « Oui, Kylie a des ennuis, c'est vrai. Elle a volé des centaines de millions de dollars à mes clients.

— Pfft, souffle-t-elle en secouant la main. Bien sûr que non. Ces hommes l'ont fait », dit-elle en désignant une plaie sur son crâne, là où elle a dû recevoir la balle. Ses cheveux sont en train de repousser et la blessure s'est refermée, mais elle a eu beaucoup de chance d'en réchapper.

Les remparts protecteurs que j'ai passé les quarante dernières minutes à ériger vacillent, comme ébranlés par un tremblement de terre.

C'est un moment charnière. Soit je continue de croire Kylie et son histoire, comme je l'ai fait depuis le début, soit

je m'accroche à ma nouvelle et intolérable conviction qu'elle
m'a trahi.

Si Kylie était la complice de Stu, une veille Française ne
serait pas assise sur ce canapé avec des blessures par balle,
non ? Une femme âgée qui ressemble énormément à ma
petite hackeuse. Impossible de ne pas reconnaître ces
hautes pommettes et la forme de sa bouche.

Ce qui veut dire que... *j'ai commis une terrible erreur.*

Pour la deuxième fois en moins d'une heure, mon cœur
hésite. S'arrête. Puis se remet en marche.

Par le ciel, j'ai abandonné Kylie face à ses ennemis.

C'est impardonnable. Je déglutis avec difficulté. « Racon-
tez-moi ce qui vous est arrivé. »

Elle me regarde un moment de ses grands yeux dorés,
comme pour décider si je suis digne d'entendre son histoire.
J'ai dû réussir le test, parce qu'elle finit par répondre : « Des
hommes sont venus chez nous. De différentes nationalités.
À leurs accents, je dirais un Irlandais, un Américain et deux
Allemands. »

Je me penche en avant, lui accordant toute mon
attention.

« Je revenais de l'épicerie. La voiture de Minette était
garée dans l'allée, mais aucune lumière n'était allumée dans
la maison. Ils m'ont eue par surprise : ils attendaient à l'intérieur. Ils m'ont droguée avant que je puisse muter pour me
défendre. »

Quelle surprise ç'aurait été pour ces hommes si la vieille
dame s'était transformée et les avait attaqués. Dommage
qu'elle n'en ait pas eu l'occasion.

« Comment vous êtes-vous échappée ? »

Elle pousse un grognement et sa main expressive se pose
sur son front. « Ils me droguaient continuellement. Je ne
pouvais pas me défendre. Chaque fois que je me réveillais,

ils enfonçaient une autre seringue dans mon cou, dit-elle avant de frotter une zone sous son oreille gauche. Et ensuite, ils m'ont emmenée dans le désert et m'ont criblée de balles. Ils ont dû me croire morte, et sont partis. Dieu merci, ils étaient trop fainéants pour m'enterrer. » Avec un effort visible, elle fait pivoter ses jambes pour me faire face. « Je vous ai raconté mon histoire. Maintenant, dites-moi où est ma Minette. »

Elle fait preuve de la même détermination que j'ai observée chez Kylie. Mon cœur se serre douloureusement.

Je me passe la main sur le visage.

« Je viens de lui dire de s'en aller. Je croyais qu'elle m'avait trahi. »

Jacqueline m'examine. Elle doit sentir ma détresse, parce qu'une lueur de compréhension passe dans son regard. « Vous tenez à ma Minette ? »

J'acquiesce. Comment ai-je pu être aussi stupide ? Le loup savait, lui, depuis le début. J'aurais dû me fier à mon instinct. Pour me distraire de la souffrance qui m'écartèle, je demande : « Quel genre de félin êtes-vous ?

— Une panthère.

— Kylie n'est pas au courant ?

— Non. Ma Minette n'a jamais manifesté sa nature métamorphe. Sa mère est morte quand elle était toute petite et elle a grandi loin de moi. Son père savait comment me contacter si elle présentait des signes de mutation, mais ce n'est jamais arrivé. Nous vivons ensemble depuis le meurtre de son père, mais elle n'a jamais eu besoin de moi. Jusqu'à maintenant. » Elle me dévisage, et je ne sais pas si elle fait référence aux hommes qui lui veulent du mal ou à moi.

« Elle est à moitié métamorphe, ou seulement un quart ?

— À moitié. Sa mère était une panthère. »

J'ai la chair de poule. *À moitié métamorphe.* Pas étonnant que mon loup la désire.

Compagne.

Je ne pensais pas parler à voix haute, mais c'est ce qui a dû se produire ; la curiosité fait scintiller les yeux de Jacqueline. « Elle sait ce que vous êtes ?

— Oui. Elle a vu mes crocs quand le loup a voulu la marquer. »

La vieille femme change de position sur le canapé et malgré sa fragilité évidente, ses mouvements m'évoquent la grâce d'un félin. « Tu l'as marquée, loup ? »

J'ai tout à coup l'impression d'être un jeune blanc-bec se faisant interroger par les parents de sa copine. Je réponds, un peu honteusement : « Non. Mais je lui ai fait peur. »

Les yeux de Jacqueline luisent de cet éclat surnaturel propre aux chats. Je n'arrive pas à savoir ce qu'elle pense.

« Jacqueline, venez chez moi. Je vous protégerai et nous retrouverons Kylie ensemble, dis-je en me penchant vers elle.

— Non, répond-elle sans la moindre hésitation. Je refuse de vous servir d'appât pour attirer ma petite-fille. Je suis en sécurité ici. Si Kylie désire vous voir, elle vous contactera. Garrett peut me protéger. »

Le nœud dans ma gorge se resserre. C'est comme si cette femme savait que je ne mérite pas de revoir Kylie. J'ai tout gâché – je l'ai mise en danger et j'ai refusé de la croire, alors qu'elle a placé sa vie entre mes mains plus d'une fois.

Je grommelle un juron à voix basse, non pas dirigé contre Jacqueline mais contre moi-même. Je note mon numéro de portable sur une de mes cartes de visite et la lui tends avant de me lever. « S'il vous plaît, contactez-moi si vous avez de ses nouvelles. Dites-lui que je suis désolé et que j'ai fait une erreur. Je ferai n'importe quoi pour l'aider. J'en fais le serment. »

Je prends le temps de serrer la main de Garrett et des membres de sa meute avant de partir, mais mes gestes sont saccadés. Mécaniques. Je suis déjà à des kilomètres d'ici, à la recherche de ma compagne. En train de me demander comment j'arriverai à me faire pardonner un jour.

Kylie

J'abandonne la moto de Sam dans le centre-ville, me rends dans le quartier de Miracle Mile et prends une chambre dans le motel No-Tell, un établissement où il est possible de payer en liquide et de louer à l'heure. Le téléviseur dans ma chambre diffuse du porno. Génial. Super atmosphère. J'éteins le poste et sors mon ordinateur portable.

Je meurs d'envie de me plonger dans le code. Non, je me meurs en général. Je ne m'étais pas sentie si perdue, si détruite, depuis que mon père est mort. À l'époque, c'est Mémé qui m'a donné une raison de continuer à vivre. Si elle n'est plus là...

Non. Je ne peux pas penser comme ça. Mes tripes me disent qu'elle est toujours vivante, et je dois me fier à mon instinct. Elle est coriace, malgré son âge.

Donc, mon nouveau plan est de retrouver Mémé et de quitter la ville. Mais ce plan est tout sauf solide ; j'ignore si je serai un jour réunie avec ma grand-mère, et ça me brise le cœur. De plus, quitter Jackson en le laissant penser le pire à mon sujet est inimaginable. D'un côté, je lui en veux terriblement de ne pas m'avoir crue ; après ce que nous avons fait hier soir, il pense que je le manipulais ?

Mais c'est peut-être pour ça qu'il a été blessé si dure-
ment. Il n'est pas du genre à faire confiance facilement ni à
beaucoup de monde. Hier soir, il m'a confié son souvenir le
plus douloureux. En me voyant avec Stu, il a dû ressentir
une trahison sans égale. Mais comprendre sa réaction
n'amoindrit pas la blessure que sa méfiance a causée. Son
attitude à l'aéroport m'a réduite en miettes.

Malgré tout, je dois arranger les choses. Je ne lui laisserai
pas croire que j'ai détruit l'entreprise qu'il a passé sa vie à
développer. Que je l'ai volé.

Et même si je me fichais de Jackson et de SeCure, je dois
faire payer ces connards pour m'avoir mêlée à leur plan
cupide. Y compris Stu.

Je commence à remonter la trace de l'argent volé. Le FBI
finira aussi par le faire, mais d'ici-là, il aura été déplacé
depuis longtemps.

Je dois hacker cinq banques différentes, ce qui me prend
le reste de l'après-midi, mais je finis par retrouver la trace
des transactions.

Bingo.

Je pousse un rire diabolique en inversant toutes les transactions pour remettre l'argent où il a été pris. La plupart de
ces comptes sont gelés ou bloqués et seront annulés, mais
au moins, l'argent sera intouchable pendant que les
banques déterminent où il est censé aller.

Prends ça, M. X. Prends ça, Stu. Piéger Catgirl était votre
plus grosse erreur.

Lorsque la lumière du jour décline, je fais une pause et
consulte le forum de Mémé. Un message attend dans ma
boîte de réception. Je saute de joie.

Minette, je suis avec des amis. Appelle-les au 520-235-5055.

Mon cœur bat à tout rompre. Je n'ose pas me servir de
mon téléphone, aussi j'ouvre une ligne vocale via Internet

et compose le numéro. Une voix masculine répond.
« Allô. »

J'hésite ; je ne sais pas à qui je m'adresse ni si je peux
parler librement.

« Allô ?

— Je peux parler à Jacqueline ?

— Ah. Elle attendait votre appel. » Il ne dit rien de plus,
et j'entends bientôt la voix de Mémé. « Minette ! Dieu merci.
Cette ligne est sécurisée, on peut parler ?

— Oui. Où es-tu ?

— Je suis dans le centre-ville, avec la meute de loups de
Tucson. »

Je répète les mots dans ma tête, mon cerveau refusant
d'enregistrer l'information. « Tu as bien dit *meute de
loups* ?

— Oui. Je suis désolée de ne jamais t'en avoir parlé,
Minette. Je suis une métamorphe – une panthère. Ta mère
aussi. »

J'ai eu trop de surprises aujourd'hui, je n'arrive plus à
assimiler les évènements. Les bras m'en tombent. « Qu-
quoi ?

— Où es-tu, Minette ? »

Minette. Le sobriquet que les Français donnent aux
chats. Elle m'a toujours appelée ainsi... *parce qu'elle est un
félin.* Mon esprit fait des cabrioles alors que je prends lentement conscience de ce qu'elle vient de me dire. « Ma
mère ? » Ma voix se brise.

« Oui, ta maman aussi. C'est pour ça que ce loup est
attiré par toi. Où es-tu, ma douce ?

— Pas loin du centre-ville. Tu es blessée ? Qu'est-ce qui
s'est passé ?

— J'étais blessée, mais ça va déjà beaucoup mieux. »

Mon esprit recommence enfin à fonctionner. « On doit

quitter la ville au plus vite, dis-je en me levant et en prenant mon sac à dos en cuir.

— Tu es sûre ? » Mémé a un ton cajoleur, comme si elle cherchait à m'amadouer, sans que je comprenne pourquoi. « Ton loup vient de partir. Il a dit qu'il était désolé et qu'il voulait t'aider. »

Le poids qui comprime ma poitrine s'allège. Je ressens un intense soulagement, immédiatement suivi par la colère. Mon côté entêté prend le dessus. Il n'a pas le droit de retourner sa veste si vite. Je lui fais un doigt d'honneur dans ma tête. Il n'est pas mon chevalier servant. C'est moi qui suis en train de sauver son cul. Je vais m'en tenir à mon plan : inverser les transactions financières, rendre les millions volés et disparaître de la circulation.

Si Jackson veut me demander pardon à genoux quand tout sera terminé, je le laisserai peut-être faire. On verra.

« Mémé, dis-moi où te rejoindre. »

Elle repasse le téléphone à son propriétaire, et le jeune homme me donne l'adresse d'un des lotissements chics du centre-ville avant de toussoter.

« Votre grand-mère a besoin de vêtements propres. »

Mes bras se couvrent de chair de poule lorsque j'entends ça. « Je lui apporterai des vêtements », je promets.

J'étudie mes possibilités. Je suis à pied depuis que j'ai abandonné la moto de Sam. Je pourrais appeler un taxi ; je pourrais hacker Uber et créer un faux compte. Mais, pour une raison que j'ignore, je n'ai pas envie d'enfreindre la loi. J'ai peut-être besoin de prouver que je ne suis pas la criminelle pour laquelle me prend le monde entier.

Les habits de Mémé sont dans notre maison à quelques kilomètres d'ici. Elle sera surveillée par le FBI. Et par M. X ? Sans doute.

Merde. Mon sac de voyage est déjà prêt, posé sur mon lit.

L'idéal serait de passer le chercher en vitesse et de prendre des affaires pour Mémé. J'ai peut-être simplement besoin d'une diversion.

J'appelle un taxi, puis en attendant son arrivée, j'appelle la police et leur dis qu'un violent cambriolage est en cours dans la maison située en face de la mienne.

Je demande au taxi de me déposer à l'entrée de mon quartier et passe par la ruelle derrière chez moi en prenant soin de rester cachée dans l'obscurité. Des sirènes venant de plusieurs directions approchent en hurlant de la maison de mes voisins. Je monte les marches de mon porche arrière sur la pointe des pieds et utilise la clé dissimulée dans la bouche d'une grenouille en porcelaine dans le jardin pour déverrouiller la porte.

Je ne suis pas à l'aise dans la maison. Des gens sont entrés à l'intérieur. Je ne peux pas expliquer comment je le sais, mais j'en suis certaine. Ce n'est pas surprenant. La police a sûrement déjà fouillé l'endroit. Je me déplace dans le noir sans allumer la lumière. Je récupère mon sac de voyage puis vais chercher des affaires dans la chambre de ma grand-mère. J'entends le pistolet s'armer juste avant qu'une main ne recouvre ma bouche, et un coup violent s'abat sur mon crâne.

Jackson

Je ne me suis jamais senti aussi impuissant. J'ai tout fait foirer avec Kylie, mon entreprise est au fond du trou. Il est plus de minuit et je suis en train de tourner en rond dans mon bureau, incapable d'établir une stratégie pour arranger la situation.

J'ai parlé à l'agent Douglas de mes soupçons sur Stu, même si j'ai préféré omettre de mentionner sa rencontre avec Kylie. Je ne pouvais pas vraiment lui parler de la grand-mère de Kylie non plus. Étonnamment, je doute que : « J'ai vu la vieille dame, mais il s'avère que c'est une métamorphe, donc les balles ne lui ont rien fait » passe comme une lettre à la poste.

Mon téléphone portable sonne.

Garrett.

J'accepte l'appel. « King, dis-je d'une voix étranglée.

— La petite-fille de Jacqueline était censée passer la chercher il y a plusieurs heures. La vieille panthère pense qu'il lui est arrivé quelque chose. »

Mon sang se glace. Je jure si fort que les fenêtres tremblent.

« Je sais, mon frère.

— Où était-elle ? Quel était le plan ?

— Elle n'a pas dit où elle se trouvait. J'ai essayé de rappeler le numéro avec lequel elle nous a contactés, mais ça sonne dans le vide et ça raccroche. Elle devait nous rejoindre ici. Je lui ai dit d'apporter des habits pour Jacqueline parce que les siens sont couverts de sang. C'était vers dix-neuf heures. »

Je mute partiellement. Mon loup réclame le sang de ses ennemis. Je lutte pour m'accrocher à ma nature humaine, mais quand je parle, ma voix n'est plus qu'un grondement. « Je vais aller voir chez elle. Tiens-moi au courant. » Je raccroche sans attendre sa réponse.

Je maudis les locaux de mon entreprise de se trouver si éloignés de la maison de Kylie. J'aimerais muter et courir jusque là-bas, mais je n'ose pas perdre de temps ; chaque seconde est précieuse. Je prends donc ma voiture, et manque de réduire le volant en miettes entre mes doigts.

Deux agents fédéraux montent la garde dans un van garé devant la maison. Je tape contre la portière en passant à côté et m'approche de la porte d'entrée. Je capte de nombreuses odeurs humaines ; des hommes. Rien de frais. Je fais le tour de la maison. J'aimerais muter, mais n'ose pas. Ce n'est pas grave. Même sous ma forme humaine, mon nez reste plus développé que l'odorat de la plupart des humains. Je capte une trace de l'odeur de Kylie près de la porte arrière. Son odeur *récente*. J'essaie la poignée : la porte n'est pas verrouillée.

Je n'ai aucun mal à suivre son parfum jusqu'à une chambre. Je repère aussi l'odeur d'un homme, ce qui me terrifie. Ce n'est pas Stu – un autre humain. Et une odeur de poudre.

Putain.

Kylie a été attaquée. *Bordel de merde.* Bon sang, pourquoi a-t-elle pris le risque de revenir ici ? Elle aurait dû savoir ce qui l'attendrait.

Je sors de la maison en claquant la porte, lève le nez au vent et inspire profondément pour essayer de découvrir où il l'a emmenée. Ils ne sont pas passés par la porte d'entrée, je l'aurais senti. Et les agents les auraient vus. Je capte une trace de leurs deux odeurs dans la ruelle derrière la maison, puis elle disparaît. Une voiture devait les attendre.

Bon sang de bois, ça ne pourrait pas être pire. Je sors mon téléphone et appelle Garrett pour lui dire ce que j'ai découvert.

Putain de merde. S'il lui arrive quoi que ce soit, je vais égorger tous les humains mêlés à cette affaire, même ceux que je *soupçonne* seulement de l'être.

Pour la énième fois, je me maudis de ne pas l'avoir crue. De l'avoir abandonnée seule face au danger.

Kylie. Mon chaton. Toute seule, en danger de mort.

Je lève la tête vers la lune et retiens à grand-peine un hurlement de rage et de désespoir.

Kylie

Je suis enfermée dans le coffre d'une voiture en marche, les mains attachées par du gros scotch. Une autre bande couvre ma bouche. Je suis en train de m'étouffer avec ma propre salive. Je halète frénétiquement pour essayer de respirer, mais mes narines se bouchent et m'empêchent d'y parvenir.

Des étoiles dansent devant mes yeux. Le coffre tourne autour de moi.

Arrête, sinon je vais devoir recommencer à te tripoter.

J'ai dû m'évanouir, parce que j'entends la voix de Jackson. Je me force à me souvenir de la sensation de ses mains fermement pressées contre mon sternum.

Ma respiration s'apaise progressivement, et j'arrive enfin à inhaler de l'air.

J'imagine Jackson allongé derrière moi dans le coffre, ses grands bras autour de moi, ses paumes posées au centre de ma poitrine.

C'est un point qui apaise.

Comme dans l'ascenseur, le calme s'installe en moi. L'impression de sécurité que je ressens toujours quand je suis avec Jackson. La sensation de foyer, d'appartenance.

Bien sûr, je sais que je ferais mieux de l'oublier ; mais à cet instant, autant penser à Jackson si ça peut me réconforter.

La voiture roule sur du gravier, ralentit et s'arrête. Je me raidis, me préparant au combat. Je projette mon pied dès que le coffre s'ouvre, mais l'homme évite mon coup et m'envoie son poing dans la figure. Une douleur intense explose dans ma joue, brisant le peu de concentration que j'avais réunie.

Je suis à bout de forces. La nausée monte dans ma gorge, le désespoir me submerge.

Le type me tire hors du coffre. Nous nous trouvons devant une sorte d'entrepôt. Il me traîne à l'intérieur, où un groupe d'hommes est rassemblé, y compris Stu qui est assis devant un ordinateur posé sur une table. « Regardez qui s'est pointé chez elle », dit mon agresseur d'une voix traînante.

Je jette un regard mauvais à Stu, qui ose avoir l'air malade de me voir.

« Putain, c'est la première bonne nouvelle de la journée, lâche un homme avec un fort accent anglais. Fais-la asseoir ici. » Il montre la chaise à côté de Stu. « Quelqu'un a inversé toutes les transactions effectuées avec les cartes piratées. Stu travaille dessus, mais combien tu paries que cette petite hackeuse a quelque chose à voir là-dedans ? »

J'ai envie de rétorquer *et pas qu'un peu*, mais je ne suis pas suicidaire.

On me jette sur la chaise, et je regarde l'écran par-dessus l'épaule de Stu. Il me jette de petits coups d'œil. Il a l'air désespéré. Et mort de trouille.

On dirait que Stu s'est fait dépasser par la situation. Je devrais m'en réjouir, mais son malheur ne m'apporte aucune satisfaction. Que le seul type à moitié de mon côté soit en mauvais termes avec le reste de l'équipe ne m'aide pas beaucoup.

« Et si on lui coupait les doigts pour l'empêcher de hacker une bonne fois pour toutes ? » La phrase provient du fond de la pièce, d'un des quatre hommes appuyés contre des containers en train de fumer des cigares et de discuter à voix basse.

« La ferme. Si on lui coupe les doigts, elle ne pourra pas résoudre notre problème. » Le type à l'accent anglais s'approche de moi. « Dommage qu'on ait déjà réglé son compte à la vieille. Elle aurait été un bon moyen de pression », remarque un autre homme parmi ceux appuyés contre les containers.

J'essaie de rester impassible malgré ma joue qui brûle là où le type m'a frappée. Je fais comme si j'étais à SeCure pour mon premier jour, et non retenue sous la menace dans un entrepôt. Je croise les jambes et me penche vers Stu. « Bon, qu'est-ce qui se passe ? »

L'Anglais saisit mes cheveux et me tire la tête en arrière si violemment que mes dents s'entrechoquent. « C'est toi qui as annulé les transactions ? »

Je lui sers mon meilleur regard renfrogné. « Pourquoi j'aiderais SeCure ? Jackson King me croit responsable du piratage. »

Il me gifle, ravivant de plus belle la douleur de l'hématome sur ma joue. « Fais-le entrer dans le système », ordonne-t-il.

Je secoue mes doigts attachés dans mon dos. « J'ai besoin d'avoir les mains libres.

— Fais sans. Donne-lui les instructions, c'est lui qui va le faire. »

Merde.

J'ignore l'Anglais et concentre mon attention sur Stu. « Bon, tu en es où ? »

Il essaie maladroitement de pirater SeCure, d'une manière que nous savons tous deux vouée à l'échec. Je réalise qu'il n'essaie peut-être pas vraiment. Il doit se douter qu'ils se débarrasseront de lui dès qu'il ne leur sera plus utile.

« Aide-le », ordonne l'Anglais en me tirant à nouveau les cheveux.

Je m'autorise un élan de colère. « Écoute, connard. Tu sais comment ça marche, le piratage informatique ? On ne sait jamais ce qui va fonctionner. On le découvre à force d'expérimenter. Tu continues de tenter des trucs, jusqu'à ce que ça marche. Si tu veux que j'aide Stu, j'ai besoin de mon propre ordinateur et de mes mains. Me demander de regarder par-dessus son épaule, ça ne fait que nous ralentir tous les deux.

L'Anglais se tourne vers Stu, qui hausse les épaules. « Elle a raison. »

J'avais un petit espoir qu'ils me donnent mon ordinateur, mais il détache tout de même mes poignets et me fourre un autre ordinateur portable dans les mains. Bien que je porte toujours la même minijupe, je pose une cheville sur mon genou pour improviser une zone plane et ouvre l'ordinateur.

J'ai passé toute la semaine dans le système depuis l'ordinateur de Jackson, et j'en ai profité pour me créer un accès, grâce auquel j'ai pu retransférer l'argent aujourd'hui. Je ne l'utilise pas. Comme Stu, j'essaie de traverser le pare-feu.

« Elle fait ce qu'on lui a demandé ? » demande l'Anglais.

Stu regarde par-dessus mon épaule. « Ouais. »

Je les ignore tous, mes doigts fusant sur le clavier tandis que je programme des générateurs automatiques de mots de passe.

Dès qu'ils regardent ailleurs, je hacke Verizon, l'entreprise que j'ai utilisée pour appeler Mémé un peu plus tôt. Stu regarde dans ma direction. Je réduis la fenêtre sans cesser de pianoter sur le clavier et retiens mon souffle.

Son regard s'attarde un peu trop longtemps, et je sais qu'il m'a vue. J'attends que le couperet tombe et qu'il me dénonce.

Rien ne se passe.

« Dites, si Kylie bosse là-dessus, vous n'avez même pas besoin de moi. Je ne ferai que la ralentir », déclare Stu en refermant son ordinateur et en se levant.

Nous nous pétrifions tous les deux au son d'un pistolet qui s'arme. L'Anglais, que je soupçonne à présent d'être M. X, braque un revolver contre la tempe de Stu. « Tu es sûr que tu veux que je pense qu'on a plus besoin de toi ? » Son ton glacé déclenche des frissons le long de ma colonne vertébrale.

Je pense que Stu a failli pisser dans son froc, parce qu'il laisse échapper un couinement étrange, se rassied et ouvre son ordinateur. Je dois tout de même reconnaître qu'il a plus de cran que je ne le pensais, parce qu'il reprend vite ses moyens. « Vous me menacez ? Sans moins, vous n'avez rien. Que dalle.

— Tu viens de me dire que je n'ai besoin que d'elle.

— Et qui pourra vous confirmer qu'elle est en train de pirater SeCure, et pas de hacker le compte-épargne de votre mère ? »

M. X frappe Stu au coin de la tête avec la crosse du pistolet, assez fort pour qu'il tombe par terre en grognant.

Je grimace à cause du bruit du métal contre l'os, mais aussi à la vue pitoyable de Stu effondré au sol.

Note à moi-même : je ne peux compter que sur moi. Rien de nouveau, cela dit.

Je fais de nouveau basculer les fenêtres sur mon écran, compose le numéro qui m'a permis de joindre Mémé, que j'ai mémorisé, et envoie un texto.

Besoin d'aide. Dans un entrepôt, à 10-15 minutes de chez moi.
Toyota Corolla rouge garée devant. Plaque DCR 583.

Je ferme la fenêtre et reviens sur l'écran principal.

Mémé enverra de l'aide. J'ai été stupide de repasser à la maison, mais j'ai peut-être encore une chance de survivre. Surtout maintenant qu'ils ont besoin de moi.

Il ne me reste plus qu'à essayer de gagner du temps...

Jackson

Je vais finir par faire un trou dans le parquet à force de tourner en rond dans l'appartement de Garrett. Sam est là, lui aussi. Il est deux heures du matin, mais personne ne dort. Jacqueline est blême et semble plus vieille que cet après-midi ; ses craintes pour Kylie lui donnent dix ans de plus. Je la réconforterais si je pouvais, mais je suis à deux doigts de démolir l'immeuble.

Tout le monde tourne la tête lorsque le téléphone de Garrett sonne. C'est un message, qu'il lit à voix haute. Tous les loups de sa meute se lèvent instantanément comme un seul homme, une force unifiée. C'est la première fois que je ressens quelque chose de positif à propos d'une meute depuis des années, peut-être même pour la première fois tout court. Mais cette solidarité et ce soutien sont des choses dont je me suis coupé.

Je ne suis pas naïf ; je sais qu'ils ne le font pas pour moi. Ils adorent la vieille dame, c'est évident. De plus, ce sont tous des héros en herbe. Garrett est à la tête d'une armée de jeunes loups féroces. Des guerriers prêts à défendre leur meute envers et contre tous.

« Ça réduit les possibilités. Il y a des entrepôts dans le

quartier de Kino et d'autres au sud du centre-ville, de l'autre côté du chemin de fer. » Garrett fait apparaître une carte sur son téléphone et le pose sur la table pour que tout le monde puisse voir. « On va se séparer et ratisser les deux zones. Appelez-moi si vous trouvez quelque chose. Personne n'y va seul, c'est compris ? » Garrett aboie des ordres et, pour une fois, ça ne hérisse pas l'alpha en moi. Il a les idées bien plus claires que moi à cet instant. Je suis reconnaissant qu'il prenne les commandes.

« Jackson et Sam, allez voir les entrepôts à l'est de Kino. »

Je hoche la tête et prends la porte sans même attendre qu'il ait fini de diviser les zones.

Kylie a besoin d'aide, et je compte bien la retrouver. Nous prenons la voiture jusqu'au quartier des entrepôts et nous sillonnons lentement les rues à la recherche de la Corolla. Trente minutes s'écoulent. Quarante-cinq. Le nœud dans mon estomac est si gros qu'il remonte jusqu'à ma gorge.

Mon téléphone sonne.

« On l'a trouvée. 738, North Toole Avenue. »

Je ne prends pas la peine de répondre à Barrett. Je me contente d'appuyer sur l'accélérateur et de prendre la direction indiquée en projetant une pluie de graviers dans la manœuvre. Je suis sur place en moins de deux minutes. Je coupe le moteur un peu à distance de l'entrepôt, dans l'obscurité. Un des loups de Garrett est déjà là sur sa moto. Trois autres se garent derrière mon véhicule, tous silencieux et circonspects. Garrett a des hommes intelligents.

Nous ôtons nos vêtements et prenons nos formes de loups.

∿

Kylie

J'entends du bruit dehors, toutefois les autres ne semblent rien remarquer. J'espère que la cavalerie arrive, mais je n'ose y croire. Lorsqu'un bruit de métal grince contre la porte, les cinq hommes sortent leurs armes.

« Chut. C'était quoi ? » lâche M. X.

Je me lève. « J'ai besoin d'aller au petit coin, dis-je d'une voix sonore. Où sont les toilettes ?

— Assieds-toi, putain. »

Je continue d'avancer. Peut-être que je suis devenue débile, je ne sais pas. Peut-être que, certaine que mes sauveteurs arrivent, j'ai sous-estimé à quel point ces hommes sont dangereux et à cran.

Le type pointe son arme vers ma poitrine. Stu, comme un dingue, se jette devant moi et se fait toucher par la balle. La détonation siffle dans mes oreilles. Je le regarde tomber, vois son regard se figer.

Merde. Stu vient de mourir pour me sauver.

La porte de garage métallique se relève brusquement, et une meute de loups géants entre dans l'entrepôt. Le chaos se déchaîne.

Des coups sont tirés. Les balles fusent. Par-dessus le puissant sifflement dans mes oreilles, j'entends les gémissements des loups blessés et les hurlements des hommes attaqués par les mâchoires puissantes des bêtes.

Il y a plusieurs loups argentés, mais je reconnaîtrais le mien entre mille. Gigantesque. Majestueux. Féroce. Il me voit au même moment, et ça lui coûte un instant de distraction. Un des connards vise et tire.

« Non ! » je me jette devant lui en criant. La douleur me traverse de part en part. Ma poitrine brûle. J'essaie de continuer à courir en direction de Jackson, mais je m'effondre par terre. Un petit sourire de satisfaction étire mes lèvres. Pour une fois, je ne suis pas restée sans rien faire pendant qu'un être que j'aime était en train de mourir. Stu m'a sauvée. Et maintenant, j'ai sauvé Jackson.

Oui, j'aime Jackson. J'en prends conscience avec une clarté absolue. Il est mon havre de paix. Mon foyer. Il est mon passé et mon avenir. Mon présent.

Jackson saute par-dessus moi en décrivant un arc de plusieurs mètres de hauteur, et un gargouillis emplit mes oreilles. Je ne regarde pas. Je sais qu'il vient d'arracher la gorge du tireur.

Puis il est là, à mes côtés. Il s'allonge sur moi pour protéger mon corps avec le sien. Il lèche mon visage en gémissant.

Une sensation de fourmillement insupportable s'empare de tout mon corps. J'ai l'impression de recevoir des décharges électriques, comme si j'étais frappée par la foudre. Ma vision s'étrécit, mais elle semble aussi s'aiguiser. Les bruits deviennent plus forts, les odeurs plus puissantes. Tout devient noir, et je sens mes cellules se diviser. Je ne suis plus rien, et je suis tout à la fois.

Sacré trépas, Batman. Je viens de mourir.

Ça paraît injuste. Je viens à peine de retrouver Jackson. De m'autoriser à admettre que je suis amoureuse de lui. Je croyais que nous pourrions être ensemble.

Je retrouve la vue et, avec elle, toutes mes douleurs se réveillent avec une intensité brutale. J'essaie de gémir, mais n'arrive à produire qu'un grondement rauque.

Un grondement ?

L'air scintille autour de Jackson, et il reprend forme humaine. Son visage apparaît au-dessus de moi. Des larmes mouillent ses joues, mais il n'a pas l'air triste. Il a l'air émerveillé. « Ça y est, chaton. Tu as muté. Tu m'as montré ta panthère. »

Panthère ?

Je baisse les yeux et découvre mes grosses pattes noires. *Sacrée mutation, Catgirl.*

Jackson frotte mon museau, caresse mon pelage. « Tout va bien, ma chérie. Les métamorphes ne craignent pas les blessures par balle, dit-il en souriant à travers ses larmes. Par le ciel, tu as muté. Tu l'as fait, chérie. »

Un joli grondement fait vibrer ma poitrine. Je ronronne. Ma blessure devient plus douloureuse, mais je sais instinctivement que c'est une bonne chose. Je suis en train de guérir.

Jackson caresse toujours mon museau et mes oreilles sans me quitter des yeux.

Des sirènes de police résonnent au loin.

Un loup pousse un aboiement bref et sonore. Il sonne comme un ordre.

Jackson me prend dans ses bras et sort de l'entrepôt en courant. Par-dessus son épaule, je pose les yeux une dernière fois sur le corps sans vie de Stu. Il a su racheter ses mauvaises actions. Sa mort fait de lui un héros, au lieu d'un criminel. Pour moi, son geste va même plus loin. Je me sens enfin libérée de la mort de mon père. Comme si l'univers me devait bien une fleur. Non, comme si l'univers me prouvait qu'il existe encore du bon dans le monde. Que je peux avoir confiance, et pas juste en ma famille.

Bon sang, je suis entourée de gens – enfin, de métamorphes – qui sont tous venus à mon secours. Des métamorphes qui ne me connaissent même pas.

Sam est en train d'enfiler un jean à côté de la Range Rover quand on arrive. Il ouvre la porte arrière pour son frère de meute, et Jackson monte dans la voiture en me gardant dans ses bras. Sam s'installe au volant et démarre sans allumer les phares. Les sirènes sont de plus en plus fortes.

Je pose ma grosse tête sur les genoux de Jackson et ferme les yeux, terrassée par la douleur. Il continue de caresser ma fourrure en murmurant à voix basse, et je crois – non, je le sais, sans l'ombre d'un doute – qu'enfin, pour une fois dans ma vie, tout va bien se terminer.

Jackson

Les premières lueurs de l'aube apparaissent au-dessus des montagnes quand Sam se gare dans mon garage.

À ma demande, il est passé chercher Jacqueline. Je savais à quel point elle était inquiète pour sa petite-fille, et vice-versa. Je veux que Kylie ait tout le soutien dont elle a besoin, surtout alors que c'est sa première mutation. Muter était nécessaire pour sa survie, mais elle ne saura peut-être pas comment reprendre forme humaine.

Je la porte dans la maison. Sam propose à Jacqueline de la porter, mais la vieille féline insiste pour marcher, en s'appuyant lourdement sur Sam. Nous les installons toutes les deux dans la chambre d'amis à l'étage. Jacqueline mute et se love autour de Kylie, ajoutant son propre ronronnement à celui de sa petite-fille.

Je m'assieds au bord du lit, le cœur battant, et caresse le pelage noir soyeux de Kylie.

Elle est magnifique, bon sang. Une immense panthère noire avec des yeux dorés. Je suis émerveillé. Pour la toute première fois, tout me semble logique. Bien sûr que mon loup a choisi cette incroyable femelle. Je n'aurais pas pu rêver d'avoir une meilleure

compagne : elle est forte, brillante, belle. Et
métamorphe.

Le matin arrive trop vite. Mon téléphone sonne non-
stop. Je sors de la chambre pour ne pas déranger Kylie puis
fais le point avec Luis, Sarah des relations publiques et le
directeur financier de SeCure. L'argent a été rendu – entièrement. Je dis à Luis d'attribuer l'annulation des transactions à SeCure, parce que je sais qui est responsable. Ma
meilleure employée, Kylie McDaniel.

Lorsque je retourne dans la chambre, la respiration de
Kylie est calme et régulière. Sa blessure s'est déjà refermée.

« On dirait que l'argent est revenu à sa place. C'est toi
qui as fait ça, pas vrai ? » dis-je doucement en lui caressant
la joue. Elle blottit son museau contre ma paume.

« Tu peux muter, chaton ? Faire revenir Kylie ? »

La panthère écarquille les yeux. Comme je le craignais,
elle ne sait pas comment faire.

« Quand Sam s'était isolé dans les montagnes californiennes, j'ai dû m'asseoir sur sa gorge et le forcer à muter.
L'animal peut prendre le dessus si tu restes trop longtemps
loin de ta nature humaine. Tu finis par oublier qui tu es. »

Jacqueline mute et se rhabille. Elle murmure à Kylie en
français. Je comprends quelques mots par-ci par-là.
« Trouve », « calme » et « souviens-toi ». Je ne sais pas si la
mutation est différente pour un félin ; je suis content que
Jacqueline soit là pour l'aider.

Kylie remue avec agitation. Elle ouvre et ferme les yeux,
étire ses pattes, laisse apparaître ses énormes griffes acérées.
Elle se lève sur le lit puis se rallonge sur le flanc.

Jacqueline continue de la guider à voix basse, sans
relâche.

Kylie griffe le lit, déchire les draps et les couvertures.

« Reviens-moi, chaton. J'aimerais t'embrasser », je murmure.

Elle tourne ses yeux dorés vers moi, et nos regards se rencontrent. Aucun de nous deux ne semble respirer. Enfin, l'air autour d'elle commence à scintiller.

« C'est ça, ma chérie », je l'encourage, mais le phéno-mène cesse. « Tu y étais presque. Essaie encore. J'ai besoin d'embrasser ta jolie bouche. »

L'air recommence à chatoyer et Kylie apparaît, pâle, mais encore plus belle que dans mes souvenirs.

« Bébé. » Je l'entoure immédiatement d'une couverture et la prends dans mes bras.

« Et le baiser que tu m'as promis ? demande-t-elle d'une voix éraillée.

— Apporte-lui de l'eau », j'aboie à Sam qui se tient sur le pas de la porte. Il disparaît immédiatement.

« Alors ? » réclame-t-elle.

Je ne me retiens pas. Je l'embrasse avec toute la férocité dont je dispose. Le besoin de la posséder, de la marquer, me submerge comme un fleuve déchaîné. Le besoin de la *punir* pour avoir pris une balle qui m'était destinée. Le besoin de lui témoigner mon amour, ma tendresse, de lui promettre d'être là pour elle la prochaine fois. De ne plus jamais l'abandonner comme je l'ai fait. J'entrouvre ses lèvres et fais danser ma langue contre la sienne. J'en veux plus, je veux tout. Je m'emplis d'elle, la dévore.

« Je suis tellement désolé », je murmure d'une voix brisée lorsque nos bouches se détachent. Nous sommes tous deux hors d'haleine. « Je ne te laisserai plus jamais me quit-ter. Je ne te quitterai plus jamais. Je te le promets, tu m'entends ? »

Elle sourit faiblement, ce qui me rappelle qu'elle est

encore fragile, et je me sens coupable de l'avoir embrassée si fougueusement.

Sam revient avec de l'eau. Je lui arrache le verre des mains et le tends à ma compagne. « Bon sang, mon frère. Ça va être comme ça pendant toute sa grossesse ? »

Tout le monde se fige dans la chambre. Je retourne ses mots dans ma tête.

Grossesse ?

Bon sang. *Oui.* L'odeur de Kylie a changé. Un sentiment de triomphe m'envahit tout à coup. Mon loup fait un double salto arrière et danse le moonwalk autour de Kylie en levant les bras en l'air. *Elle porte mon petit.* Mon *petit.*

Jacqueline pose la main sur sa bouche. « Mon Dieu », murmure-t-elle avant de serrer sa petite-fille contre elle en lui parlant en français, trop vite pour que je comprenne ce qu'elle dit.

Kylie nous regarde, perplexe, avec des yeux humides.

Je la prends dans mes bras, mon loup plus protecteur que jamais malgré l'absence de danger. « C'est pour ça que tu as muté, chaton. L'ADN de notre petit a fait pencher la balance. »

Elle rit à travers ses larmes. « Je suis enceinte ? Comment le sais-tu ? Tu en es sûr ? »

Jacqueline, Sam et moi hochons la tête de concert. « Ton odeur a changé, ma chérie. Tu es enceinte. » Des larmes voilent mon regard.

Jacqueline et Sam sortent de la pièce pour nous laisser un peu d'intimité et referment la porte derrière eux.

« Chaton, je sais que tu es ma compagne depuis que tu es entrée dans cet ascenseur. J'ai besoin de toi. Tu es la seule personne à qui je fais confiance, la seule en qui je crois. C'est la première fois. Je pourrais te mentir, te faire croire que tu as le choix ; mais tu es ma compagne, c'est un fait. Tu es mienne. Où que tu ailles, je te suivrai. Si tu te caches, je te retrouverai. Alors, s'il te plaît, facilite-nous les choses et dis-moi que tu ne me quitteras plus. »

Kylie fait la moue. « C'est la pire demande en mariage que j'ai jamais entendue. »

Je ne peux m'empêcher de sourire. « Alors c'est oui ? »

Elle me regarde longuement – assez longtemps pour que je cesse de respirer. Je me retiens de trépigner. « Je t'en veux toujours de ne pas m'avoir crue.

— Je sais, dis-je en lui caressant la joue. J'ai déconné. Mais je te promets de passer le restant de mes jours à me faire pardonner. Ta grand-mère et toi êtes désormais aux commandes de ma putain d'existence. »

Ses yeux se voilent de nouveau. Elle pose son front contre le mien. « Je croyais que tu aimais avoir le contrôle.

— Mmm hmm. Oui. Toujours. Tu es prête à l'accepter ?

— Oui. » Elle n'a pas hésité cette fois, et le soulagement me fait presque tomber à la renverse. « Il y a juste un petit problème. »

Mes épaules se contractent. « Lequel ?

— Je suis recherchée par le FBI.

— Je m'en occupe. Garrett a pris le temps d'arranger les cadavres dans l'entrepôt pour qu'ils aient l'air de s'être entretués. Le mérite de l'annulation des transactions finan-cières te sera attribué. Ne te fais plus de souci. » Je ne peux m'empêcher de caresser sa peau douce. Mes mains remontent sous son T-shirt et se posent sur ses seins. « La seule chose dont tu as à te préoccuper, c'est de porter notre enfant. »

Elle rejette la tête en arrière, m'offrant à nouveau sa bouche. Je l'embrasse éperdument. J'ai du mal à croire qu'elle est vraiment mienne.

« Quand vas-tu me marquer ? » Sa voix est enrouée, mais je n'y détecte aucune appréhension.

« Dès que tu seras rétablie, chérie. Juste après avoir fait rougir ton joli petit cul pour te punir d'avoir pris la balle qui m'était destinée. »

Elle se trémousse sur mes genoux. « Tu sais que tu seras toujours mon héros, dit-elle en me caressant la joue. Je ne pouvais pas encore laisser quelqu'un que j'aime se faire tuer sous mes yeux sans rien faire. »

Ma gorge se noue. « Tu m'aimes ? »

Elle éclate de rire, de ce petit rire qui me rend fou. « Je t'aime, loup. Je te l'ai déjà dit.

— Ça ne me dérange pas de l'entendre encore.

— Je t'aime, je t'aime, je... »

Je la fais taire en collant ma bouche contre la sienne, je lèche ses lèvres, nos langues s'entremêlent. « Je t'aime, chaton. Tu es ici chez toi. »

Elle pose son front contre mon torse et ferme les yeux. « Oui, soupire-t-elle. Mon foyer, c'est toi. »

ÉPILOGUE

Un mois plus tard

Kylie

« Remonte ta jupe, chérie. Laisse-moi voir ce qui m'attend quand je rentrerai à la maison. » Mon compagnon n'est pas devenu moins autoritaire depuis qu'il m'a marquée. Rentrer du travail ensemble le soir est devenu l'un des nombreux plaisirs à travailler pour Jackson King. Nos pauses déjeuner en sont un autre. Et avoir la chance de l'aider à concevoir son nouveau code.

Il me dévore des yeux comme un homme affamé. Comme s'il ne m'avait pas déjà possédée sur son bureau après m'avoir fessée avec une règle pendant la pause de midi. Comme si je n'étais pas à sa merci toutes les nuits.

« *Maintenant*, chaton. Chaque seconde que tu me fais attendre, c'est un coup de ceinture en plus. »

J'ai déjà les doigts posés sur l'ourlet de ma jupe moulante, mais je m'arrête et lui lance un sourire coquin. « Ah oui ? »

Depuis que mon ADN de métamorphe s'est éveillé, mon corps guérit presque instantanément, ce qui signifie que Jackson peut employer n'importe quelle forme de punition ; la douleur n'est que passagère. En fait, c'est un peu triste. Parce que maintenant, je n'en ai jamais assez.

Jackson relève la jupe jusqu'à ma taille et déchire le tissu dans son empressement. Il me fait écarter les cuisses d'une petite tape. « Montre-moi ce qui m'appartient », dit-il d'une voix rauque. J'adore le voir dans cet état, rendu à moitié fou par le désir. Maintenant qu'il sait que je suis métamorphe, il n'hésite pas à y aller fort avec moi.

À la dernière pleine lune, il m'a emmenée dans son chalet et m'a prise dans toutes les positions, tous les angles et tous les orifices imaginables. Je croyais qu'il avait été insatiable la dernière fois, lorsqu'il essayait de ne pas me marquer ; mais apparemment, être devenue sa compagne ne garantit pas ma sécurité lorsque la lune est pleine.

Non que je m'en plaigne.

Je passe la main entre mes jambes et me caresse. « Tu parles de ça ? » je susurre.

Il grommelle un juron. « Enlève ça. Enlève ta culotte, sinon je l'arrache. »

Je prends délibérément mon temps pour faire descendre ma culotte jusqu'à mes chevilles, puis la secoue sous son nez pendant qu'il conduit.

Il la saisis, la porte à son nez et inspire profondément avant de la glisser dans la poche de sa veste. Il est en costume aujourd'hui, ce qui m'a fait mouiller toute la journée. J'aime quand il porte ses habits de PDG presque autant qu'il me plaît en jean et en T-shirt.

« *Voilà*, bébé. » Il tend la main et la pose entre mes cuisses. « Écarte encore tes jambes. J'ai besoin de voir ma chatte. »

J'essaie d'obéir, mais ses doigts sont déjà en train de tapoter, de frapper légèrement mon clitoris et mes grandes lèvres. Je me tortille en sentant mon bas-ventre s'enflammer.

Jackson pousse un grondement qui fait trembler les vitres de la Range Rover. Il glisse un doigt en moi.

« Jackson, je m'écrie. Pas pendant que tu c-conduis. »

Il m'ignore et commence un mouvement de va-et-vient avec son doigt, envoyant des décharges de plaisir à travers tout mon corps. « Chaton, qui donne les ordres ici ? »

Je gémis lorsqu'il enfonce son doigt encore plus profondément. Je ne sais pas comment il arrive à rouler droit. Le désir trouble ma vision et j'ai la tête qui tourne, comme si j'étais ballottée de droite et de gauche. « T-toi.

— Exactement, chérie. »

Je frotte mon clitoris contre le plat de sa main et prends son doigt plus profondément en moi.

« Qui te donne tous tes orgasmes ? »

Je soulève les hanches pour lui faciliter le passage en serrant les dents. « Toi ! S'il te plaît, Jackson.

— Supplie-moi, chaton », gronde-t-il.

Aucun problème. J'ai laissé ma fierté au vestiaire. « S'il te plaît, s'il te plaît, Jackson ! »

Il se penche en avant pour modifier l'angle et insère un deuxième doigt.

Je soulève mes fesses du siège et ravale un cri juste avant de jouir.

« C'est ça, bébé. Jouis sur mes doigts. Ta chatte se

contractera autour ma queue la prochaine fois que tu joui-
ras. Dès qu'on sera rentrés à la maison. *Après* ta fessée. »

Je me rassieds sur le siège, les jambes flageolantes, tremblante et déboussolée par mon orgasme.

Jackson entre sur sa propriété – *notre* propriété, comme
il ne cesse de me le répéter. J'ai toujours du mal à réaliser à
quel point nos vies sont désormais entremêlées. Nous
sortons du véhicule et je remets ma jupe en place. Jackson
fait le tour de la voiture, me plaque contre la carrosserie et
saisit mon visage dans sa main pour me donner un baiser
fougueux et torride.

« Je sais que ta chatte continue de pulser pour moi. »
J'ignore comment il le sait, mais il a raison. La main qui
tenait mes joues se pose sur ma nuque. « On va entrer
embrasser Mémé et dîner ensemble. Mais dès que je t'en
donnerai le signal, tu vas courir à l'étage et enlever tous tes
vêtements sauf ces talons sexy. Et je veux que tu m'attendes
sur le lit le cul en l'air, le visage contre la couverture. C'est
compris ? »

Mon excitation redouble de plus belle.

« Oui, monsieur. »

Il sourit et caresse ma lèvre inférieure avec son pouce.
« Bonne fille. Allons-y. »

Nous sommes accueillis dans la maison par les odeurs
délicieuses du dîner que Mémé a préparé.

« Ah, vous voilà », dit Mémé avec un large sourire. Elle
porte le tablier que Sam lui a acheté, arborant la pyramide
des aliments français : des baguettes de pain, du fromage et
de la quiche.

« Qu'est-ce qui sent si bon, Mémé ? demande Jackson en
l'embrassant sur la joue.

— Des steaks pour les loups. Du saumon pour les

panthères. Du riz, de la salade et du pain frais pour tout le monde. »

Sam entre par la porte de derrière en portant un plat contenant une pile de steaks grillés sur le barbecue. « Votre viande, mademoiselle », dit-il en s'inclinant devant Mémé avec un clin d'œil.

Elle glousse comme une jeune fille. Elle et Sam s'entendent à merveille. Au départ, Sam a proposé de déménager, mais Mémé et moi avons catégoriquement refusé, et Jackson était du même avis.

« Vous êtes ma meute, a-t-il insisté. Vous trois. Je vous veux sous mon toit, là où je peux vous protéger. Et Sam, j'ai besoin de toi pour veiller sur mes femelles pendant mon absence.

— Pose-la dans la salle à manger », dit Mémé à Sam avant de nous faire signe de le suivre. Je veux m'asseoir sur une chaise, mais Jackson m'attire sur ses genoux. Il ne se lasse pas de me nourrir. Il considère que c'est son privilège de loup.

En regardant ma petite famille se rassembler autour de la table, je sens mon cœur tripler de volume, au point que j'ai peur qu'il éclate. Nous formons une meute surprenante et improbable, mais auprès d'eux, je me sens à ma place. *Voilà* la normalité que j'ai cherchée pendant tant d'années.

Je suis enfin auprès des miens, et aimée davantage que je n'aurais jamais pu l'espérer.

J'ai trouvé mon foyer.

~

Merci d'avoir lu *La Tentation de l'Alpha* ! Si vous l'avez apprécié, nous vous serions très reconnaissantes de nous laisser vos commentaires – ils sont très importants pour les auteurs indépendants.

Découvrez bientôt le prochain livre de la série *Alpha Bad Boys* : *Le Danger de l'Alpha*.

Vous avez envie de voir Jackson demander Kylie en mariage ? Téléchargez la scène bonus gratuite de Kylie et Jackson, *L'Amour dans l'ascenseur,* ici. https://BookHip.com/JKRBKJ

REMERCIEMENTS

Merci à Aubrey Cara et Katherine Deane pour leurs bêta-lectures ! Merci à Margarita pour le contrat.

À PROPOS DE RENEE ROSE

RENEE ROSE, AUTEURE DE BEST-SELLERS D'APRÈS USA TODAY, adore les héros alpha dominants qui ne mâchent pas leurs mots ! Elle a vendu plus d'un million d'exemplaires de romans d'amour torrides, plus ou moins coquins (surtout plus). Ses livres ont figuré dans les catégories « Happily Ever After » et « Popsugar » de USA Today. Nommée *Meilleur nouvel auteur érotique* par Eroticon USA en 2013, elle a aussi remporté le prix d'*Auteur favori de science-fiction et d'anthologie* de Spunky and Sassy, celui de *Meilleur roman historique* de The Romance Reviews, et les prix de *Meilleur roman de science-fiction*, *Meilleur roman paranormal*, *Meilleur roman historique*, *Meilleur roman érotique*, *Meilleur roman avec jeux de régression*, *Couple favori* et *Auteur favori* de Spanking Romance Reviews. Elle a fait partie de la liste des meilleures ventes de USA Today cinq fois avec plusieurs anthologies.

Abonnez-vous à la newsletter de Renee pour recevoir des scènes bonus gratuites et pour être averti·e de ses nouvelles parutions !

Renee adore être en lien avec ses lectrices et lecteurs ! Entrez en contact avec elle :

Blog | <u>Twitter</u> | <u>Facebook</u> | <u>Goodreads</u> | <u>Pinterest</u> | <u>Instagram</u>

Titres de Renee Rose parus en français :

Alpha Bad Boys
La Tentation de l'Alpha

Wolf Ranch
Rough

OUVRAGES DE RENEE ROSE PARUS EN FRANÇAIS

Alpha Bad Boys

La Tentation de l'Alpha

Le Danger de l'Alpha

L'Amour dans l'ascenseur (Histoire bonus de La Tentation de l'Alpha)

Wolf Ranch

Rough

À PROPOS DE LEE SAVINO

Lee Savino, auteure de best-sellers d'après USA Today, écrit des romans d'amour « brixy », c'est-à-dire « brillants et sexy ». Vous pouvez la retrouver en train de rôder sur le groupe Facebook « Goddess Group » ici : https://www. facebook.com/groups/107347986339913/, ou sur sa page d'auteure là : https://www.facebook.com/Lee-Savino-Auteur-110048237376905/

Publié aux États-Unis d'Amérique

Renee Rose Romance et Silverwood Press

Éditeur :

Kate Richards, Wizards in Publishing

Ce livre électronique est une œuvre de fiction. Bien que certaines références puissent être faites à des évènements historiques réels ou à des lieux existants, les noms, personnages, lieux et évènements sont le fruit de l'imagination des auteures ou sont utilisés de manière fictive, et toute ressemblance avec des personnes réelles, vivantes ou décédées, des établissements commerciaux, des évènements ou des lieux est purement fortuite.

Ce livre contient des descriptions de nombreuses pratiques sexuelles et BDSM, mais il s'agit d'une œuvre de fiction et elle ne devrait en aucun cas être utilisée comme un guide. Les auteures et l'éditeur ne sauraient être tenus pour responsables en cas de perte, dommage, blessure ou décès résultant de l'utilisation des informations contenues dans ce livre. En d'autres termes, ne faites pas ça chez vous, les amis !

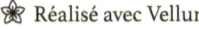 Réalisé avec Vellum